Nos Sens Interdits

ESTELLE EVERY

Couverture : Estelle Every

ISBN : 9782957159185

Dépôt légal : mai 2021

Réalisé avec Vellum

Chapitre Un

Si quelqu'un m'avait un jour dit que j'assisterais aux funérailles de ma grande sœur, Swann, je ne l'aurais pas cru. Pourtant je suis sa cadette de six ans, il est dans l'ordre des choses qu'elle s'en aille la première, mais pas à un aussi jeune âge, pas à trente ans.

La cérémonie est maintenant terminée et nous sommes rentrés chez ma mère. Pour la première fois, je regrette de ne pas être américaine, si nous étions là-bas nous aurions un tas de personnes présentes pour nous entourer pendant cette épreuve... Mais nous sommes en France, et dans notre pays, le deuil est une affaire privée, très privée même.

Seule dans la cuisine de l'appartement de ma mère, je me surprends à rester immobile, les yeux perdus dans le vague, l'eau du robinet coulant sur mes mains pour rincer une vaisselle maintenant propre.

Je me ressaisis et tourne le robinet pour stopper le flux.

— Est-ce que je peux faire quelque chose ?

Je sursaute en entendant la voix de Conor et manque de faire tomber le verre que je tiens toujours. Je me hâte de le poser sur l'égouttoir avant de m'essuyer les mains sur un torchon.

— Julia ?

La voix au timbre presque rauque de mon beau-frère m'incite à me retourner pour lui faire face. Quand je le fais, je suis cueillie par son regard aux nuances vertes.

Je comprends qu'il attend une réponse de ma part, et je me contente de secouer la tête pour dire non, c'est tout ce dont je suis capable. Il me dévisage comme s'il essayait de lire en moi et j'ai la sensation désagréable qu'il y parvient, qu'il me déchiffre comme un livre ouvert.

Je me ressaisis :

— Ça va aller.

Bien sûr, je n'en crois pas un mot. Comment ça pourrait aller alors que ma sœur est morte et que ma mère est détruite ? Elle a déjà eu du mal à se remettre de son départ, quand Swann et Conor ont décidé d'aller vivre aux États-Unis, alors je ne vois pas comment elle se relèvera cette fois.

Ma sœur était la plus grande réussite de ma mère… Il faut dire que Swann et moi ne pouvions pas être plus différentes : ma sœur était une artiste, elle réussissait tout ce qu'elle entreprenait, même son mariage avec Conor McLane, héritier d'une riche famille écossaise, était une prouesse ; alors que moi, je trime pour arriver à boucler les fins de mois pendant que j'étudie à la fac, et j'ai déjà changé trois fois d'orientation… En même temps, il faut bien que je subvienne à mes propres besoins dans la mesure où ma mère peine à joindre les deux bouts.

— Je rentre demain, m'informe Conor, mais je peux rester plus longtemps si vous avez besoin de moi.

Je relève les yeux vers mon beau-frère. Sa beauté me frappe à nouveau. Oui, car non content d'être super riche et d'être un architecte que tout le monde s'arrache, le mari de ma sœur est super canon.

C'est peut-être déplacé d'avoir cette pensée à un instant aussi tragique... Ou peut-être pas, après tout, chacun gère son deuil comme il le peut.

Je me rends compte que j'ai autant de répartie qu'un poisson rouge qui tourne en rond dans son bocal alors je fais un effort pour lui répondre :

— On va se débrouiller.

Je n'ajoute pas que c'est ce que nous avons toujours fait, ma mère et moi, trouver des solutions et avancer. Au point où j'en suis, je crois que c'est carrément gravé dans mes gènes et que mes enfants hériteront eux aussi de cette capacité à se sortir de n'importe quel problème.

Conor me dévisage si intensément que ça me met presque mal à l'aise. Il a cette aura particulière que j'imagine être l'apanage des gens de pouvoir, ou du moins, des gens riches.

— N'hésitez pas à me contacter si vous avez besoin de quoi que ce soit toutes les deux.

Après son timbre si particulier, c'est son parfum qui entre dans ma sphère privée quand il se penche pour me donner une brève étreinte. Je reste figée, surprise par son geste. Étrangement, je connais assez peu mon beau-frère. Ma sœur et lui sont partis vivre de l'autre côté de l'Atlantique peu de temps après leur rencontre, et les rares fois où Swann est rentrée en France, elle est venue nous voir seule. Leur mariage s'est déroulé aux USA, en petit comité, et c'est tout juste si les jeunes mariés sont passés nous faire un coucou avant leur voyage de noces.

Conor s'écarte de moi, mais j'ai eu le temps de sentir ses puissants pectoraux contre ma poitrine... Je déglutis difficilement et je sens que je rougis sous le regard observateur de mon beau-frère.

Pourquoi est-il aussi... *intense* ?

Je l'observe à mon tour. Rien dans sa tenue soignée ne laisse supposer qu'il vient d'enterrer sa femme. Il n'a pas versé une larme depuis qu'il est arrivé, ceci dit, j'ai moi-même du mal à laisser ma peine s'exprimer, alors je ne lui jetterai pas la pierre. Et puis, il a eu un peu plus de temps que ma mère et moi pour se faire à la disparition de Swann car elle est restée dans le coma deux jours avant de mourir à l'hôpital.

Les mots sortent tout seuls de mes lèvres :

— Est-ce qu'elle a souffert ?

Un éclair de douleur traverse le visage de Conor, c'est furtif mais je l'ai vu. Quelque part, j'en suis soulagée. Non pas que je lui veuille du mal ou que j'éprouve une joie malsaine à l'idée qu'il soit en deuil, non, c'est simplement que ça le rend plus... humain.

— Je ne pense pas, répond-il. Le choc a provoqué des lésions cérébrales irréversibles, elle était morte avant même l'arrivée de l'ambulance à l'hôpital.

Je fronce les sourcils :

— Pourtant, on nous a dit qu'elle était restée dans le coma pendant deux jours.

Conor détourne le regard avant de passer une main dans ses cheveux.

— C'est vrai. Les ambulanciers l'ont réanimée, son cœur est reparti, mais pas son cerveau...

Sa voix se brise, mais ses yeux restent secs. J'imagine qu'il a déjà trop pleuré depuis que l'accident s'est produit.

Un sanglot étouffé attire mon attention vers le seuil de la porte de la cuisine : ma mère se tient là. Elle a porté la main sur son cœur, comme si ça pouvait atténuer la douleur qui la ronge.

Je me précipite vers elle pour la soutenir avant qu'elle ne s'effondre :

— Viens, Maman, il faut que tu te reposes.

Je n'attends pas qu'elle réponde pour l'entrainer vers sa chambre. Arrivées là, je l'aide à s'allonger avant de la border comme on le ferait pour un enfant, j'imagine que c'est un juste retour des choses pour tout ce qu'elle a fait quand j'étais petite.

Une fois que je me suis assurée qu'elle n'a besoin de rien et qu'elle a pris le léger sédatif prescrit par son médecin, je pivote sur mes talons pour quitter la chambre.

— Julia ? me rappelle-t-elle.

— Oui, Maman.

Je la regarde par-dessus mon épaule. Ses yeux sont rouges et pleins de larmes, ses cheveux sont emmêlés et ses lèvres tremblent.

— Elle ne reviendra pas ?

Incapable de prononcer le moindre mot, je secoue la

tête pour dire que non, alors les larmes se remettent à rouler sur les joues de ma mère. Je reviens sur mes pas et dépose un baiser sur son front avant de rejoindre Conor dans le salon.

Sa large carrure se découpe à contrejour devant la fenêtre. Derrière lui, j'aperçois les nuages gris qui obscurcissent le ciel, à croire que l'univers est raccord avec notre chagrin.

— Je suis désolé.

Je crois un instant avoir mal entendu, mais quand il se retourne pour me faire face, je peux lire qu'il pense ce qu'il vient de dire. Je hausse les épaules :

— Tu n'as rien à te reprocher.

Et je le pense vraiment. Je ne vois pas ce qu'il aurait pu faire... Un accident de la route est si vite arrivé. C'est triste, mais c'est la vérité.

J'ai l'impression qu'il va me dire quelque chose, mais il ne le fait pas.

Quand nous nous quittons au pied de l'immeuble de ma mère, je reste avec la pensée que Conor McLane est un homme bien mystérieux.

~

Le son de la télé est poussé un peu plus fort que la normale quand j'arrive dans l'appartement que je partage avec Valentin, mon colocataire.

Je le trouve dans la cuisine, occupé à brasser sa bière maison. Cette vue familière me fait du bien, comme si par des gestes anodins, Valentin me montrait que la vie continue.

— Salut, Val.

Il sursaute en entendant ma voix et renverse un peu le contenu de son tuyau.

— Eh merde ! Passe-moi un torchon, vite !

Je regarde autour de moi, la cuisine est un vrai champ de bataille, mais je suis bien trop épuisée pour le lui faire remarquer. Il y a des choses plus graves dans la vie… comme perdre une sœur.

Je mets la main sur un morceau de tissu dont l'état de propreté me semble pour le moins douteux, et estime qu'il fera parfaitement l'affaire pour éponger la mixture que mon coloc persiste à tenter de brasser.

Valentin m'arrache presque le torchon des mains, mais je ne m'en formalise pas. J'ai l'habitude maintenant. Nous partageons cet appart depuis bientôt trois ans et nous avons largement eu le temps de nouer une amitié solide. Je ne sais pas ce que je ferais sans lui dans ma vie.

Je m'appuie sur le plan de travail de la cuisine en attendant qu'il ait terminé cette étape qui semble cruciale pour lui. Lorsque c'est fait, il se redresse et m'adresse un large sourire triomphant :

— Cette fois, je suis certain d'avoir la bonne recette ! Cette bière sera une tuerie, je suis prêt à en mettre ma main à couper !

— Si j'étais toi, je garderais mes mains là où elles sont. C'est précieux ce genre de choses.

Il a une moue de satisfaction.

— Femme de peu de foi. Je te surprendrai un jour, tu verras.

— Je n'en doute pas, Val.

Mon coloc doit soudain se rappeler de la raison de mon absence aujourd'hui car il prend tout à coup un air grave :

— Est-ce que ça va ?

Je me fige, incapable de répondre à ça, et Valentin se trompe sur la signification de mon silence car il enchaine sur un rythme rapide :

— Pardon, je suis con. Bien sûr que tu ne vas pas bien. Personne ne va bien après avoir traversé ce que tu viens de vivre.

Il tire ses cheveux en arrière avant de les attacher en une sorte de chignon lâche, ce qui est un signe de nervosité chez lui. Je suis ses mouvements du regard.

— Je ne la connaissais pas vraiment.

Les mots sont à peine audibles par-dessus le vacarme de la télévision qui provient de la pièce à côté, mais Valentin m'a entendue.

Mon ami est sans doute le mieux placé pour me comprendre, lui seul me connait intimement. J'éprouve soudain le besoin de me confier à lui :

— On n'avait pas tellement d'écart, c'est vrai, six ans, ce n'est pas grand-chose... Pourtant, c'était suffisant pour qu'on n'ait pas les mêmes amis ni les mêmes activités ou préoccupations.

J'ai honte de le dire, mais Swann était devenue une étrangère pour moi depuis tout ce temps. Et maintenant qu'elle est partie, j'ai perdu toute chance de la connaitre vraiment. Ce simple constat suffit à ouvrir les vannes du barrage qui retenait ma peine : je me mets à pleurer.

Valentin s'approche de moi et me prend dans ses bras. Je pense vaguement que je vais mouiller son tee-shirt, mais je ne m'écarte pas de lui pour autant. J'ai besoin du peu de réconfort que je pourrai tirer de lui.

— Je suis là, Ju. Je suis là.

Il me berce doucement tandis que je laisse ma tristesse s'exprimer. À cet instant, je m'autorise ce que je n'ai pas pu faire devant ma mère : pleurer. J'ai dû faire front là où ma mère n'y arrivait pas, mais maintenant je ressens le contrecoup.

De longues minutes plus tard, nous nous installons devant la télé et Valentin me tend une manette de jeu :

— Peut-être que ça te changera les idées l'espace de quelques minutes ?

Je fixe le petit objet vert fluo avant de le prendre :

— T'as raison, je vais te coller une pâtée intersidérale dont tu reparleras à tes enfants et à tes petits-enfants après eux.

Les lèvres de Valentin se tordent en un petit sourire narquois. Nous savons aussi bien l'un que l'autre que je suis tout à fait incapable de réaliser ce genre d'exploit, mais tandis que la première course commence sur l'écran plat, je me dis que je suis prête à tout tenter pour faire taire la douleur sourde qui s'est logée dans ma poitrine depuis que j'ai reçu l'appel fatidique de Conor. Tout vaut mieux que penser à cette absence de relations entre ma défunte sœur et moi.

Chapitre Deux

Ma sœur est morte. Quatre petits mots, quatre syllabes qui cachent une réalité douloureuse. J'aimerais dire que je suis étourdie par le chagrin, que je ne sais pas comment aller de l'avant… Pourtant, si je suis parfaitement franche, je ne suis pas si anéantie que ça.

Swann et moi n'étions plus très proches. Et le sentiment qui prédomine en moi est le regret. Le regret de tout ce que nous aurions pu partager, de cette complicité qui s'est perdue, des conversations que nous n'avons pas eues.

En vérité, pour moi, ma sœur a disparu quand elle est partie vivre de l'autre côté de l'océan Atlantique, peut-être même avant ça…

Je m'en veux de ne pas être effondrée, c'est ce qu'on attend de moi, non ? Cette culpabilité m'accompagne depuis que j'ai annoncé la nouvelle à ma mère, depuis le moment où elle s'est effondrée dans mes bras.

Et ce matin, la même culpabilité m'a sauté dessus dès mon réveil à quatre heures trente. Depuis que j'ai mis un pied hors du lit, pendant que je me préparais, pendant que je pédalais comme une dératée pour arriver à l'heure au travail, et aussi pendant mes heures de manutention dans le supermarché pour lequel je travaille chaque jour. Oui, j'ai honte. Je ne peux en parler à personne et ça me ronge, mais je me sens vraiment comme la dernière des garces.

— Julia !

Je sursaute en entendant la voix de Valentin. Je tourne la tête pour le découvrir installé dans la dernière rangée de l'amphithéâtre. Je me rends alors compte que je suis en mode automatique depuis ce matin : je n'ai même pas vu que j'étais arrivée à la fac.

Je me faufile entre les strapontins pour m'installer à côté de mon coloc. Nous suivons le même cursus en archéologie et histoire de l'art.

À bien y réfléchir, l'art est sans doute le seul point commun entre ma sœur et moi...

— Ça va ? s'inquiète mon ami, me sortant de mes pensées.

Je le dévisage un instant, en silence, incapable de trouver les mots pour exprimer ce qui me taraude depuis des jours. Comment peut-on parler de ça à quelqu'un ? J'ai peur de ce que Valentin penserait de moi s'il savait... Je me contente donc de hocher la tête en répondant :

— J'ai juste besoin de me changer les idées.

Ce n'est pas un mensonge, ce qui est un bon point. Après tout, si je dois aller en enfer, autant ne pas aggraver mes péchés, je redoute déjà bien assez la pesée du cœur...

Hé merde ! Je crois que mes cours d'histoire de l'art égyptien me tapent sur le système.

— T'as révisé ? demande Valentin.

Nous sommes en cours d'histoire égyptienne, une de mes matières préférées.

Je fronce les sourcils et fais une petite grimace :

— T'as rien trouvé de mieux ?

— Ben quoi ? Tu m'as dit que t'avais besoin de changer de sujet, je pense qu'une interro d'histoire égyptienne est parfaite pour ça, tu ne crois pas ?

J'ai une moue dubitative et Valentin enchaine :

— De toute façon, tu n'auras qu'à expliquer ta situation au professeur, je suis certain qu'il te fera repasser l'examen.

Le silence se fait dans la salle et je comprends tout de suite que notre professeur vient d'entrer. Il a cet effet sur tous les étudiants... L'archéologue Howard est connu pour son intransigeance, il prend la discipline très au sérieux, n'hésitant pas à virer les étudiants qui consultent l'écran de leur téléphone portable pendant les cours. Inutile de dire qu'après ça, tout le monde se tient à carreau.

Je me garde donc de répondre à Valentin, sous peine de me faire virer de la salle manu militari. Je n'ai pas besoin de ça en ce moment, encore moins ce matin. Non, ce qu'il me faut, c'est me concentrer sur l'histoire de l'Égypte ancienne, et surtout, extirper de ma mémoire toutes les informations que j'ai enregistrées pour les retranscrire sur le papier blanc de la feuille d'examen.

En matière de révisions, j'ai connu mieux, mais comme je ne peux pas remonter le temps et faire en sorte de changer le cours des évènements, je vais devoir faire avec les connaissances acquises en classe.

Le professeur Howard nous salue à peine avant de distribuer les sujets.

— J'espère que ce sera sur la religion, me souffle Valentin.

Mon ami et colocataire est un passionné d'égyptologie depuis son plus jeune âge, tandis que je me suis découvert ce gout pour l'archéologie et l'art sur le tard.

Ce qui est loin d'avoir enchanté mon père quand j'ai annoncé à mes parents que je changeais d'orientation... pour la troisième fois ! Je me souviens de ce qu'il m'a dit, ses mots exacts étaient :

— Si tu pouvais passer ta vie sur les bancs de la fac, tu le ferais.

Le tout ponctué par une grimace qui témoignait de l'immense déception que je représentais pour lui. Que son unique fille soit incapable de se décider a toujours été son plus grand regret.

Swann et moi n'avons pas le même père, en fait, ma sœur n'a jamais connu le sien, et le mariage de notre mère avec mon père n'a pas changé grand-chose pour elle : mon père a toujours fait comme si elle n'existait pas... Au point de ne même pas prendre la peine d'assister à ses funérailles.

Mon cœur se serre. Je n'avais peut-être pas de bonnes relations avec ma grande sœur, il n'empêche que j'étais là pour voir son cercueil être placé dans le caveau familial, celui de ma mère, évidemment.

Une copie se matérialise sur la table devant moi, me tirant de mes pensées, et je lis quelques questions avant de jeter un coup d'œil à Valentin : il a une mine extatique car le sujet porte sur la religion.

Tandis que je me plonge dans l'examen, je me surprends à me demander s'il y a une part de vrai dans les croyances des anciens égyptiens... Ma sœur a-t-elle démarré sa nouvelle vie, celle qui vient après la mort ?

Contre toute attente, je quitte l'amphithéâtre avec une dizaine de minutes d'avance. Le regard que m'a lancé le professeur quand je lui ai remis ma copie était indéchiffrable. Étant donné que j'étais la première à m'en aller, je présume que je n'ai pas dû réussir le test. Mais peu importe. Je me rattraperai plus tard s'il le faut.

Je quitte le bâtiment avec l'idée de rejoindre le coin calme que Valentin et moi squattons à chaque pause, mais je n'ai pas fait un pas à l'extérieur que mon regard est attiré par une haute silhouette.

Mon cœur bat un peu plus fort quand je l'identifie...

— Bonjour, Julia.

La quasi-absence d'accent m'a toujours étonnée, mais je n'ai jamais osé lui en demander la raison. En même temps, nous n'avons pratiquement jamais eu l'occasion d'avoir une conversation contenant plus de trois phrases...

Je rajuste la lanière de ma besace qui glisse sur mon épaule avant de répondre :

— Salut, Conor.

Je ne cherche même pas à masquer mon étonnement de le voir ici.

Peut-être que je suis en train d'halluciner, en fait ?

Qui sait ? À ce qu'il parait, le deuil a de drôle d'effets sur les gens... En ce qui me concerne, je n'arrive pas à poser des limites à mon cerveau qui persiste à trouver mon beau-frère (devrais-je dire ex-beau-frère ?) super canon.

— Je croyais que tu serais dans un avion à cette heure-ci, commenté-je avant de me mordre la lèvre.

Il faut vraiment que j'apprenne à filtrer mes pensées et à ne pas dire à voix haute tout ce qui me passe par la tête. Mais ça ne m'arrive pas souvent, juste quand je suis nerveuse...

Conor n'a pas l'ombre d'un sourire ni d'une réaction, c'est presque comme s'il ne m'avait pas entendue.

— On peut aller prendre un café ? propose-t-il enfin.

Je jette un regard par-dessus mon épaule, m'attendant à trouver Valentin, mais non. L'entrée du bâtiment est déserte. Je crois que je me suis plantée pendant le test parce que, de toute évidence, les autres n'ont toujours pas fini.

— Julia ?

Je reporte mon attention sur Conor qui me dévisage.

— D'accord pour un café, accepté-je.

Nous quittons l'université pour aller dans un petit établissement en face de l'entrée du campus. Le trajet se passe en silence, même si je meurs d'envie de savoir pourquoi Conor est encore en France, et surtout, pourquoi il est venu me voir.

Ce n'est qu'une fois installés que j'ose croiser à nouveau son regard. C'est dingue ce qu'il peut être intense... Je suis consciente que je devrais renouveler un peu mon vocabulaire, mais je n'arrive pas à trouver un autre adjectif qui lui conviendrait mieux.

Nous passons commande avant de replonger dans ce silence gêné. Du moins, je suis gênée alors que Conor semble égal à lui-même... Si je peux dire, étant donné qu'on ne se connait presque pas.

— Est-ce que tout va bien pour toi, Julia ?

Je fronce les sourcils, incapable de trouver un sens à sa question. Conor boit une gorgée du café qu'il a commandé, sans me quitter des yeux. Je commence à rougir sous son observation.

— Tu veux dire : comment je vais après le décès de ma sœur ?

Il pince les lèvres, et je ne sais pas si c'est ma non-réponse qui le contrarie ou même s'il est contrarié tout court. J'ajoute mentalement « indéchiffrable » à la liste d'adverbes qui lui correspondent le mieux.

— Je sais que tu cumules les petits boulots, dit-il avec naturel.

Comme s'il était parfaitement normal qu'il en sache plus sur ma vie que moi sur la sienne.

— Qui t'a dit que j'avais un job ?

Conor repose sa tasse sur la table :

— Je vais être franc avec toi : je sais tout ce qu'il y a à savoir sur toi.

Je sens ma mâchoire se décrocher. Je regarde autour de moi pour essayer de déterminer si cette scène surréaliste est bien en train d'avoir lieu, avant de reporter mon attention sur l'homme assis en face de moi.

— Tu as fait des recherches sur moi ? demandé-je en croisant les bras sur ma poitrine.

— Ne le prends pas personnellement, j'ai l'habitude de procéder ainsi.

Certes, Conor McLane est un homme riche et sexy, mais ça ne lui donne pas le droit de fouiller dans la vie privée des gens pour autant !

— Tu veux dire que tu as des infos sur moi, que je n'ai jamais eu l'intention de te donner, et que je devrais trouver ça normal ?

Ma voix est un peu montée dans les aigus. Il faut dire que la perspective qu'un étranger, ou presque, fouille dans ma vie a de quoi me faire péter les plombs.

— À partir du moment où tu n'as rien à cacher, je ne vois pas où est le problème, fait-il remarquer.

Conor ne semble pas du tout comprendre pourquoi son attitude me choque.

— Tu sais quoi, Conor ?

C'est la première fois que je m'adresse à lui si directement. Je martèle les mots :

— Puisque tu sais autant de choses sur moi, tu n'as pas besoin de me parler, pas vrai ?

Je saisis la bandoulière de mon sac et quitte la chaise sur laquelle j'étais installée. J'accélère le pas en sortant du café, mon cœur bat fort, et je ne peux pas mettre ça sur le compte de la caféine puisque je n'ai même pas touché au café que j'avais commandé.

L'attitude douteuse de mon beau-frère me reste en travers de la gorge. De quel droit s'immisce-t-il dans ma vie privée ? J'ai la sensation que mon intimité a été violée...

Jusqu'où a-t-il été dans ses recherches ? En plus de la liste de mes employeurs, a-t-il aussi le nom de mon médecin traitant ? De ma gynéco ? Et mon adresse personnelle aussi ?

Pourquoi s'est-il donné cette peine ? Et pourquoi m'en avoir parlé ?

Merde ! Je ne sais pas qui est Conor McLane, ni ce qu'il me veut, mais de toute évidence, lui sait qui je suis. Du moins, il semble avoir rassemblé toutes les informations qu'il a pu à mon sujet. Je me sens vulnérable, exposée... et par-dessus tout : furieuse.

Chapitre Trois

Ma fureur n'est toujours pas retombée le soir quand je rejoins la pizzeria pour laquelle je travaille. En plus du supermarché où je fais de la mise en rayon le matin avant d'aller en cours, je m'occupe des livraisons pour une petite pizzeria située à quelques rues de chez moi. L'un dans l'autre, j'arrive à joindre les deux bouts, mais la vie est chère et je ne peux pas me permettre de manquer une journée de travail.

— Salut, ma belle !

Gustave, le patron de l'établissement, m'adresse un large sourire quand j'entre dans la cuisine. Le vieil homme a largement passé l'âge de la retraite, mais il aime tellement son métier de pizzaïolo qu'il a décidé de ne pas fermer. Heureusement pour moi, car il me paie plutôt bien pour ce petit boulot, et sans ce job, je ne pourrais pas subvenir à mes besoins.

Ma mère n'a pas assez de revenus pour m'aider et mon

père n'en a aucune intention... C'est tout juste s'il versait la pension alimentaire qu'il devait à ma mère. Je ne peux donc compter que sur moi.

Je chasse mon paternel de mes pensées et reporte mon attention sur mon patron :

— On a beaucoup de commandes ?

C'est un soir de match donc je m'attends à sillonner la ville dans tous les sens.

Gustave me lance un drôle de regard, je crois bien qu'il est gêné. Je me demande ce qui lui arrive.

— Je n'ai pas encore eu trop d'appels, mais il y a déjà une commande à livrer.

Il fait un signe de tête en direction de deux cartons à pizza déposés sur le comptoir. Je hoche la tête :

— Je m'en occupe !

Je me hâte de récupérer les clés du scooter dans le tiroir près de la caisse.

— Tu ne veux pas manger un bout avant d'y aller ? propose Gustave. Je t'ai préparé une andalouse.

Mon patron connait mon penchant pour le chorizo bien épicé, mais je ne sais pas pourquoi, ce soir j'ai la gorge nouée. Je secoue la tête :

— Non, merci. Peut-être plus tard.

Gustave semble sur le point de me dire quelque chose, mais il se retient. Décidément, il a une attitude bizarre. Ce genre de comportement ne lui ressemble pas du tout, il est plutôt du style à être franc, trop même. Comme la fois où il m'a dit que je ne pourrai jamais vivre de l'archéologie... Dans le fond, il n'avait pas tort, mais je n'ai pas apprécié de me l'entendre dire pour autant. J'ai mis du temps à trouver ma voie, celle qui me fait vraiment vibrer, alors même si par la suite je ne trouve pas de job dans ce domaine, j'ai décidé de profiter de mes études à fond.

— Je te la garde au chaud, répond-il.

— À tout à l'heure.

Je récupère les cartons ainsi que le ticket posé dessus et me presse vers la sortie. Je range les pizzas dans le petit coffre avant d'entrer l'adresse de livraison dans mon téléphone. J'enfourche le scooter rouge avec un certain plaisir. Je n'ai pas mon permis de conduire, alors c'est ma seule opportunité de bouger en toute autonomie, autrement qu'à vélo ou à pied.

Il ne me faut que quelques minutes pour atteindre ma destination et me garer devant un hôtel du centre-ville. Je ne suis pas surprise de me trouver dans ce genre d'établissement, j'ai l'habitude de livrer des pizzas à des clients, en revanche, c'est la première fois que je mets les pieds dans cet hôtel cinq étoiles. J'imagine que même les gens riches ont leurs péchés mignons...

Lorsque je pénètre dans le grand lobby, je suis tout de suite frappée par la hauteur du plafond et des colonnes en marbre poli qui le soutiennent. J'ai entendu parler de cet endroit sans jamais penser que j'y entrerais un jour.

Ne sachant pas dans quelle chambre se trouve le client dans la mesure où rien n'est indiqué sur le ticket, j'approche de la réception. Une jeune femme se tient là. Elle tape sur les touches d'un clavier d'ordinateur et lève les yeux vers moi sitôt qu'elle a terminé.

Si elle est étonnée de me voir, elle n'en laisse rien paraitre. Et pourtant, avec ma veste rouge floquée au nom de la pizzeria et mes deux boites à la main, je détonne au milieu du décor luxueux.

La réceptionniste se redresse et me sourit :

— Bonsoir, mademoiselle. Vous êtes attendue au dixième étage, dans la suite Blanche. Vous pouvez prendre l'ascenseur du fond.

Elle fait un geste de la main pour désigner un endroit dans le lobby, mais ce qui m'étonne le plus est qu'elle soit au courant de ma venue.

Je me ressaisis. Si je continue à tarder, les pizzas seront froides, et je doute qu'un client de cet hôtel soit arrangeant sur ce genre de détail.

Je remercie la réceptionniste et presse le pas dans la direction qu'elle m'a montrée. Quelques secondes suffisent à l'ascenseur flambant neuf pour me propulser dix étages plus haut. À un moment, la cabine aux parois de verre quitte l'intérieur de l'immeuble pour passer en extérieur et la vue sur la ville est à couper le souffle.

Allez, Julia ! T'es pas payée à bâiller aux corneilles !

Je me ressaisis et tourne le dos au panorama pour faire face aux portes qui coulissent. Je m'engage dans un long couloir au sol recouvert d'une épaisse moquette moelleuse. Je me demande vaguement comment il est possible de l'entretenir aussi parfaitement quand on a autant de passage que dans un hôtel, avant de m'arrêter devant la porte de la suite Blanche.

Enfin, je frappe un coup discret sur le battant. Je me dis que je devrais manifester ma présence plus franchement, mais la porte s'ouvre sur une haute silhouette.

Un homme d'âge mûr se tient là. Il m'étudie un instant

avec attention, et je lui tends les cartons, mais il ne fait pas mine de s'en saisir. Au contraire, il s'efface sans un mot pour que j'entre.

Eh bien, pour la chaleur humaine, il pourra repasser ! Il est aussi avenant qu'un iguane mâle en période de reproduction qui aurait repéré un concurrent potentiel près de sa femelle...

Je suis l'inconnu jusqu'à un salon où il s'arrête et j'ai besoin de faire quelques pas de côté pour avoir un aperçu du reste de la pièce, et accessoirement, repérer un endroit où déposer mon chargement.

Aussi divertissante que cette livraison puisse être, je n'ai pas que ça à faire ce soir.

Je jette mon dévolu sur une table basse, et je n'attends pas la permission du colosse pour m'avancer. Je suis sur le point de poser les cartons dessus quand mon regard est attiré par une paire de chaussures cirées.

Lorsque je relève la tête, je suis happée par un regard intense.

Debout au milieu du salon de la suite, je dévisage Conor sans rien dire. Je mords l'intérieur de ma joue pour ne pas perdre mon sang froid. J'ai vaguement conscience que l'homme qui m'a ouvert la porte s'est retiré pour nous laisser seuls, Conor et moi, mais ça n'a aucune importance, parce que moi aussi je vais m'en aller. Du moins, dès que j'aurai retrouvé mes esprits.

J'ai l'impression que mes pieds sont lestés de plomb, et que de la lave en fusion coule dans mes veines. Je commence à avoir très chaud. Sans doute à cause de la fureur qui m'a rattrapée quand j'ai reconnu Conor, ou plus vraisemblablement, à cause de ma veste qui est fermée alors qu'il fait bon dans la suite.

— C'est une blague ? lancé-je tout en posant les cartons sur la table basse.

La question m'a échappé. J'aurais pu faire mieux, trouver une répartie cinglante, quelque chose de plus philosophique, mais tant pis.

Conor n'a pas l'air de se marrer, pas plus que moi en tout cas. Ce qui est déjà un bon point en sa faveur.

Non, mais qu'est-ce que tu dis, Julia ? Il n'a aucun bon point ! Ce mec est carrément dérangé !

Je commence à me demander s'il n'y a pas quelque chose qui cloche chez mon beau-frère...

— Assieds-toi, Julia.

— Je n'apprécie pas qu'on me donne des ordres, grogné-je. En plus, je travaille au cas où ça t'aurait échappé.

— J'ai réservé ta soirée, commente-t-il sobrement.

— Tu as fait quoi ? m'étranglé-je.

Il se contente de me dévisager, et cette fois je défais la fermeture de ma veste.

— J'ai vu avec ton patron pour qu'il te libère ce soir, précise Conor.

Une bouffée de rage remonte le long de mon ventre pour venir se bloquer dans ma gorge.

— Tu me prends pour une *escort girl* ou quoi ? Tu ne peux pas demander ce genre de prestations à *une pizzeria* !

— Ne sois pas si révoltée, Julia. Je t'assure que j'ai un grand respect pour toi, et je ne te considère pas du tout comme une prostituée.

— Encore heureux !

Cette conversation est complètement surréaliste !

— Assieds-toi, s'il te plait. Nous avons besoin de parler.

Je croise les bras sur ma poitrine pour me donner une contenance. Une part de moi, toute petite, est flattée que Conor se soit donné autant de peine pour passer du temps avec moi, tandis qu'une autre est juste choquée qu'il ait pu le faire.

Mais s'il a fait tout ça, c'est sans doute qu'il avait une bonne raison. Quitte à être venue, je peux au moins l'écouter. Sans compter que je ne perdrai pas de salaire...

— Par respect pour Swann, je vais t'accorder quelques minutes, Conor. Mais après ça, tu devras arrêter tes petits jeux et tes incursions dans ma vie privée.

Conor me dévisage attentivement, mais je n'arrive pas à déchiffrer ses pensées, et ça me frustre. Qu'est-ce qui peut bien lui passer par la tête pour avoir ce genre de conduite ?

— Installe-toi, s'il te plait.

Cette fois, j'obtempère. Si je dois l'écouter, autant que je sois assise confortablement.

— Est-ce que tu veux boire quelque chose ? Manger peut-être ? propose-t-il.

Je fais non de la tête :

— Viens-en au fait, Conor.

Il a un petit froncement de sourcils tandis qu'il m'étudie :

— Ma présence te dérange tant que ça ?

Sa question tombe comme un cheveu sur la soupe. Il s'est imposé à moi pour ensuite me demander s'il me dérange ? C'est du grand n'importe quoi !

— Tu attends vraiment une réponse ?

Conor secoue la tête et il se penche un peu en avant. Les coudes appuyés sur ses genoux, l'expression indéchiffrable qui semble le caractériser sur le visage, il prend un instant avant de parler. Chez lui tout semble être soigneusement étudié et réfléchi :

— À quel point connaissais-tu Swann ?

Et voilà, en une seule question il m'a mise à terre. Je fais comme si de rien n'était, du moins, je tâche de ne rien laisser transparaitre, même si je sens bien qu'il est bien trop perspicace.

Je me rabats sur une réponse diplomatique :

— C'était ma sœur.

— Mais vous n'étiez pas proches.

Il lance ce constat d'un ton assuré. Et il a de quoi l'être. Il est le mari de Swann, et à ce titre, il la connait plus que je ne pourrais jamais la connaitre.

— C'est pour me dire ce genre de choses que tu tenais tant à me parler ?

On dit que la meilleure défense est l'attaque... Je crois que c'est ce que je viens de faire. Ça ne me ressemble pas du tout, mais quelque chose chez Conor me met sur la défensive.

— Non, bien sûr que non, répond-il.

Et il marque un silence. C'est dingue ! Cet homme élève le silence au niveau d'art tant il le maitrise à la perfection. Mon impression est sans doute plus forte à cause de mon manque de compréhension : je n'arrive pas à savoir ce qu'il me veut, et ça me met mal à l'aise. D'habitude, je suis plutôt douée pour lire les gens, et ils me surprennent rarement. Mais Conor n'est pas comme la majorité, il est différent. Ce qui fait sans doute partie de son charme.

Je m'en veux de penser à lui sous cet angle. Ce genre d'idée ne devrait même pas m'effleurer, encore moins s'exprimer aussi clairement dans ma tête.

— J'ai une proposition à te faire, lance Conor.

Chapitre Quatre

Je dévisage Conor, dans l'attente de ce qui va suivre.

— Ce que je vais te dire va te sembler tiré par les cheveux, je le conçois très bien, commence-t-il. Mais je te demande de m'écouter jusqu'au bout avant de me répondre.

Il y a une intensité nouvelle dans son regard, comme s'il ne l'était pas assez ! Je ne sais pas du tout quoi penser de cette entrée en matière. Qu'est-ce qui a pu pousser le mari de ma défunte sœur à me tendre ce traquenard dans sa suite ?

Mon cerveau se met à échafauder toutes sortes d'hypothèses plus folles les unes que les autres, mais tout défile à une telle vitesse que je n'arrive pas à me concentrer sur une idée en particulier.

— Je sais que tu ne parlais pas souvent avec Swann, reprend Conor.

Quelque chose se serre dans ma poitrine et j'ai comme un gout amer dans la bouche.

— Alors tu dois me faire confiance, mais tu seras libre de chercher des informations de ton côté pour vérifier que ce que je te dis est la vérité.

Plus Conor parle, moins je comprends ce qu'il a à me dire et ça commence à me taper sur les nerfs :

— Tu peux arrêter de tourner autour du pot ? Si tu as voulu que je vienne ici au point de comploter derrière mon dos pour y parvenir, c'est que ça doit être grave. Annonce la couleur.

Conor se renfonce dans son fauteuil. Il m'étudie en silence, mais j'en ai marre de cette situation, je n'ai qu'une envie : rentrer chez moi et, pourquoi pas, passer un moment de détente avec Valentin.

— Ce n'est pas grave au sens où tu l'imagines, reprend-il. Disons simplement que le sujet est grave et important.

— Super... D'où l'art de parler pour ne rien dire.

Conor hausse les sourcils.

— Tu es toujours aussi directe ?

— Et toi, tu mets toujours autant de temps pour dire ce que tu penses ?

Je pourrais faire preuve de plus de tact, peut-être que je le devrais, mais je ne peux pas. Les ronds de jambe ne sont pas mon fort, et même si je sais que parfois ils peuvent être utiles, ils ne sont tout simplement pas dans ma nature.

Conor reprend :

— Oui, je prends toujours le temps de peser mes mots quand je m'apprête à aborder des sujets délicats, Julia.

Il se lève et se met à marcher dans le salon, ce qui est la

première manifestation d'un état de stress, ou ce qui s'en rapproche.

— Swann et moi avons essayé d'avoir un enfant, lâche-t-il enfin.

Conor me lance un drôle de regard, et j'ai l'impression d'apercevoir une partie de lui qui est bien enfouie d'habitude, il y a une sorte de vulnérabilité qui me touche.

— Nous n'y sommes jamais parvenus. Il y avait quelque chose qui ne fonctionnait pas...

Il pousse un soupir avant de se tourner vers moi :

— Tu crois qu'il y a une puissance supérieure qui s'amuse avec nos vies ?

Je fronce les sourcils. Cette question, je me la suis posée plusieurs fois pendant mes cours à la fac, sans doute à cause des matières que j'étudie...

Conor n'attend pas que je réponde pour continuer :

—Je ne suis pas croyant, mais franchement, parfois le « hasard » est trop gros pour n'être que du hasard...

Je me mords la langue pour ne pas lui lancer une petite réplique de mon cru, le moment n'est pas très bien choisi. Conor est en train de me livrer un pan très intime de sa vie alors que je suis presque une inconnue pour lui, je peux au moins lui offrir une écoute attentive en retour.

— Notre médecin m'a contacté hier : on a plusieurs embryons viables.

Je mesure le choc que cet appel a dû être pour Conor. La vie a dû lui sembler bien cruelle de lui offrir la vie au moment où il perd sa femme...

— Je suis vraiment désolée de ce qui t'arrive, Conor. Mais je ne vois pas en quoi ça me concerne.

Le regard de Conor ne me quitte pas, je ne sais pas s'il espère que je lise dans ses pensées, mais je ne comprends pas pourquoi il me confie tout ça.

— Tu ne comprends pas, Julia ?

Mon expression parle pour moi, car Conor m'explique :

— Cela veut dire qu'il y a une part de ta sœur qui est toujours en vie.

— Arrête-moi si je me trompe, mais ce sont des œufs qui ne comptent pas plus de quelques cellules...

— Peu importe le nombre de cellules ! C'est une partie de Swann.

Je ne réponds rien. Les propos de Conor sont ceux d'un homme en deuil qui, non content d'avoir perdu sa femme, voit s'évanouir la possibilité d'avoir un enfant.

Ça fait beaucoup à digérer en si peu de temps.

— Je peux faire appel à une mère porteuse et avoir cet enfant, ou ces enfants, qui sait ? Il y a plusieurs embryons viables...

L'idée que je pourrais avoir des neveux ou des nièces alors même que ma sœur n'est plus là est un peu étrange, mais je n'ai pas mon mot à dire dans cette situation.

Conor continue son raisonnement :

— Je pourrais payer une inconnue pour porter mes enfants, mais celle que je veux, c'est toi, Julia.

Mon cœur a fait une embardée.

Il ne peut pas me demander ça !

Il n'est pas vraiment en train de me le demander, si ? Je n'arrive même pas à imaginer un monde dans lequel ce serait une bonne idée.

— Tu as besoin d'argent, je le sais. On pourrait se rendre mutuellement service...

J'ai bondi du fauteuil, et je sens mes mains trembler sous le coup de l'émotion. Je serre les dents.

— Je te demande simplement d'y réfléchir, Julia.

Conor s'est levé lui aussi, il fait un pas dans ma direction, mais c'en est trop pour moi. Je lève une main vers lui pour l'empêcher de m'approcher.

— Tu es complètement fou.

Ma voix est un peu étranglée.

— Réfléchis un instant, commence-t-il.

Mais je le coupe net :

— C'est fait ! Et c'est non !

Je tourne les talons et prends la direction de la porte. Cet homme est encore plus dérangé que je ne le croyais !

Je quitte l'hôtel comme si j'avais le diable aux trousses. Ce qui est en quelque sorte le cas.

Porter l'enfant de ma sœur morte... Comment Conor peut-il me faire ce genre de proposition ? C'est tellement... indécent !

La proposition de Conor tourne en boucle dans ma tête, et je ne suis pas plus avancée quand je rentre chez moi.

Je ne sais pas sur quel pied danser avec lui... Dois-je le considérer comme un mari endeuillé prêt à tout pour garder une part de sa femme en vie ? Ou bien a-t-il complètement perdu la raison suite au décès de Swann ?

Cette idée que je puisse être mère porteuse pour lui me parait tellement déplacée ! Et puis, même si j'acceptais, ce que je ne peux pas faire, comment pourrais-je mettre au monde un enfant sans garder un lien avec elle ou lui par la suite ?

Conor a parlé d'argent... mais l'argent est-il une motivation suffisante pour accepter ? J'ai toujours pensé que j'aurais un enfant avec un homme que j'aime, pas que j'offrirais mon utérus en location au plus offrant !

— Dure soirée ?

Valentin qui a surgi à côté de moi dans l'entrée de notre appartement me fait sursauter. Je porte la main à ma poitrine, et sens mon cœur qui bat la chamade dans ma cage thoracique.

— Je t'ai déjà dit de ne pas faire ce genre de choses ! m'écrié-je. Tu vas finir par me tuer un jour !

Valentin tapote mon épaule dans un geste affectueux :

— Promis, demain j'arrête.

—Je ne te crois pas, marmonné-je.

— Bon, j'avoue que j'ai croisé les doigts dans mon dos.

Mon coloc lève la main pour me montrer son index et son majeur qui sont enchevêtrés.

— Tu veux un chocolat chaud ? demande-t-il tout à coup.

Il a toujours cette tendance à sauter du coq à l'âne, donc ça ne me choque pas.

— J'aurais besoin d'une vodka ou d'une tequila, ou de toute autre catégorie d'alcool qui pourrait me plonger dans un coma léger.

Je me mords la lèvre en réalisant ce que je viens de dire…

Putain, Julia ! Tu n'en loupes pas une !

Heureusement que je parlais à Valentin, et pas à Conor, ou pire : à ma mère. Ce qui me fait penser que je dois l'appeler et passer la voir. Elle était tellement mal quand je l'ai quittée hier qu'elle serait capable de ne plus se nourrir…

— On n'a rien de tout ça, répond Valentin.

— Va pour le chocolat chaud, alors, fais-je, résignée.

Quelques minutes plus tard, nous sommes installés à la table du salon, mon mug favori (celui avec une licorne pailletée) rempli du breuvage supposé magique posé devant moi.

Valentin me dévisage :

— Tu tiens le coup ?

Je hausse les épaules.

— Ça peut aller…

Je sais bien que l'on attend de moi que je sois au trente-sixième dessous, mais même si je suis triste, je ne suis pas autant affectée que je pourrais l'être.

— C'est triste à dire, mais ma sœur était une inconnue pour moi, Val.

Je me tais avant de dire quelque chose qui me ferait passer pour la pire des connasses. Je souffle sur le contenu de la tasse avant d'en boire une gorgée. Okay, le chocolat chaud ne fait pas l'effet d'un shot d'alcool, mais il me réconforte quand même.

— Comment s'est passé l'examen ? demande Valentin.

Je hausse les épaules :

— Je pensais que j'avais réussi avant de me rendre

compte que j'étais la première à quitter la salle, ce qui est sans doute le signe que je me suis plantée... Et toi ?

— Franchement ? Je n'en ai aucune idée. Le professeur Howard est tellement imprévisible que je ne parierais pas sur ma réussite.

Avoir une discussion normale avec mon coloc a le mérite de me distraire de mes pensées qui tournent autour de Conor et de son idée folle.

Mais l'effet de distraction n'est que passager, car sitôt que je me couche, mon cerveau se met en marche active et je me prends à considérer la proposition de mon beau-frère. Serait-ce vraiment si dérangeant de porter son enfant ?

L'image d'un bambin avec les épais cheveux noirs et les yeux verts de Conor passe dans ma tête.

Non, mais c'est pas vrai ! Tu nages en plein délire, ma vieille !

Je ne peux pas accepter. C'est tout simplement impossible.

Je suis sur le point de m'endormir quand mon téléphone bipe. Je jette la main dessus pour le réduire au silence, mais mon regard tombe sur le nom de mon correspondant : Conor McLane.

Et voilà ! Je suis bien éveillée à présent !

J'ai reçu un message de la part de mon beau-frère. J'hésite un instant à éteindre mon téléphone et à ne le consulter que demain. Je ne suis pas certaine que cet homme ait un effet bénéfique sur mon équilibre interne, autant ne pas lui fournir des occasions de me tourmenter.

Ceci dit, quel mal un petit message peut-il me faire ? Sans doute que Conor s'excuse pour sa proposition insensée et qu'il me demande de ne plus y penser. Peut-être qu'il me dit au revoir depuis son vol de retour pour les États-Unis ?

Alors même si mon cerveau veut que je l'ignore, mes doigts en ont décidé autrement et mon index appuie sur la petite icône verte.

[Tu n'as pas toutes les informations pour prendre ta décision, je t'ai envoyé un mail détaillé. S'il te plait, consulte-le avant de me répondre.]

Je fixe mon écran un instant. Conor persiste et signe ! Il n'en démordra pas...

— Va au diable, Conor McLane !

Chapitre Cinq

Je n'ai presque pas fermé l'œil de la nuit, et quand je suis arrivée à me reposer, j'ai rêvé de bambins aux yeux verts... Résultat : ce matin je suis un zombie. Tout ça à cause de Conor et de son idée tordue !

— Attention, Julia !

J'évite de justesse le transpalette de mon collègue qui se dirige droit sur moi. Hadrien, un autre employé du supermarché me rejoint.

— T'as rien ?

Il me regarde de haut en bas comme pour chercher une blessure.

— Je vais bien, le rassuré-je.

Mon collègue me dévisage, l'air dubitatif :

— T'en as pas l'air...

— Je t'assure que ça va.

— De toute façon, je suis certain que tu me dirais rien même si t'étais au bord de la crise cardiaque...

Je le coupe net :

— Si tu me reparles de la fois où j'ai eu la grippe, je t'avertis que je m'en vais !

— En même temps, j'ai jamais connu une meuf qui vient bosser avec quarante de fièvre.

— Alors tu n'as jamais connu une femme qui a besoin de chaque euro de sa fiche de paie.

Hadrien semble réfléchir à ma réponse. Il finit par hausser les épaules :

— Je pensais pas que t'en avais autant besoin.

Je ne réponds rien parce que je serais capable de lui renvoyer une réplique bien sentie, or Hadrien est le seul collègue à peu près supportable de ce magasin, mieux vaut ne pas me le mettre à dos.

— Si t'as rien, je vais continuer à remplir le rayon avant de me faire choper par le boss, conclut-il.

Il retourne près de son transpalette et je me concentre sur l'inventaire que j'étais en train de faire avant l'incident. Mais j'ai beau essayer de me concentrer, j'en reviens à compter cinq fois le même stock. Je pousse un soupir de frustration.

Il aura suffi de deux jours au contact de Conor McLane pour qu'il s'immisce dans ma vie et dans mes pensées ! Comment un homme peut-il avoir cette capacité ?

Ah oui ! Suis-je bête ! En proposant un truc aussi dingue que devenir la mère porteuse de son enfant !

Je sens mon téléphone que j'ai glissé dans la poche arrière de mon pantalon, et mes doigts me démangent de le consulter, mais je réfrène cette envie stupide de lire le mail que Conor m'a envoyé hier soir.

Après tout, je sais déjà qu'il ne contient rien qui pourra me convaincre d'accepter cette proposition insensée.

Je me plonge dans mon travail en redoublant d'ardeur pour occulter mes pensées parasites. Il ne manquerait plus que je me fasse virer pour faute professionnelle ! Okay, j'exagère, mal compter un stock de paquets de pâtes ne me vaudra pas un licenciement, mais si je pouvais éviter de me faire remarquer, ça serait beaucoup mieux.

Lorsque je regagne le bureau des chargées de logistique, je me retrouve face à face avec Carole. Sous couvert de ne pas y toucher, cette femme prend un malin plaisir à remettre en question le moindre de mes faits et gestes. Et elle n'hésite pas à cafter auprès de la hiérarchie dès qu'elle en a l'occasion. C'est une vipère, un vrai serpent qui se terre dans son nid en attendant qu'on passe à proximité pour jaillir et planter ses crocs venimeux dans sa victime...

Je crois que j'exagère un peu, mais à peine ! J'évite cette femme comme la peste, mais il semblerait que ce matin elle soit seule à travailler dans le bureau. Le poste de Chantal est vide, son ordinateur est éteint. Je me demande ce qu'elle a, mais je préfèrerais me couper moi-même une main et la manger crue plutôt que poser la question à l'*autre*.

J'entre dans le bureau et me dirige vers le fond de la pièce, tournant ainsi le dos à Carole.

— J'ai mis les stocks à jour, on devrait éviter les ruptures, l'informé-je tout en replaçant le terminal électronique que j'ai utilisé sur son socle.

Pourquoi ces appareils se trouvent-ils dans son bureau ?

Sans doute pour qu'elle puisse fliquer les employés de rayons...

— Tu as mis longtemps juste pour compter un élément d'épicerie sèche, fait-elle remarquer.

Je serre les dents pour me retenir de répliquer. En quoi ça la regarde ? Je pivote pour lui faire face. Chaque fois que je suis obligée de m'adresser à elle en la regardant, je fais en sorte de fixer un point juste entre ses sourcils, ça m'évite de lire toute sa méchanceté qui luit à travers ses prunelles...

Carole ne s'en rend pas compte, elle me lance :

— Il y a plusieurs palettes à bouger dans la réserve. Jean-Marc a demandé à ce que ce soit fait au plus vite. Je crois qu'il y a un rat crevé derrière, ça sent super mauvais. Tu devrais t'en occuper.

Je pince les lèvres pour me retenir de lui faire remarquer qu'elle n'est pas ma supérieure hiérarchique, mais je renonce. Je sais très bien de quel genre de manœuvre elle est capable, et à choisir, je préfère encore m'occuper du rongeur décédé dans la réserve.

— J'y vais tout de suite.

Elle ne devait pas s'attendre à ce que j'obtempère parce qu'elle affiche une petite moue étonnée. Je quitte le bureau sans demander mon reste et dévale l'escalier métallique qui donne directement dans les rayonnages de la réserve.

Effectivement, après avoir fait quelques pas dans la direction indiquée, je me rends compte qu'il y a un problème qui se cache derrière une palette...

J'actionne un tire-palettes manuel et dégage plusieurs palettes avant d'identifier la source de cette odeur. Carole avait tort, il n'y a pas de rat. En revanche, il y a une fourrure rousse que je reconnais tout de suite : Ulysse.

Le chat qui était quasiment devenu une mascotte parmi les employés du magasin a été écrasé par une palette.

Je reste figée, incapable d'avancer ou de détourner les yeux de la dépouille de l'animal. J'aurais dû l'adopter et le sortir de ce maudit magasin...

Je me rends compte que je pleure quand une larme arrive sur mes lèvres.

Et à cet instant, alors que je viens de perdre ma sœur ainée, c'est la mort de ce petit animal innocent qui perce ma carapace. Si j'ai pleuré après l'enterrement de Swann, ce que j'éprouve à cet instant est sans commune mesure.

C'est comme si on avait ouvert les vannes et la peine que je maintenais à distance se déverse dans mon cœur, dévastant tout sur son passage.

Et les souvenirs remontent... Ceux des moments partagés avec Swann quand j'étais petite, quand elle me lisait des histoires dans mon lit avant que je m'endorme, ou quand elle venait me chercher à la sortie de l'école. Elle faisait toujours en sorte de m'apporter un gouter. Swann était presque une maman de substitution pour moi. Et puis, un jour, sans que je sache pourquoi, elle a pris ses distances.

Je me rappelle de tout maintenant. Je ne sais pas ce qu'il s'est passé, nous n'en avons jamais parlé. J'ai toujours cru que j'avais fait quelque chose de mal et ensuite j'ai tout occulté.

Les sanglots qui me secouent commencent à attirer l'attention de mes collègues. Je sens qu'on me prend par l'épaule, mais je ne sais pas qui est à côté de moi. Tout ce que je sais, c'est que la mort de cette petite boule de poils a fait remonter à la surface toute la douleur que je refoulais.

— Julia, viens.

Je me laisse entrainer plus loin, à l'écart de la dépouille du félin. En quittant la réserve, je ne manque pas de croiser le regard de Carole qui est sans doute descendue de son perchoir pour voir quelle était la source de tout ce raffut en bas. Ce que je lis dans ses yeux est de la malveillance à l'état brut.

Qu'est-ce que j'ai bien pu lui faire pour qu'elle me haïsse à ce point ?

C'est le cœur en berne que je monte les marches de l'escalier qui conduit chez ma mère. Après le travail ce matin, j'ai passé la journée à la fac. J'ai décidé de venir voir comment allait ma mère avant de prendre mon service chez Gustave.

En temps habituel, nous nous voyons une fois par mois. Nous ne sommes pas très proches, et je crois que c'est en partie à cause de Swann. Ma sœur n'a jamais rien fait pour se mettre entre notre mère et moi, je dirais que ça s'est fait tout seul. Peut-être que le mécanisme de l'amour inconditionnel d'une mère pour son enfant n'a pas fonctionné entre ma mère et moi ? Toujours est-il qu'elle vient de perdre sa fille ainée, et que je n'ai pas le cœur à la laisser gérer ça toute seule.

Je suis à peine essoufflée lorsque j'arrive sur le palier du quatrième étage, il faut croire que mes heures de vélo et de travail quotidien me maintiennent en forme. Je prends une inspiration avant de frapper à la porte. Rien ne bouge de l'autre côté. Ici il n'y a pas de serrure quatre points ni de porte blindée, encore moins de concierge. L'insécurité règne dans cette cité, mais ma mère n'a pas les moyens de louer autre chose...

Le battant est assez fin pour qu'on entende que la télé est en marche, mais il n'y a pas de mouvement. Je me demande si elle est sortie, mais elle n'a probablement pas la tête à faire des courses, je serais même étonnée qu'elle ait pensé à manger depuis que je l'ai couchée dans son lit avant-hier.

Non, ma mère est chez elle, j'en suis persuadée. Peut-être qu'elle a pris un somnifère ? Oui, ça me parait plausible. Je récupère le trousseau de clés dans mon sac besace avant de déverrouiller la porte.

Je pénètre dans l'appartement qui est plongé dans le noir. Certes, l'après-midi est bien avancé, mais il fait encore jour dehors, il n'y a aucune raison pour que les volets soient déjà fermés.

— Maman ?

Je peine à couvrir le son de la télé. Je mets la main sur la télécommande et éteins l'appareil avant d'appeler ma mère à nouveau.

— Maman ?

Ma voix résonne bizarrement dans le salon. Toujours pas de réponse.

La cuisine est vide. Comme je le pensais, elle n'a pas dû manger depuis mon départ car il n'y a aucune vaisselle dans l'égouttoir en dehors de celle que j'y ai placée avant-hier.

Je commence à sentir l'angoisse m'envahir. Après l'épisode de ce matin, j'ai passé la journée à essayer de lutter contre des crises de larmes intempestives, et je sens qu'il ne m'en faudrait pas beaucoup pour me remettre à pleurer…

L'appartement est petit, il n'y a pas dix endroits où ma mère peut se trouver. Je me dirige vers sa chambre dont la porte est fermée. J'essaie de pousser le battant, mais il résiste.

J'appuie de tout mon poids pour le faire bouger et après quelques secondes de résistance, il s'écarte assez pour que je puisse passer la tête dans l'embrasure. Ce que je vois me glace le sang !

Ma mère est étendue sur le sol entre le lit et la porte, c'est son corps qui s'oppose à l'ouverture du battant. Je sens ma gorge se serrer d'effroi et je me mets à trembler.

— Maman ! Tu m'entends ?

Je crois que je crie, je tambourine même à la porte, mais c'est peine perdue, ma mère ne réagit pas.

Après Swann et Ulysse, est-ce le tour de ma mère ? Je refuse de mettre le mot sur son état… Mon cerveau est dans l'incapacité de traiter cette information.

J'entends un sanglot avant de comprendre qu'il provient de moi.

Et si ma mère était morte ?

Chapitre Six

Les sons me parviennent comme s'ils étaient étouffés. J'ai la sensation d'être entourée par une bulle en coton qui me protège de l'extérieur, mais à quoi bon puisque la douleur provient de l'intérieur ?

La seule idée qui m'apporte un peu de réconfort est que ma mère n'est pas morte. Les pompiers qui sont intervenus après que je les ai appelés me l'ont affirmé : elle respirait encore quand ils l'ont prise en charge.

Mon soulagement n'a été que de courte durée parce qu'ils m'ont aussi dit que son état était plus que critique. J'ai tenu la main froide de ma mère pendant tout le trajet en ambulance.

— Julia, tu es là.

Une présence se matérialise à côté de moi dans la salle d'attente où les pompiers m'ont laissée à notre arrivée.

Je tourne la tête vers celui qui s'est assis à côté de moi,

et mon regard est tout de suite capté par des iris verts que je commence à bien connaitre.

Je pourrais m'étonner de sa présence, voire m'énerver, mais je n'en ai tout simplement pas la force. S'il veut être ici, je ne peux pas l'en empêcher. En fait, pour une raison que je ne m'explique pas, sa présence a quelque chose de rassurant.

Il pose une main sur les miennes et je baisse les yeux vers ses doigts. Ils sont longs et fins, soignés comme le sont ceux des hommes qui ne sont pas habitués aux travaux manuels, malgré tout, il se dégage d'eux une impression de force. Je devrais retirer mes mains des siennes, me soustraire à ce toucher qui provoque en moi des sentiments mitigés que je suis bien incapable de déchiffrer à cet instant.

— Je suis venu dès que j'ai su, dit-il.

Je tourne la tête vers lui, nos visages sont très proches. Trop proches peut-être ? Quelles sont les convenances dans ce genre de situation ?

Je mords ma lèvre inférieure pour l'empêcher de trembler. Le choc émotionnel est trop violent. Tout se cumule ces derniers jours. Je ne sais même pas où je trouve la présence d'esprit de lui demander :

— Qui t'a mis au courant ?

Une petite lueur passe dans ses yeux, mais je n'arrive pas à l'interpréter. Est-il si énigmatique que ça ? Ou bien est-ce seulement moi qui n'arrive pas à le cerner ?

— Je te l'ai dit hier : je sais tout de toi.

Une pointe de colère refait surface au fond de moi, et quelque part, je préfère ça à la douleur et à l'angoisse qui me taraudent, alors je m'en saisis et je l'alimente. Je choisis de me laisser envahir par la colère, elle est mille fois plus facile à vivre que le reste.

Je retire mes mains de celles de Conor, et même si cette absence de contact provoque en moi une sensation de froid, j'ai à cœur de montrer à Conor qu'il ne me connait pas du tout.

— Je ne sais pas ce que tu penses savoir, Conor, mais tu n'as pas la moindre idée de qui je suis, de ce que je pense ou de ce que je veux.

— Le sais-tu seulement ? rétorque-t-il.

J'en reste muette un instant, avant d'exploser, ou plutôt imploser parce que c'est une colère froide qui s'exprime, une colère qui n'a pas besoin de hausser le ton ni d'insulter. C'est une rage contenue qui s'exprime :

— Tu as peut-être de l'argent et des relations, mais en ce qui me concerne, tu es un étranger qui essaie de s'immiscer dans ma vie. Tu as certainement l'habitude d'utiliser cette attitude arrogante pour charmer les femmes et les attirer dans ton lit, mais je ne suis pas une idiote, Conor.

Son regard se plisse et cette fois je suis certaine d'y lire de la colère.

— Fais attention à ce que tu dis, Julia.

— Sinon quoi ? Tu vas quitter la France et me foutre la paix ? Mais je t'en prie : va-t'en ! Et oublie-moi !

— Tu ne penses pas ce que tu dis. Tu es sous le choc. D'abord ta sœur et maintenant ta mère, c'est compréhensible, concède-t-il. Mais je n'accepterai jamais que tu insinues que je trompais ta sœur. Je ne l'ai jamais fait.

Je fronce les sourcils, surprise par le tour qu'est en train de prendre cette conversation, mais Conor n'en a pas terminé :

— Alors si tu as besoin d'une personne sur qui te défouler, vas-y. Je suis ton homme.

Un long frisson me parcourt quand il me dit ça... Il est mon homme... Mon cerveau a décidé de prendre ce message à la lettre et il m'envoie quelques images de la manière dont Conor pourrait être mon homme...

Eh merde ! Tu devrais consulter un psy, ma vieille ! T'es en train de dérailler complètement.

Je me rends compte que mon attention est focalisée sur ses lèvres et je détourne rapidement le regard. Je sens mes joues chauffer. Mais Conor n'en a pas terminé avec moi :

— Tu n'as plus d'insultes en réserve ? Pas d'autre insinuation ?

Je ferme les yeux un instant.

— Je n'aurais pas dû dire ça, lâché-je à voix basse.

Je rouvre les yeux et me risque à jeter un regard en coin à mon beau-frère. Il est plongé dans la contemplation du mur en face de nous, j'imagine que l'affaire est classée.

— Pourquoi n'es-tu pas rentré chez toi, où que ça se trouve ? demandé-je.

— Seattle.

Je tourne la tête vers lui, sans comprendre :

— Pardon ?

Il me retourne mon regard.

— Nous habitons près de Seattle.

Je me rends compte que je n'ai même pas le début d'une idée sur ce que la vie de ma sœur était aux États-Unis. Comment est sa maison ? Que faisait-elle de ses journées ?

Les questions affluent et je sens les larmes revenir.

— Mademoiselle Calley ? Julia Calley ?

Je me redresse et me dirige vers l'homme qui vient de m'appeler. Il porte une blouse blanche et fait visiblement partie du personnel de l'hôpital.

— Oui, c'est moi.

Il me dévisage puis son regard passe sur Conor dont je sens la présence dans mon dos.

— Votre mère est stabilisée. Nous allons la garder plusieurs jours. Elle est tombée et elle était en hypothermie quand on nous l'a amenée. Le plus inquiétant est la fracture qu'elle s'est faite en tombant...

Le médecin entreprend de me faire un compte-rendu détaillé de l'état de santé de ma mère, mais j'ai du mal à tout enregistrer. Mon cerveau se réfugie à nouveau dans le brouillard cotonneux familier et confortable. Mes jambes vacillent et la main de Conor se place dans mes reins pour me stabiliser.

Comment fait-il pour être si fort alors qu'il vient de perdre sa femme ?

C'est tout ce à quoi j'arrive à penser tandis que le médecin s'éloigne. Cette fois, c'en est trop pour moi. Je sens que toute la tension nerveuse qui m'habitait s'évanouit et c'est le noir total qui m'engloutit.

J'ai l'impression d'être sur un nuage. Du moins, c'est l'idée que je me fais d'un nuage : confortable, moelleux, protecteur. Je suis tellement fatiguée... Épuisée, même. Et ce nuage est tellement agréable que je n'ai pas envie de me réveiller.

Tu t'es endormie, Julia !

J'ouvre les yeux et me redresse dans un même mouvement. J'ai besoin d'un moment pour me remettre les idées en place... Je me suis évanouie à l'hôpital, après ça, plus rien.

Je regarde autour de moi pour essayer de comprendre où je me trouve. Le personnel soignant a certainement dû m'installer dans une chambre le temps que je reprenne mes esprits... Sauf qu'en y regardant de plus près, malgré la pénombre, je me rends bien compte que le lit dans lequel je me trouve n'est pas celui d'un hôpital, c'est au moins un *king size* ! Et les draps sont en soie, ou en satin, en tout cas ce n'est pas du linge de maison qui est passé par le service de blanchisserie d'un centre hospitalier.

Où est-ce que je me trouve ? Je repousse les draps avant de quitter le lit. J'ai un peu la tête qui tourne, mais en dehors de ça, je vais bien. Du moins, je n'ai pas l'impression que quelque chose cloche chez moi.

Alors pourquoi me suis-je évanouie ?

Je me dirige vers la porte de la chambre que j'ouvre. La lumière de la pièce d'à côté m'oblige à plisser les yeux le temps que mes pupilles s'adaptent à la luminosité ambiante.

Quand c'est fait, je regarde autour de moi, et je reconnais... la suite d'hôtel de Conor !

— C'est du délire !

Les mots m'ont échappé. Je pince les lèvres, comme si ça me donnait le pouvoir de ravaler mon exclamation. Le tapis du salon est doux sous la plante de mes pieds. Je baisse la tête et constate que je n'ai plus ni chaussures ni chaussettes, heureusement, je porte encore mes vêtements.

Je repère mon manteau et ma besace posés sur une chaise.

— Tu n'aurais pas dû te lever.

Je pivote pour découvrir Conor. Un ordinateur ouvert est posé à côté de lui sur le bureau. De toute évidence, il travaillait. Il a relevé les manches de sa chemise sur ses avant-bras et les boutons de son col sont défaits, laissant apparaitre la naissance de son torse.

Je déglutis et détourne le regard.

— Pourquoi m'as-tu amenée ici ? Ma place est à l'hôpital, au chevet de ma mère.

— Le médecin n'était pas de cet avis, contre-t-il.

Je reporte mon attention sur lui : il a croisé les bras sur son torse et il est appuyé sur le rebord du bureau dans une pose nonchalante qui lui convient parfaitement.

— Je me fiche de ce qu'il pense ! Je dois rejoindre ma mère ! Elle a besoin de moi !

— Ce dont elle a besoin, c'est de repos, et de soins.

Je fronce les sourcils et me dirige vers ma veste que je saisis.

— Tu ne peux pas partir maintenant, Julia, insiste Conor.

— Ah non ?

J'enfile ma veste et prends mon sac et mes chaussures avant de me diriger vers la porte de la suite.

— Il est presque deux heures du matin, lance Conor dans mon dos.

Je me fige.

— Je suis restée évanouie tout ce temps et ça ne t'a pas inquiété ?

Conor marche dans ma direction, j'entends ses pas approcher et il me frôle avant de me faire face. Je dois lever la tête pour le regarder dans les yeux.

— Tu es revenue à toi, tu as été examinée et comme tout allait bien, le docteur m'a conseillé de te ramener chez toi.

Maintenant qu'il le dit, mes souvenirs commencent à revenir.

— Et donc, tout ce que tu as trouvé à faire, c'est de me séquestrer dans ta suite de luxe ?

Conor pousse un soupir.

— Je ne te retiens pas, Julia. Si tu veux vraiment t'en aller, je te raccompagnerai...

Pourtant il fait toujours barrage entre la porte et moi.

— J'espère que tu vas rester ici et reprendre des forces. Tu auras tout le temps demain pour faire ce que tu as à faire, tu ne crois pas ?

Quelque chose dans son attitude me dit qu'il n'a que de bonnes intentions envers moi, et je suis trop épuisée pour me battre. La perspective de parcourir la ville de nuit pour rentrer chez moi ne me réjouit pas plus que ça, alors je fais demi-tour et repose mes affaires sur la chaise.

— Tu veux manger quelque chose ? propose mon hôte.

— Au beau milieu de la nuit ?

Conor a un petit sourire en coin. Sans doute le premier que je lui vois depuis son arrivée en France.

— Nous sommes dans un hôtel de luxe, Julia, le room service ne fait pas de pause.

Il me tend une carte et je choisis une omelette. Je me dis que plus le plat est simple, plus vite il sera servi. Et je n'ai pas l'intention de trainer, je suis fatiguée et une longue journée m'attend le lendemain.

Je me laisse tomber sur le canapé en réfléchissant à la manière de m'organiser. Je ne peux pas manquer le travail...

Je me relève soudain :

— Gustave !

— Ton patron à la pizzeria ?

Je hoche la tête.

— Je l'ai prévenu que tu avais un empêchement.

Je fronce les sourcils en mesurant à quel point Conor était sérieux quand il disait qu'il savait tout de ma vie... Je me rassieds et remonte mes genoux contre moi.

Conor me propose un verre que je refuse et il se sert ce que je pense être du scotch avant de me regarder :

— Tu ne pourras pas continuer sur ce rythme-là.

— Qu'est-ce que tu veux dire ?

Il prend une gorgée d'alcool avant de répondre :

— Jongler entre tes études et tes petits boulots.

— Je l'ai fait jusqu'à maintenant, je continuerai tant qu'il le faudra.

— Et que feras-tu quand tu auras ton diplôme ?

— Je n'ai pas envie de parler de ça avec toi, me renfrogné-je.

— Pourquoi pas ?

Je peine à trouver une raison plausible au fait de ne pas parler de mon avenir avec mon beau-frère.

— Parce qu'il est tard et que je suis fatiguée.

Okay, bien joué, Julia ! T'as pas trouvé encore plus nul ?

— Je sais que tu ne veux pas entendre parler de ma proposition, commence Conor.

Je m'apprête à couper court à cette discussion que je veux encore moins avoir que celle concernant mon avenir professionnel, mais Conor lève la main dans ma direction :

— Laisse-moi juste te dire à quoi je pense, et ensuite tu pourras m'envoyer sur les roses si tu en as toujours envie.

Je resserre ma prise sur mes genoux, comme si j'espérais qu'ils fassent barrière entre Conor et moi. Il prend une autre gorgée d'alcool avant de se lancer :

— Je reconnais que j'y suis allé un peu fort.

— Non, tu crois ?!

Il a un petit hochement de tête.

— Je ne voulais pas te choquer, crois-moi. Je suppose que tu n'as pas lu l'ébauche de contrat que je t'ai envoyé ?

— Tu supposes bien, grommelé-je en me demandant ce qui prend autant de temps pour préparer l'omelette que j'ai commandée.

— Je n'abandonne pas l'idée que tu portes notre enfant à Swann et moi, reprend Conor. Mais ce que je te propose, dans un premier temps, c'est de faire connaissance. Et quand tu me connaitras mieux, et que tu auras confiance en moi, alors là tu prendras ta décision à propos de la grossesse. Bien sûr, tu seras rémunérée pour le temps que tu m'accorderas. Je suis prêt à...

On frappe un coup à la porte de la suite, ce qui interrompt Conor.

Sauvée par le gong !

Je saute sur mes pieds et vais récupérer le plat que j'ai commandé. L'employé qui se tient derrière la porte insiste pour dresser la table. Je le laisse faire alors que je serais tout à fait capable d'avaler tout rond cette fichue omelette avant d'aller me coucher.

L'employé se retire enfin et je m'installe à table, tout comme Conor qui n'entend visiblement pas s'arrêter en si bon chemin... Il pose une main sur la mienne et nos regards se trouvent :

— Si tu ne le fais pas pour moi, alors fais-le en mémoire de ta sœur.

Chapitre Sept

Les paroles de Conor tournent en boucle dans ma tête pendant toute la journée. Si seulement il pouvait être moins convaincant ! Mais non, il faut qu'il soit... Conor ! Ténébreux, attirant, charismatique... Conor McLane est un homme auquel il est très difficile de dire non. Je suis en train d'en faire l'expérience, et c'est tout sauf plaisant.

J'arrive dans le service où ma mère est hospitalisée une heure avant la fin des visites. Quand j'entre dans sa chambre, je la trouve endormie, et je n'ai pas le cœur à la réveiller. D'après les infirmières, elle a besoin de beaucoup de repos. Elle s'est fracturé le col du fémur, elle a un léger traumatisme crânien et plusieurs côtes fêlées. En bref : elle va très mal et elle n'est pas près de sortir d'ici.

J'imagine que je suis en train d'expérimenter la loi de Murphy : tout ce qui est susceptible d'aller mal, ira mal... J'ai beau essayer de me dire que ce n'est qu'une mauvaise période à passer et que tout ira mieux après, il n'en reste pas moins que la pilule est difficile à avaler.

Je renonce à m'installer près d'elle. Il est plus que probable qu'elle passera le reste de l'après-midi à dormir. Je patiente quand même un quart d'heure, sans succès. Je finis par quitter la chambre, le moral à zéro.

Je ne sais pas pourquoi la vie est aussi difficile en ce moment... À croire que tout se ligue contre moi, et ce n'est pas la présence de Conor qui me facilite la tâche.

Il veut qu'on fasse connaissance, quoi que ça puisse vouloir dire pour lui. En ai-je envie ? Ce n'est pas exactement comme si j'avais le temps d'entretenir une relation longue distance avec le mari de ma défunte sœur.

— Mademoiselle Calley.

Je me retourne et découvre le médecin qui s'est occupé de ma mère la veille.

— Bonjour, docteur.

— Auriez-vous quelques minutes ?

Je réponds d'un hochement de tête et il me fait signe de le suivre dans son bureau. Une fois que nous sommes installés, il m'annonce :

— Votre mère devrait être en état de quitter l'hôpital d'ici quelques jours.

Cela devrait être une bonne nouvelle, mais quelque chose dans le ton qu'il emploie me souffle que ça n'en est pas une.

— Elle va avoir besoin d'une aide à domicile ainsi que de soins de rééducation.

— Mais tout est pris en charge, non ?

Le médecin a une petite grimace.

— En grande partie oui, le reste devrait être couvert par la mutuelle... Si votre mère en avait une.

Le reste de la conversation ne me fait pas plus plaisir que l'entrée en matière, en résumé : la comptabilité de l'hôpital a contacté le service, apparemment les restrictions budgétaires font qu'ils doivent traquer la moindre dépense superflue. De toute évidence, offrir à ma mère tous les soins dont elle aura besoin est un cout que l'établissement n'est pas prêt à couvrir.

— Pour être tout à fait honnête avec vous, pour se remettre complètement, votre mère aurait besoin d'aller dans un établissement tel que celui-ci.

Le docteur me tend une plaquette d'informations. Je lis rapidement le premier feuillet de la brochure. Il s'agit d'une clinique spécialisée pour les patients comme ma mère qui ont besoin d'une prise en charge lourde et dont la convalescence sera longue.

Je quitte l'hôpital sonnée par ce qu'il vient de me dire. Je me doutais que ma mère aurait besoin de soins supplémentaires, et je sais très bien que dans notre pays on peut être pris en charge de manière efficace sans avoir à trop dépenser d'argent, mais le médecin est persuadé qu'elle a besoin de plus que ce que les soins de base pourront lui apporter.

L'idée que ma mère puisse garder des séquelles de cet incident si elle n'est pas prise en charge correctement me fend le cœur...

La soirée est passée comme dans un brouillard et je rentre chez moi totalement épuisée. Pourtant, ce n'est pas faute d'avoir bien dormi la nuit dernière dans la suite de Conor...

Encore lui ! Il hante mes pensées de la même manière qu'il hante mes journées. Il est plus que temps qu'il rentre chez lui et qu'il sorte de ma vie pour de bon ! Il arrive à la chambouler plus que de raison, et ça ne me plait pas du tout.

J'ai besoin de calme pour me remettre de la mort de Swann et je vais devoir monopoliser toutes mes ressources pour aider ma mère.

Je pousse la porte de ma chambre sans avoir croisé Valentin. Il est probablement sorti s'amuser avec des potes. Ça fait au moins un d'entre nous qui profite de la vie... Parce qu'en ce qui me concerne, je ne fais que la subir, et cela depuis toujours.

Je me hâte de prendre une douche et de me mettre à l'aise, puis je me laisse tomber sur mon lit. Je ferme les yeux un instant, mais les pensées tournent en boucle dans ma tête, en particulier les problèmes financiers qui s'annoncent. Je sais bien que ma mère n'a pas d'argent, mon père préfèrerait crever plutôt que de lui en donner (il a toujours été très clair sur ce point) et moi j'ai déjà du mal à joindre les deux bouts.

Plus je réfléchis à la situation, plus le stress me gagne. Même en arrêtant carrément la fac je sais que je ne gagnerai jamais assez d'argent. Aucune banque n'acceptera de me prêter le moindre euro, et je ne peux pas avoir recours à des crédits à la consommation sous peine de m'endetter à vie...

Où que je regarde, la voie semble bouchée.

Tu sais qu'il y a une autre option.

Je rouvre les yeux et fixe le plafond de ma chambre. Conor a dit qu'il était prêt à me payer pour que « nous fassions connaissance ». À quelle somme pensait-il ? Et que devrais-je faire pour la gagner ? Je ne devrais pas penser à ça ! Ni même considérer cette idée...

L'écran de mon téléphone s'illumine, j'ai reçu un message de Valentin :

[Hey, ma coloc préférée est encore réveillée ?]

J'ai un petit sourire. Dans le chaos qu'est devenue ma vie, j'ai au moins un ami.

[J'arrive pas à dormir. Qu'est-ce qui t'arrive ?]

Les points de suspension s'affichent pendant quelques secondes le temps qu'il tape une réponse. Enfin, je reçois le nouveau message :

[Je voulais juste savoir si la place était libre pour choisir si on va chez lui ou chez moi]

Traduction : il a une conquête ce soir. Je pianote rapidement :

[Chez lui ! C'est pas négociable ! J'ai besoin de chaque minute de sommeil que je pourrai avoir.]

[C'est noté, chef ! Bonne nuit.]

Je regarde mon téléphone, un petit sourire sur les lèvres. Valentin a cette capacité extraordinaire à me changer les idées, c'est assez rare pour le noter.

La petite bulle rouge qui s'affiche au-dessus de l'icône de ma boite mail semble me narguer. Je ne l'ai pas consultée depuis que Conor m'a envoyé son message. J'avais bien trop peur de ma curiosité, de cette impulsion qui me pousserait à considérer son projet dingue…

Mais après tout ce qui me tombe dessus ces derniers jours, j'en viens à me dire que cette proposition est peut-être la seule solution qui s'offre à moi. Je déteste être dos au mur, mais je suis réaliste.

Je reporte mon attention sur l'icône et, prise d'un courage soudain, je clique dessus. Quelques secondes suffisent pour que je mette la main sur le mail de Conor.

Son message est sobre, presque impersonnel si l'on considère ce qu'il me demande. Il a inséré une pièce jointe. J'hésite un instant, incertaine de ce que j'y trouverai.

Mais si cette proposition n'est pas la solution à mes problèmes, je préfère le savoir tout de suite, alors j'ouvre le fichier rattaché. Mais le document est trop long pour être consulté sur mon téléphone. Je me lève et récupère mon ordinateur. Quelques secondes plus tard, je parcours l'ébauche de contrat.

C'est en arrivant à la partie concernant la rémunération que je dois relire plusieurs fois les montants indiqués…

Je n'avais aucune idée de ce qu'un couple était prêt à débourser pour avoir un enfant, et la somme est astronomique, du moins, à mes yeux. Mais quel prix donne-t-on à une vie humaine ? Je n'avais jamais réfléchi à la GPA, ce n'est pas quelque chose qui se pratique en France, mais maintenant que je suis confrontée à la question, je suis bien obligée de considérer tous les aspects du sujet.

Pour commencer, ai-je envie que mon premier enfant soit celui de quelqu'un d'autre ? Un enfant avec lequel je n'aurai pas de lien, que je n'élèverai pas. Est-ce que j'arriverai à garder une distance émotionnelle avec ce petit être que je saurai ne pas être le « mien » mais celui auquel j'aurai donné la vie ?

À cet instant, même si je sais que je n'ai pas vraiment d'autre option devant moi, je ne me sens pas rassurée pour autant. L'importance de cette décision me donne le vertige. Ses implications sur ma vie seront énormes, je ne peux pas me décider comme ça, sous le coup de la peur et de la pression.

Alors je fais quelque chose que je n'aurais pas cru possible... Je saisis mon téléphone et je me tourne vers le responsable de ce dilemme.

J'appelle Conor.

Chapitre Huit

Me voilà de retour dans cet hôtel. Je ne l'avais jamais remarqué plus que ça avant, mais en l'espace de trois jours, c'est la troisième fois que j'y viens et je commence à bien m'y repérer.

L'intérieur de la suite est tel que je l'ai laissé hier : parfaitement rangé et nettoyé. Sans doute un avantage d'avoir les moyens de vivre dans un établissement de luxe... D'ailleurs, combien gagne Conor pour s'offrir ce genre de prestations ? Je sais que sa famille est riche, et je sais aussi qu'il est réputé dans son domaine, mais de là à dépenser sans compter comme il semble le faire, il y a un gouffre.

Je pousse un soupir et l'employé de Conor me lance un regard en coin.

— Il ne va plus tarder.

Son français est teinté d'un accent très prononcé, j'imagine qu'il n'a pas souvent l'occasion de parler la langue de

Molière. À moins qu'il ne l'ait pratiquée de manière courante avec ma sœur ?

Je mesure à quel point je ne sais rien de la vie qu'elle menait. Qui étaient ses amis ? Que faisait-elle de son temps libre ? Qu'aimait-elle manger ? Quel était son travail ?

J'ignore tout de qui était devenue Swann McLane.

Un bruit de porte qui s'ouvre me fait me relever. Je me tourne pour découvrir Conor. Sa haute silhouette m'impressionne toujours, il est taillé comme pour jouer au rugby… Non, tout bien considéré, il est plus fin, comme un boxeur, peut-être ?

Je secoue la tête pour chasser mes pensées importunes. Qu'est-ce que ça peut me faire de savoir quel sport il pratique ?

Son regard quitte l'écran de son téléphone qu'il était en train de consulter pour se reporter sur moi :

— Merci d'être revenue, Julia.

Il agit comme si c'était lui qui en avait fait la demande, alors que c'est moi qui l'ai appelé hier soir. Maintenant que je suis ici, j'hésite un peu. Et si ce que Conor me propose n'était pas une solution mais un problème de plus qui viendrait s'ajouter à la longue liste de ceux que j'ai déjà ?

— Assieds-toi, je t'en prie, propose-t-il avant de s'installer sur le canapé.

Je me rends compte que nous avons des places attitrées, en quelque sorte. L'assistant de Conor, lui, reste debout. Je le regarde un petit instant, me demandant quelles sont ses fonctions exactement. Est-il une sorte de garde du corps ? Ou bien un homme de main ?

Cette idée me donne la chair de poule, pour moi, un homme de main s'occupe de faire le sale boulot, et il n'y a que des truands qui ont besoin de ce genre de services… Mais je ne connais pas vraiment Conor, pour ce que j'en sais, son métier d'architecte est peut-être une couverture pour une autre activité bien moins légale, comme le trafic de drogue ou d'armes !

Relax, Julia ! Tu pars en vrille, là !

J'admets que je ne suis pas sereine. Même si j'ai tout à fait conscience de l'impasse dans laquelle je me trouve et que Conor m'offre une porte de sortie, j'ai l'impression qu'il y a un loup quelque part…

— Tu veux boire quelque chose ? Ou manger, peut-être ?

Je le fixe un instant, sans arriver à trouver une réponse à cette question pourtant simple.

Secoue-toi, Julia !

Je finis par faire non de la tête.

— Bien. Tu disais que tu avais des questions à me poser…

Conor semble dans son élément, ce qui est loin d'être mon cas. Comment pourrais-je être préparée à ce qu'il me propose ?

Je jette un regard à son assistant qui n'a toujours pas bronché. Sérieux ? Il n'a pas mal au dos, ou aux pieds, à rester immobile si longtemps ?

Conor se rend compte de ma gêne car il s'adresse à son employé en anglais :

— Tu peux nous laisser, Benson, merci.

Le dénommé Benson hoche la tête et s'en va. Conor

reporte son attention sur moi. Son regard me passe au crible et je sens un frisson naitre au creux de mes reins...

Conor me décontenance.

— Je ne sais pas par où commencer, fais-je d'une voix peu assurée.

— Je comprends que ma demande te paraisse... étrange.

Il a pris un peu de temps pour choisir le bon mot, mais « étrange » ne caractérise pas du tout sa proposition. Je ne me gêne pas pour le lui faire remarquer :

— Indécente, tu veux dire.

Conor cligne plusieurs fois des yeux, comme s'il n'avait pas considéré les choses sous cet angle avant que je ne le dise. Je profite de son silence pour exprimer le fond de ma pensée :

— Mon beau-frère qui me demande de porter le bébé de ma sœur défunte, c'est carrément indécent, non ?

Conor hausse les épaules.

— Je n'y ai pas réfléchi. C'est une évidence pour moi : tu es la mère porteuse qu'il me faut.

Je ressens à nouveau ce drôle de frisson me parcourir. Ce n'est pas désagréable, au contraire. Savoir que quelqu'un me trouve assez spéciale pour me demander de porter son enfant... Oui, c'est flatteur, en un sens. Je crois que mes sentiments sont partagés, mais j'admets qu'il y a une partie de moi qui se sent mise en valeur. Conor ne demanderait pas ça à n'importe qui...

Oh, ça va, Julia. T'es pas une Élue non plus...

Pour une fois, je remercie la petite voix de ma conscience qui me ramène sur le droit chemin alors que je laissais ma vanité prendre le dessus.

— Tu ne m'en voudras pas si je te dis que ce n'est pas aussi évident pour moi, objecté-je.

Conor hoche la tête.

— Je comprends.

Un silence passe entre nous. Je suis à l'initiative de cette entrevue, on pourrait croire que je sais quoi lui demander, or je ne trouve plus mes mots. J'ai l'impression d'avoir perdu tous mes neurones quand je suis entrée dans cette suite d'hôtel, ou plutôt au moment où Conor est entré dans la pièce.

Je finis par rassembler mes idées, et lui demande :

— J'ai lu l'ébauche de contrat…

Conor m'interrompt tout de suite :

— Ne tiens pas compte de ce document, il y a tellement de points à voir ensemble qu'il n'est pas du tout adapté. Pour commencer, tu n'es pas américaine, et ça change beaucoup de choses. Mais le mieux est que tu voies ça avec ton propre avocat, il pourra te guider. Et je ne voudrais pas qu'on puisse dire que je t'influence pour profiter de toi.

Profiter de moi… Nouveau frisson.

Mais c'est pas vrai ! Je couve une grippe ou quoi ? Je n'ai jamais autant frissonné de toute ma vie…

— Et puis, j'ai changé d'avis, conclut-il.

Je fronce les sourcils, perdue. Il vient juste de me dire qu'il voulait que je sois la mère porteuse de son bébé…

— Je ne te suis pas.

— Comme je te l'ai dit, Julia, on a besoin de se connaitre mieux, je veux que tu me fasses confiance.

Après avoir raccroché hier soir, je n'arrivais pas à trouver le sommeil, alors j'ai fait mes recherches sur le net.

J'ai appris pas mal de choses sur cette pratique, et la confiance entre les futurs parents et leur mère porteuse n'est mentionnée nulle part.

— Tu veux qu'on établisse une forme de relation, mais il s'agit d'une prestation de service en quelque sorte, non ? demandé-je.

Conor hausse les sourcils, et soudain… il éclate de rire. Je l'observe : son visage est détendu, ses lèvres découvrent ses dents bien alignées, les ridules qui se forment au coin de ses yeux accentuent encore son charme.

Il retrouve rapidement son sérieux et reporte son attention sur moi.

— J'imagine qu'on peut voir les choses comme ça, répond-il enfin.

Je hoche la tête, mais ce rire sorti spontanément a achevé de me désarçonner. Conor se penche vers moi, il pose les coudes sur ses genoux et j'ai l'impression qu'il est entré dans mon espace vital alors qu'un bon mètre nous sépare toujours.

— Ce que je veux vraiment, Julia, c'est qu'il y ait quelque chose de plus qu'un contrat entre nous.

Mon cœur se met à battre plus vite. À cet instant, c'est comme si tout le contexte disparaissait, comme si ma sœur n'avait jamais existé, comme si Conor et moi n'étions qu'un homme et une femme lambda.

— Je veux que tu fasses partie de la vie de mon enfant, enchaine Conor. De toute façon, tu seras sa tante, rien ne pourra jamais changer ça.

J'ai l'impression de prendre une douche froide. Il faut vraiment que je me concentre et que je retrouve mes esprits ! C'est impératif parce qu'à ce train-là, je vais perdre la tête. Dans tous les sens du terme…

Conor est bien trop beau et dangereux pour mon équilibre.

Je ne sais pas d'où sort cette pensée, mais rien ne saurait être plus vrai. Conor McLane est un spécimen masculin particulièrement attirant, et même si le fantôme de ma sœur plane entre nous, je ne peux pas faire autrement que ressentir son charme.

Je réussis à répondre :

— Donc tu veux qu'on fasse connaissance ?

Conor hoche la tête, l'air très sérieux.

— Tu envisages de t'installer en France ? demandé-je.

La question semble le prendre au dépourvu, alors que je la trouve légitime : après tout, s'il veut qu'on établisse une relation, comme il le dit, il faut bien qu'on puisse se côtoyer, non ?

— Pas du tout, répond-il.

Encore une fois, je suis perdue. Je n'arrive pas à suivre les pensées de cet homme, et je crois que je ne fais même plus l'effort d'essayer. C'est peine perdue.

Mon visage doit trahir ma perplexité, car Conor reprend :

— C'est toi qui vas venir avec moi.

Comment une petite phrase toute simple peut-elle provoquer un tsunami d'émotions contradictoires en moi ? Je ne sais pas, mais c'est exactement l'effet que cela produit…

Je balbutie :

— Je… Quoi ?

— Je veux que tu viennes avec moi.

Non, décidément l'idée refuse de faire son chemin dans mon cerveau embrumé. Conor me dévisage comme s'il attendait que j'ai une épiphanie qui de toute évidence n'arrivera pas.

— Avec toi ? Aux États-Unis ?

Okay, je dois avoir l'air d'une demeurée. Peut-être qu'il va renoncer à vouloir que je porte son enfant si je persiste à lui démontrer mon manque d'agilité mentale ?

— Chez moi, dans l'État de Washington, à côté de Seattle, oui, précise-t-il.

Je le dévisage : Conor est tout ce qu'il y a de plus sérieux. En même temps je ne l'ai jamais vu plaisanter...

— Je ne peux pas faire ça ! m'écrié-je lorsque je retrouve assez de présence d'esprit pour comprendre les implications de ce qu'il me demande.

Conor prend un ton patient pour m'expliquer :

— Pour commencer, la loi française ne permet pas de porter un enfant pour un couple. Et puis, mon travail m'attend. Je dois rentrer, Julia.

— Toi peut-être, mais je ne suis obligée à rien !

— C'est vrai.

— Et puis ma mère va avoir besoin de moi après ce qui lui est arrivé...

— Si tu acceptes de m'accompagner, je veillerai à ce qu'elle reçoive les soins appropriés dans la meilleure clinique spécialisée.

Ma mâchoire se décroche sous l'effet de la surprise. Je ne m'attendais certainement pas à ça.

— Le semestre vient à peine de commencer, et puis j'ai mon travail, mes *deux* jobs, en fait !

Conor a un signe de la main pour dire que ce ne sont que des détails.

— On trouvera un arrangement avec tes patrons, j'en suis certain. Et, à ton retour en France, le cas échéant, je m'engage à compenser ta perte de revenus le temps que tu retrouves un emploi.

Je ne sais plus quoi dire d'autre, Conor semble avoir pensé à tout (à grand renfort de billets verts si besoin). D'ailleurs, il continue :

— En ce qui concerne la fac, je suis certain que tu auras tout le temps nécessaire pour étudier chez moi. Il suffira que tu sois présente pour passer tes partiels.

Je me renfonce dans le fauteuil. Depuis que Swann est morte, j'ai l'impression d'être passée dans une dimension parallèle... Ma vie telle que je la connaissais est en train de sombrer comme l'Atlantide en son temps.

Euh, Julia, l'Atlantide n'a peut-être jamais existé !

Je pousse un soupir exaspéré. Je n'en peux plus d'avoir les idées si embrouillées. Je crois que chaque fois que j'ai la sensation de reprendre pied, c'est pour replonger plus profond encore. Et franchement, la nage en eaux troubles ne me convient pas du tout !

Je me lève et commence à faire les cent pas dans la suite, sous le regard attentif de Conor. Rien ne semble jamais le surprendre, lui ! A-t-il vu et fait tant de choses pour être si posé ? Je lui jette un regard en coin. À quelque chose près, il doit avoir l'âge de ma sœur, comment peut-il être aussi expérimenté ?

J'imagine que l'argent et le pouvoir allant de pair, Conor a accès à un monde que je ne soupçonne même pas...

Quelque chose frémit en moi… La part aventurière, celle qui a soif de découvertes et de nouveaux horizons est stimulée par la proposition de Conor, du moins celle de l'accompagner chez lui. Mais la Julia plus raisonnable me chuchote que c'est une mauvaise idée, que ça finira mal.

Laquelle des deux va l'emporter ?

Chapitre Neuf

Je suis faible !

Il n'y a vraiment pas d'autre mot pour me décrire. C'est ce à quoi je pense tandis que je parcours la distance qui relie le terminal de l'aéroport à l'avion rangé sur le tarmac.

Conor a des relations et il m'a obtenu un visa en quelques jours. J'ai tout juste eu le temps de mettre mes affaires en ordre à la fac et de dire au revoir à ma mère que le moment du départ était déjà arrivé.

Une hôtesse m'accueille avec un sourire avenant quand je mets un pied dans la cabine. Son attention se reporte ensuite sur Conor qui est juste derrière moi, et je vois une lueur appréciatrice passer dans ses yeux. Son salut est plus enjoué que nécessaire quand elle s'adresse à mon compagnon de voyage.

Je me dirige vers ma droite, en direction de la classe économique, mais Conor me retient par le bras :

— Pas par là.

Je lui lance un coup d'œil par-dessus mon épaule. Il montre la cabine située à l'avant. Je crois que mes yeux s'arrondissent sous l'effet de la surprise, mais je suis mon beau-frère tandis qu'il avance vers la rangée située la plus près du poste de pilotage.

J'étais tellement sous le choc de la décision que j'ai prise de l'accompagner aux États-Unis que je n'ai même pas fait attention au fait que nous serions placés en cabine de première classe.

Je prends place dans mon fauteuil, assez large pour accueillir deux personnes (bon, je crois que sur ce coup j'exagère, mais c'est quand même grand).

— Tu préfères être côté hublot ?

Je relève la tête pour dévisager Conor qui me propose d'échanger nos places, avant de faire signe que non. Il s'installe à son tour, et pour la première fois depuis des semaines, voire des mois, j'ai du temps devant moi à ne rien faire.

C'est tellement rare... Entre la fac et mes petits boulots, je suis toujours en train de courir. Maintenant que je suis installée à bord de cet appareil, je me rends compte que je n'ai pas la moindre idée de ce dans quoi j'ai mis les pieds. Pour autant que je sache, Conor pourrait aussi bien être un tueur en série !

Je crois que la fatigue accumulée depuis des mois me fait délirer. Sans compter le choc d'avoir perdu ma sœur, l'accident de ma mère, et maintenant je quitte le seul pays que je n'ai jamais connu.

Une grande main se pose sur la mienne et je sursaute.

— Tout va bien se passer.

La voix de Conor est basse, grave, un peu rauque... Je sens son souffle sur ma joue juste avant qu'il se renfonce dans son fauteuil. Il retire sa main. Je n'ose pas le regarder, j'ai bien trop peur de ce que mon visage pourrait révéler à cet instant. D'ailleurs, je ne sais même pas ce que je ressens pour lui...

De la reconnaissance peut-être ? Après tout, cet homme m'offre une porte de sortie pour m'évader de mon quotidien pesant. Je ne m'en rendais pas compte, mais maintenant que je peux considérer mon avenir proche sous un autre angle, je vois que je me suis créé un carcan. Je me suis enfermée dans un quotidien qui m'étouffe, j'étais sur le point de m'effondrer sous le poids des responsabilités. Et puis Conor est arrivé.

Certes, il a des attentes envers moi. Il veut quelque chose que je ne suis pas certaine de pouvoir lui donner, mais en attendant de décider si je l'aiderai ou pas, je peux profiter d'un peu de répit. C'est une opportunité qui ne se reproduira sans doute jamais.

Une bonne vingtaine de minutes s'écoule avant que l'appareil se mette en route. J'ai déjà pris l'avion une fois, mais je ne suis pas rassurée pour autant.

— Est-ce que tu veux prendre quelque chose pour dormir ?

Je tourne la tête vers Conor.

— Tu me proposes des somnifères ? fais-je étonnée.

Il a un petit haussement d'épaules :

— J'en prends parfois pour essayer de diminuer les effets du décalage horaire.

— Tu voyages souvent ?

— Chaque fois que mon travail l'exige.

Sa réponse laconique me fait hausser un sourcil, mais je n'ai pas le temps de m'attarder dessus car l'appareil amorce son accélération en vue du décollage. Mes doigts se crispent sur les accoudoirs, mon cœur bat à toute vitesse. Encore une fois, Conor emprisonne ma main dans la sienne. Une chaleur se diffuse dans mon ventre. Je mets ça sur le compte du malstrom d'émotions dont je suis la victime depuis des semaines.

Conor ne me relâche que quand l'appareil a enfin atteint son altitude de croisière. Je ressens une drôle d'émotion quand sa main quitte la mienne… Mais je n'ai pas envie de penser à ça, pas maintenant.

Le trajet a pris beaucoup de temps, et une fois arrivés à l'aéroport de Seattle, une voiture nous attendait avec Benson à son volant. Une vitre teintée nous sépare de lui.

Il faut compter encore quelques heures avant d'arriver chez Conor. Du moins, c'est ce qu'il me dit, mais tout ce que j'aperçois à travers la vitre de la voiture, ce sont des forêts qui s'étendent à perte de vue.

— Ne me dis pas que tu vis dans une cabane au fond des bois, commenté-je.

Conor a un petit rire et je me surprends à apprécier ce son.

— Si ça peut te rassurer, je ne pense pas que l'on puisse qualifier ma maison de cabane.

Et en effet, quand nous arrivons enfin devant sa demeure, je comprends que rien ne saurait être plus éloigné de la réalité...

Benson ouvre ma portière et je quitte la voiture dans un état second. Mon attention est fixée sur la bâtisse qui se dresse là. Je ne sais même pas où donner de la tête tant elle est immense. Je crois que le terme de manoir ne lui conviendrait même pas, on dirait une sorte de château tout droit sorti d'une époque lointaine. Une aile est flanquée de ce qui me semble être une immense serre tout en verre dont les vitraux sont maintenus entre eux par des croisillons en fer forgé. La coupole qui surplombe la construction vitrée est très impressionnante.

Le reste de la maison de Conor ressemble à un château écossais que l'on aurait téléporté depuis son pays d'origine pour le poser ici.

— Est-ce que tu aimes ?

La voix de Conor est toute proche, quand je tourne la tête, je sens son souffle sur mes lèvres. Son regard happe le mien, et c'est comme si j'oubliais tout. Je pourrais mettre ça sur le coup de l'émotion ou de la fatigue, voire des deux combinés, mais je sais au fond de moi qu'il n'en est rien. La raison de mon trouble se tient près de moi et me dévisage en attendant que je lui réponde.

Je finis par faire un pas de côté et je hoche la tête :

— Je ne pensais pas que tu en avais une aussi grosse.

Les yeux de Conor s'arrondissent sous l'effet de la

surprise, et je me mords la lèvre en me rendant compte de l'énormité de ce que je viens de lui sortir.

— Tu as une grande maison, je veux dire.

Mais c'est trop tard, je sais qu'il a saisi le double sens de ma phrase. Je sens mes joues chauffer sous le regard perçant de Conor. Ses yeux dérivent vers mes lèvres l'espace d'un instant, et je sens une drôle de sensation naitre dans mon ventre en réponse.

Je me mords la lèvre pour ne pas dire une autre phrase que je pourrais regretter plus tard. J'ai la sensation que l'air entre Conor et moi crépite.

— Monsieur Conor ! Je suis si contente de vous voir !

La bulle dans laquelle nous étions éclate soudain. Conor fait un pas pour s'écarter de moi, et il répond en anglais à la femme qui s'avance vers nous :

— Bonjour, madame Lansbury.

Conor se tient entre la nouvelle venue et moi, aussi je suis obligée de faire un pas de côté pour l'apercevoir.

La femme d'un certain âge porte un uniforme qui m'indique tout de suite qu'elle travaille pour Conor. En même temps, je comprends bien que l'entretien d'une maison aussi grande doit nécessiter une armada d'employés...

Le regard de la femme quitte Conor pour se poser sur moi, et sitôt qu'elle me voit, elle porte la main à sa bouche pour masquer son étonnement.

— Oh mon Dieu...

Je me demande ce que j'ai sur le visage pour la choquer autant. Est-ce qu'il y a des traces du petit épisode que je viens de partager avec Conor ?

— Madame Lansbury, je vous présente Julia. Il s'agit de

la sœur de Swann. Julia, voici madame Lansbury, la gouvernante de Loch Gorm.

— Sa sœur, bien sûr ! s'écrie cette dernière. Suis-je bête. Bienvenue à vous, mademoiselle Julia.

La gouvernante m'adresse un sourire avenant. Son visage exprime toute la gentillesse qu'elle ressent et je l'apprécie tout de suite, mais je n'ai pas le temps de la saluer car Conor s'adresse à Benson :

— Tu pourras déposer ses bagages dans la suite de l'aile est.

J'ai du mal à me faire à l'idée qu'il y ait plusieurs ailes dans cette bâtisse et, certainement, plusieurs suites…

— Madame Lansbury, je compte sur vous pour faire visiter les lieux à Julia.

Enfin, il se tourne vers moi, et je m'attends presque à recevoir un ordre moi aussi. Conor marque une légère pause pendant laquelle son regard balaie mon visage, il fronce les sourcils avant de lâcher :

— Bienvenue à Loch Gorm.

Puis, sans un mot d'explication, il tourne les talons et monte les marches qui conduisent à l'entrée.

— Venez, mademoiselle. Il ne faut pas rester ici, vous allez attraper la mort.

Heureusement que je suis douée en anglais, je suis capable de comprendre et de répondre à la gouvernante.

Je la suis à l'intérieur et n'ai pas franchi le seuil de la porte que j'ai déjà la certitude que cette maison, ou plutôt ce château, me réserve bien des surprises.

— Vous vous y ferez, commente la femme à côté de

moi. Une fois que je vous aurai fait visiter, vous vous en sortirez très bien.

Je me contente de répondre par un hochement de tête, même si je ne suis pas convaincue.

La gouvernante me précède dans l'immense hall. Ce lieu tient plus du musée que du foyer accueillant... Je n'imagine même pas comment on peut y vivre. Je veux dire, on doit forcément perdre la trace des membres de la famille dans un château de cette taille !

— Je suis contente que vous soyez ici, me dit madame Lansbury.

Je ne sais pas ce qui la réjouit au juste... De mon côté, je suis encore indécise : suis-je contente ou bien flippée ? Sans doute un peu des deux, et ce n'est pas l'attitude de Conor sitôt arrivé chez lui qui pourra me rassurer...

Où est-il parti d'ailleurs ? Enfin... Il serait plus juste de demander où il s'est enfui, tant il a été rapide pour déguerpir.

— Je vais vous conduire jusqu'à votre chambre, m'informe la gouvernante. Je suis certaine que vous avez envie de vous rafraichir avant de diner.

Je hoche distraitement la tête, perdue dans l'observation du décor. Si l'extérieur du château est impressionnant, l'intérieur est tout aussi captivant.

Ici tout est un savant mélange de modernité et de rusticité. Malgré la taille impressionnante du hall et de l'escalier que nous sommes en train d'emprunter, il ne fait pas froid. Je me demande vaguement comment la bâtisse est chauffée, et le cout que cela doit engendrer...

Vraiment, Julia ? On croirait que tu viens d'être parachutée en plein dans un décor de conte de fées, et toi tu penses au mode de chauffage ?

Je secoue la tête. Il faut vraiment que je prenne le temps de me reposer. Je n'ai plus les idées claires...

Madame Lansbury s'engage dans un couloir, et je la suis avec un peu de retard parce que je m'attarde sur la décoration. Tout me surprend et pique ma curiosité...

Elle finit par s'arrêter devant une double porte en bois sombre :

— Cette suite est vraiment la plus belle de la maison, après celles de monsieur Conor et madame Swann, bien sûr.

Elle pince les lèvres et des larmes envahissent ses yeux.

— Je suis désolée pour la perte de votre sœur, dit-elle enfin.

Je me contente de répondre par un hochement de tête, sans lui dire qu'elle a probablement plus connu Swann que moi...

La gouvernante se tapote les yeux et prend une grande inspiration avant d'ouvrir la porte :

— Et voilà ! Vous êtes ici chez vous !

Chapitre Dix

Je nage en plein délire ! Il n'y a pas d'autre explication... J'ai la sensation d'avoir été propulsée dans un autre monde. Ce qui est le cas quand on y pense : le monde des gens riches. Car il ne fait aucun doute que la fortune de Conor est colossale pour posséder une telle propriété.

Ma suite personnelle, ou plutôt mon appartement, se compose d'une chambre, d'une salle de bains attenante ainsi que d'un petit salon. Je n'en reviens pas que tout cet espace me soit réservé. Mon logement français doit tenir tout entier dans cette suite...

— Le diner sera servi à sept heures, m'informe madame Lansbury qui est en train de s'assurer que mon lit est bien fait.

Le ménage doit être fait très régulièrement car tout est parfaitement propre ici. Ce qui me conforte dans l'idée qu'il doit y avoir beaucoup d'employés pour tout entretenir.

Je tourne sur moi-même pour mieux m'imprégner de l'ambiance particulière de ce lieu. La décoration reste sobre, un peu décalée par rapport à ce qu'on s'attendrait à trouver dans un château. Tout est sobre, depuis le parquet jusqu'aux murs blancs auxquels les moulures apportent du relief. Je me sens tout de suite bien ici, presque apaisée…

Une silhouette se matérialise sur le seuil, l'espace d'une microseconde, j'espère qu'il s'agit de Conor, mais ce n'est que Benson qui apporte ma valise.

Il dépose le bagage dans l'entrée de la suite avant de s'éclipser sans même m'avoir lancé un regard.

— On dirait qu'il ne m'apprécie pas beaucoup, grommelé-je.

— Oh, il ne faut pas vous en faire, cet homme est bourru, mais il est adorable.

Le terme semble si peu approprié à l'assistant de Conor que j'ai une moue dubitative. La gouvernante saisit la poignée de ma valise, visiblement dans l'intention de la vider. Elle approche déjà de l'espace dressing. Je m'avance vers elle :

— Ne vous donnez pas cette peine, je vais m'en occuper.

Madame Lansbury me jette un drôle de regard, comme si j'avais dit quelque chose de stupide.

— C'est mon travail, vous savez ? répond-elle.

Je fronce les sourcils, hésitant à la contrarier, mais je décide finalement de ne pas m'opposer à elle. Après tout, je suis une invitée dans cette maison, c'est à moi de me plier aux règles de vie, et non l'inverse.

— Allez vous rafraichir, propose la gouvernante.

J'obtempère sans discuter. Et quelques minutes plus tard, je me glisse sous la douche avec délice. L'eau chaude coule sur ma peau et je ferme les yeux pour laisser cette sensation d'apaisement monter en moi.

Une paire d'yeux verts s'invite dans mes pensées... Et peu à peu, mes gestes qui avaient pour but d'évacuer mes tensions, commencent à gagner en sensualité. Du bout des doigts, j'effleure mes lèvres qui semblaient tant obséder Conor tout à l'heure. Je repense à son visage, à sa bouche, à la sensation de sa main sur la mienne dans l'avion, à son torse contre ma poitrine quand il m'a prise dans ses bras, à toutes les fois où nous nous sommes frôlés...

Un petit gémissement m'échappe lorsque mes mains s'aventurent près de mes seins que je découvre tendus.

À quand remonte la dernière fois où j'ai couché avec un homme ? Ou même seulement pris du plaisir en solitaire ? Je ne saurais le dire... Mais je crois que mon corps est trop tendu : il me hurle de le soulager. J'aimerais le faire, pourtant quelque chose me retient.

Parce que je n'ai pas envie de le faire seule.

Je rouvre les yeux, haletante sous le jet d'eau chaude. Il faut que je me reprenne. Je n'ai pas le droit d'avoir ce genre de pensées envers Conor.

Bon sang ! Qu'est-ce qui ne tourne pas rond chez moi ? Conor vient de perdre sa femme, qui n'est autre que ma sœur, je ne devrais pas avoir ce genre d'envie. C'est... immoral. Totalement déplacé. Absolument interdit.

Mais tu envisages de porter son enfant… Une partie de lui grandira en toi.

Pour une fois, je prête une oreille attentive à la voix de ma conscience qui me souffle que la chose la plus indécente n'est peut-être pas celle que je m'étais imaginée…

Conor veut que j'apprenne à le connaitre, mais ça s'annonce plutôt compliqué s'il ne prend même pas la peine de diner avec moi le soir de mon arrivée.

Benson est venu m'informer que Conor était retenu par le boulot, ou un truc du genre. Je termine donc mon repas dans la solitude de l'immense salle à manger. Pour un peu, je me croirais téléportée au dix-huitième siècle… Il ne manque plus que des valets de pied pour me servir, et le tableau serait complet.

Je pousse un petit soupir avant de plonger ma cuillère dans la crème au caramel qu'on m'a servie. Si ma vie ici se résume à une succession de moments passés seule, je vais devenir dingue avant la fin de la semaine.

Lorsque j'en ai terminé, je quitte la table. Je ne cherche même pas à débarrasser, je sais que ça ne serait pas bien vu par l'employé qui a fait le service. Je décide d'explorer un peu la maison, étant donné que je suis livrée à moi-même autant en profiter.

Je quitte la salle à manger et décide de laisser le rez-de-chaussée pour m'aventurer au premier étage. Je n'ai aucune idée d'où se trouve la chambre de Conor, ou son bureau.

Une fois arrivée sur le palier, je prends le couloir de droite. Il s'enfonce dans les entrailles de la bâtisse.

J'erre sans but, je ne sais pas où je vais ni ce que je trouverai, mais ça n'a pas d'importance. Je parcours le couloir dans sa totalité, et c'est quand même une sacrée distance, avant d'arriver face à une large double porte, encore plus imposante que celle de ma suite. Le bois des battants est sculpté, je distingue une sorte de fée et un labyrinthe. Intriguée, je suis les motifs du bout des doigts, traçant un chemin qui progresse plus profondément à l'intérieur du labyrinthe. Je suis presque arrivée au centre lorsqu'une main se pose sur mon poignet.

— Tu ne dois pas venir ici.

La voix de Conor est une sorte de grondement qui résonne en moi parce que son torse est plaqué contre mon dos. Ma respiration se bloque dans ma gorge tandis que mon cœur s'emballe.

Ses doigts emprisonnent les miens, éloignant ma main de la porte. Coincée entre le corps massif de Conor et les panneaux de bois, je suis piégée. Pourtant, je ne ressens aucune crainte, bien au contraire…

Conor tient toujours ma main qu'il fait descendre jusqu'à ce qu'elle se pose sur mon ventre. Je meurs d'envie que ce soit sa chaleur que je sente sur mon ventre, et non la mienne, mais je ne bouge pas. Tout simplement parce que j'en suis incapable. Il y a une forme d'autorité dans sa poigne qui me dissuade de tenter quoi que ce soit.

J'ai relevé mes cheveux avant de me doucher et je les ai laissés comme ça donc je sens le souffle de Conor dans mon cou quand il penche la tête vers moi. Je résiste tout juste à l'envie de laisser aller ma tête en arrière pour lui offrir un accès dégagé à ma gorge.

Mon cœur bat si fort que je suis presque sûre que Conor s'en rend compte. J'ai l'impression de sentir ses lèvres sur ma peau, mais la sensation est si fugace que je pourrais tout aussi bien l'avoir imaginée.

L'instant suivant, Conor tire sur ma main pour me faire pivoter et je me retrouve face à lui. Son regard trouve le mien, il est presque insoutenable tant il est intense.

Je déglutis péniblement, incapable de suffisamment retrouver mes esprits pour lui dire quelque chose. De toute façon, je serais capable de lui lancer une débilité comme celle de tout à l'heure, alors il vaut mieux que je garde le silence.

Je me rends compte que je mords ma lèvre quand Conor porte son attention dessus. Il relève sa main libre et du bout du pouce il me fait lâcher ma prise. Ses yeux sont rivés à ma bouche et je sens ma température grimper en flèche, ou du moins c'est l'impression que j'ai.

— Tu ne dois pas pénétrer dans l'aile ouest.

Sa voix est rauque, encore plus que d'habitude, et il fixe toujours ma bouche.

Bon sang ! Il faut qu'il arrête de faire ça !

Ou qu'il continue, mais qu'il fasse quelque chose de... *plus*. Je crois que si la combustion spontanée est un phénomène qui existe vraiment, je suis sur le point de l'expérimenter.

Il se dégage de Conor une aura presque animale qui fait réagir mon corps, c'est puissant et instinctif. Je l'avais déjà ressenti mais pas avec une telle force. Est-ce le fait d'être chez lui ou bien à des milliers de kilomètres de tout ce qui fait ma vie ? Je ne sais pas, mais à cet instant, j'ai l'impression que tous mes sens sont décuplés.

Je respire l'odeur masculine de Conor, je vois son regard dans lequel brille une lueur que je reconnais même si ma raison refuse de mettre un nom dessus, j'entends sa respiration aussi saccadée que la mienne, je sens la peau de sa main sur la mienne. Il ne manque plus que le gout…

Mon regard dérive vers sa bouche. Quel est la saveur de Conor ? Cette idée éclate dans ma tête et se met à y tourner en boucle. Je passe la langue sur mes lèvres pour les humecter, c'est instinctif, comme toutes les réactions que Conor déclenche en moi.

Il n'y a rien de mental, d'ailleurs ma raison me hurle de m'écarter, de mettre une distance convenable entre le corps de Conor et le mien. Mais cette énergie qui vibre entre nous, celle qui est chargée d'hormones, ou de phéromones, ou de je ne sais quoi d'autre, lutte pour prendre le dessus.

Heureusement que je suis figée parce que dans le cas contraire, je crois que je pourrais sauter sur Conor pour le dévorer tout cru.

— Ne me regarde pas comme ça, grogne-t-il tout bas.

Je fronce les sourcils, pas certaine de comprendre ce qu'il veut dire par là. Il ajoute :

— Julia, quand tu me regardes comme ça, je pourrais tout oublier, même la plus élémentaire des convenances…

Je ne réponds pas, mais dans ma tête, je lui hurle de tout oublier, et surtout de *me* faire oublier. Oui, c'est un constat qui me percute et me donne presque le tournis : je veux me perdre dans les bras de Conor.

Chapitre Onze

Malgré l'ordre que Conor vient de me donner, je suis incapable de détourner les yeux de son visage. Je sens son torse frôler ma poitrine à chacune de ses inspirations et je me surprends à vouloir me plaquer contre lui.

La main de Conor relâche la mienne, ses doigts effleurent mon bras et remontent jusqu'à mon épaule. J'aimerais que mon top disparaisse sur le champ pour sentir sa peau sur la mienne...

Je me dis qu'il va s'arrêter là, qu'il trouvera la force et la motivation de mettre de la distance entre nous, mais il ne bouge pas plus que moi. Et ses doigts qui atteignent la peau de mon cou ne m'aident pas à garder les idées claires.

Soudain, Conor se penche vers moi. D'un mouvement instinctif, je relève la tête vers lui, prête à accueillir le baiser qu'il pourrait me donner, mais il s'arrête à quelques millimètres de mes lèvres. Nous sommes tellement proches que son souffle frôle ma bouche.

— Ne reviens plus dans l'aile ouest, Julia. Tu m'entends ?

Je cligne plusieurs fois des yeux, mais mon cerveau n'arrive quand même pas à remettre de l'ordre dans mes pensées. Je commence à comprendre que Conor agit sur moi comme de la kryptonite : il fait tomber toutes mes défenses, court-circuite ma raison, défie la logique et... me rend plus faible.

D'un mouvement vif, il saisit ma nuque, et me plaque contre lui. Je retiens tout juste un petit cri de surprise. Son regard ne quitte pas le mien. Essaie-t-il de m'hypnotiser ou de m'effrayer ?

— Promets-moi de ne pas revenir ici, répète-t-il d'une voix grave.

À cet instant, sa bouche envoie un message différent du reste de son corps. Je le sens pressé contre moi et n'ignore aucune partie de son anatomie... Mes joues se mettent à chauffer et je sais que je dois avoir pris une teinte de homard cuit.

— Julia, insiste-t-il.

Je suis trop retournée pour me risquer à articuler le moindre son, je me contente donc d'un hochement de tête.

— Bien, dit-il.

Je ne suis pas certaine de ce qui est bien au juste... Mais j'ai l'impression que je m'effondrerai sitôt qu'il aura quitté mon espace personnel. Il a eu la réponse qu'il attendait, pourtant Conor me dévisage encore, comme s'il voulait m'entendre dire autre chose, mais quoi ?

Je mords ma lèvre pour ne pas dire une bêtise. J'en serais tout à fait capable...

Conor relâche sa prise sur ma nuque et s'écarte de moi, sans cesser de me regarder :

— Tu verras ton avocat demain.

— Je... quoi ?

— Je t'ai pris un rendez-vous. Sois prête pour neuf heures.

Sur ces derniers mots, il s'éloigne.

Dire que mon sommeil a été agité serait un doux euphémisme... J'ai alterné entre des phases d'éveil et des rêves auxquels je ne peux pas penser sans rougir. La seule constante entre eux : Conor McLane. Encore et toujours. Cet homme ténébreux et taciturne est en train de s'immiscer dans mon esprit, et je ne sais pas si j'apprécie cette idée.

Conor est un homme de pouvoir, je le sais, d'ailleurs, il suffit de le regarder pour le comprendre : il a l'habitude de diriger et, surtout, qu'on lui obéisse. Un frisson me parcourt et je resserre les pans de mon gilet, même si je sais parfaitement que ça ne changera rien à ce qui m'arrive...

Je descends les escaliers pour rejoindre la salle à manger. J'ai bien essayé de négocier avec madame Lansbury pour prendre le petit déjeuner dans la cuisine, mais elle n'a rien voulu entendre.

Quand j'entre dans la pièce, je découvre qu'un véritable buffet digne d'un hôtel a été servi. Il y a à peu près tout ce qu'il est possible de souhaiter pour un petit déjeuner continental : depuis les fruits frais, en passant par le pain et les céréales, pour finir avec des saucisses et des haricots, tout y est.

Je m'installe à un bout de la table, le même que celui où j'ai diné seule hier soir, en me demandant si le temps passé dans cette maison sera toujours aussi solitaire. C'est à cet instant qu'un homme que je ne connais pas franchit le seuil de la porte.

Il se fige quand il m'aperçoit. Ses yeux s'arrondissent sous l'effet de la surprise et je jurerais qu'il a blêmi.

— Oh, bonjour monsieur Marcus, lance madame Lansbury qui nous rejoint au même moment.

Le Marcus en question n'a toujours pas bougé et il me dévisage avec insistance.

— Je vois que vous avez rencontré mademoiselle Julia, continue la gouvernante sur un ton léger.

Je décide de me lever pour aller serrer la main au nouveau venu. Lorsque je suis assez près, il semble enfin retrouver ses esprits et il me sourit. Ses dents blanches à elles seules sont une ode aux soins de blanchiment...

— Julia, la sœur de Swann, bien sûr. Bonjour, je suis Marcus Gordon, l'associé de Conor.

Il me tend une main que je saisis. Sa poigne n'est ni trop forte ni trop molle, on sent l'homme d'affaires rompu à ce genre d'exercice.

— Vous désirez manger quelque chose ? propose la gouvernante après avoir vérifié le niveau de la cafetière.

Marcus me lance un regard avant de hocher la tête :

— Avec plaisir. Je ne peux que faire honneur au chef qui a préparé ce banquet !

Je me mords la lèvre pour ne pas rire et Marcus m'adresse un clin d'œil entendu. Je me dirige vers ma place en prenant une tasse de café au passage. L'associé de Conor demande du thé à la gouvernante avant de venir s'installer près de moi.

Il m'adresse un des sourires dont il semble être le spécialiste (et je dois admettre qu'ils font leur petit effet) :

— Je savais que Conor avait une invitée, mais je ne pensais pas que c'était toi...

— Je ne sais pas comment je dois le prendre...

— Bien ! Très bien, même. C'est une excellente surprise. Je suis content de faire la connaissance d'un membre de la famille de Swann.

Une lueur triste passe sur son visage et mon cœur se serre un peu. La perte de ma sœur est comme une tache de fond qui tourne en boucle à l'arrière de ma tête, une idée qui dès qu'elle se manifeste provoque en moi de la peine.

Je me sens coupable parce que je sais que je n'ai pas les réactions normales que l'on est censé avoir quand on perd un être cher...

C'est certain qu'on ne pense généralement pas à s'envoyer en l'air avec son beau-frère !

Je déglutis et baisse les yeux sur mon assiette encore vide. Je suis vraiment paumée. Mon corps me trahit chaque fois que je suis en présence de Conor... Je ne devrais pas ressentir toutes ces sensations ni être attirée par lui, encore moins fantasmer sur lui, même si ce n'était pas de manière consciente : mes rêves ne laissaient aucune ambigüité sur la nature des rapports que mon corps voudrait entretenir avec Conor…

— Comment vas-tu, Julia ?

La question de Marcus me fait relever la tête. C'est fou cette manière que j'ai de me perdre dans mes pensées ces derniers temps… J'ai l'impression de ne plus arriver à me concentrer et de perdre le fil.

Je hausse les épaules :

— Aussi bien qu'on puisse aller dans ces circonstances, j'imagine.

Il hoche la tête, d'un air entendu, comme s'il savait exactement de quoi je parlais.

— Ta sœur était une amie, du moins, j'aime à le croire. Elle comptait beaucoup pour moi…

Une drôle d'expression passe sur son visage et j'ai presque envie de poser ma main sur la sienne pour le consoler. Ce qui est un comble quand on pense que c'est moi qui ai perdu ma sœur ! Mais pour autant que je sache, Marcus la connaissait sans doute mieux que moi. Ce n'était pas difficile puisque je n'avais plus de contact avec elle…

Madame Lansbury revient et dépose une tasse de thé devant Marcus qui la remercie. La gouvernante rosit de plaisir et repart en direction de la cuisine.

— C'est une habitude de chez moi, explique Marcus.

C'est à ce moment que je me rends compte que je fixe sa tasse. Je relève les yeux vers son visage, et il continue :

— Je suis anglais.

— Ça explique l'accent…

Marcus sourit.

— Et toi, tu parles bien anglais…

— Pour une française ? complété-je.

Nouveau sourire. Cet homme semble d'un naturel avenant et je pense que je vais bien m'entendre avec lui. J'aurai bien besoin d'un peu de compagnie étant donné que Conor semble ne jamais être dans les parages...

Mais peut-être que ça vaut mieux en fin de compte ? Chaque fois qu'on est ensemble, on finit par se rapprocher, et ça ne fait que nourrir mes idées sensuelles...

J'ai l'estomac noué mais je me sers quand même quelques fruits histoire de ne pas aller au rendez-vous de ce matin le ventre vide.

— Je suis désolé de ne pas avoir assisté aux funérailles, reprend-il.

Je jette un coup d'œil à Marcus. Il a un air grave et peiné à la fois, mais je n'ai pas le temps de lui répondre car Conor entre dans la salle à manger. Je me rends compte que c'est la première fois que je le vois ici.

En fait, j'ai l'impression qu'il passe son temps à m'éviter... Ceci dit, la maison est tellement gigantesque, qu'il est tout à fait possible d'y vivre sans jamais se croiser.

Le regard de Conor passe de Marcus à moi. Il semble contrarié, du moins, c'est comme ça que j'interprète son expression tendue. Il s'adresse à son associé :

— Tu es déjà là.

— Bonjour à toi aussi, Conor, répond Marcus avec un petit sourire.

Conor se sert un café et il s'installe à l'autre bout de la table, plus loin et il serait à l'extérieur de la salle à manger. Il prend une gorgée tout en me regardant.

Je baisse les yeux vers mon assiette tandis que Marcus reprend :

— J'espère que tu te plairas parmi nous, Julia. La région est très agréable, il y a beaucoup de randonnées à faire. Et si tu es plutôt citadine, Seattle est une ville qui offre pas mal de possibilités…

— Elle n'est pas venue pour faire du tourisme, le coupe sèchement Conor.

Je fronce les sourcils. Quelque chose dans le ton qu'il a utilisé me fait tiquer. Croit-il avoir un quelconque pouvoir sur moi ? Jusqu'à preuve du contraire, je suis encore libre de faire ce que bon me semble.

Je m'adresse donc à Marcus, en prenant soin d'ajouter un sourire amical :

— Si tu as des suggestions, je serais contente de profiter de mon séjour ici pour me familiariser avec les environs.

— Comme je le disais, il y a de belles randonnées à faire, en particulier celle…

— Elle ne sera bientôt plus en état de faire ce genre d'activités, le coupe à nouveau Conor.

Marcus le fixe, bouche bée, quant à moi, je bous de colère. Je fixe Conor droit dans les yeux et lance, en français :

— Je n'ai encore rien accepté !

— Si tu es ici, c'est que tu es prête à le faire, répond-il dans la même langue.

Il semble si sûr de lui que ça me donne envie de lui coller une baffe !

À défaut de céder à mes pulsions, je me lève et quitte la salle à manger d'un pas furibond. Je grimpe les escaliers deux à deux, la colère fait bouillir mon sang. Enfin, pas au sens propre, mais je suis dans un état de fureur qui me donne envie de casser des choses ou de frapper quelqu'un !

J'entre dans ma chambre et referme le battant derrière moi, mais il est bloqué par quelque chose. Je fais volteface et me rends compte de mon erreur : la porte n'est pas bloquée par quelque chose, mais par quelqu'un.

Et cette personne, c'est Conor.

Il me dévisage, impassible, alors que de mon côté, je contiens à peine ma rage.

Il avance vers moi, et je fais un pas en arrière. Il s'arrête et me demande :

— Tu as déjà pris ta décision, Julia ?

Chapitre Douze

Je serre les poings pour essayer de regagner le contrôle de mes émotions. Tout indique que Conor a la capacité de me faire sortir de mes gonds.

Alors qu'est-ce que ça serait si j'étais enceinte…

Je chasse cette idée pour répondre :

— Non, mais il semblerait que, toi, tu as décidé à ma place !

Je respire vite, par à-coups. Je déteste que l'on me dise quoi faire, j'ai ça en horreur, vraiment. Ça me pousse à faire et dire des choses qui ne me ressemblent pas.

— Tu n'as pas le droit de faire ça, Conor !

Il me dévisage sans broncher. Je me demande s'il n'a pas du sang anglais pour rester aussi flegmatique en toutes circonstances…

— De faire quoi ? D'espérer que tu accepteras de porter mon enfant ? dit-il enfin.

Quelque chose dans cette phrase me touche, ou plutôt me percute. Porter son bébé, dans mon ventre…

Je déglutis.

— C'est la raison de ta présence ici, je te rappelle, ajoute-t-il.

— Non, si je suis ici, c'est pour me décider justement, le corrigé-je.

— Tu joues sur les mots.

Je fronce les sourcils et j'avance vers lui.

— Non, Conor, je ne joue pas du tout ! J'ai l'impression que tu n'as pas conscience de ce que tu me demandes ! Tu attends de moi que je fasse quelque chose de très intime, que je n'ai jamais fait dans ma vie. Je n'avais jamais imaginé que le premier enfant que je porterais en moi ne serait pas le mien. Et toi, tu agis comme si ce n'était pas grand-chose…

Conor réduit la distance entre nous, il pose ses mains sur mes épaules et plante son regard dans le mien. Pour la première fois, j'y lis de la douceur, presque une sorte de tendresse.

— Je suis désolé si je t'ai semblé insensible, Julia. Ce n'était pas mon intention.

Il relâche sa prise sur moi, passe une main dans ses cheveux, et grogne :

— Tu ne comprends pas…

— Alors explique-moi !

Son regard s'attarde sur mon visage avant de glisser le long de mon corps pour s'arrêter sur mon ventre, enfin il détourne les yeux, comme si je l'avais pris en faute.

— Je n'ai jamais fait quelque chose d'aussi important de

toute ma vie, avoue-t-il enfin. Et je n'ai pas l'habitude de laisser le contrôle aux autres...

Il se tait et je comprends que je n'obtiendrai rien de plus de sa part. C'est dingue ce qu'il peut être indéchiffrable et secret ! Il est carrément... hermétique ! Oui, voilà : il est fermé, verrouillé à double tour, impénétrable.

Il semble perdu dans ses pensées tout à coup.

Ce que je donnerais pour savoir ce qu'il pense...

Après quelques secondes, il reporte son attention sur moi :

— S'il te plait, réfléchis bien avant de prendre ta décision.

J'ai l'impression qu'il y a une supplique dans cette simple petite phrase, comme s'il me demandait plus que ce que ses mots ne disent.

Je me contente de hocher la tête en guise de réponse.

— Julia, dis-moi que tu pèseras le pour et le contre, que tu prendras en compte tous les paramètres avant de faire ton choix.

— Bien sûr. C'est évident.

— Tu ne diras pas non tout de suite ? Tu me le promets ?

Quelque chose se serre dans ma poitrine tant il me semble fragile. À cet instant, je suis certaine d'avoir accès à la partie la plus vulnérable de Conor McLane, celle qui est en deuil et qui attend de moi que je lui rende une part de sa défunte femme.

J'aimerais pouvoir lui dire oui, et accepter de porter son enfant, j'aimerais que ce soit si simple et si facile, mais ça ne l'est pas.

— J'ai besoin de temps, soufflé-je.

Conor semble soulagé.

— Prends tout le temps qu'il te faut. Je suis sérieux, Julia. Je suis capable d'attendre des semaines, des mois, s'il le faut. Tout ce que tu voudras, du moment qu'il y a un espoir...

Sa voix se brise et je mesure à quel point il a besoin que j'accepte. Mais je ne peux pas faire passer ses besoins avant les miens...

Cette fois, c'est moi qui le touche : je pose ma main sur son torse, au niveau de son cœur. Je le sens qui bat derrière ses côtes, puissant et régulier. Je résiste à l'envie de plaquer ma tête contre lui pour l'écouter.

Je relève les yeux et ancre mon regard à celui de Conor :

— Je prendrai tout le temps qu'il faut pour être certaine. C'est tout ce que je peux te promettre.

Conor me dévisage, l'air grave, puis il hoche la tête. Quand il parle, je retrouve l'homme distant et secret :

— On doit y aller, ton avocat va t'attendre.

Des dizaines et des dizaines de pages, voilà à quoi ressemble le contrat que Conor veut conclure avec moi.

— Nous avons beaucoup d'informations à voir ensemble, explique l'avocat.

Maitre Ferrel est un homme assez jeune, spécialisé dans ce genre de cas. Conor l'a choisi, mais il m'a expliqué que je pouvais en changer si le contact ne passait pas bien avec lui. La seule condition est que je n'aie pas le même avocat que Conor, comme l'exige la loi.

— Mais nous allons nous concentrer sur la partie qui vous concerne dans l'immédiat.

Je fronce les sourcils, pas certaine de bien le suivre.

— Monsieur McLane m'a expliqué votre situation, explique-t-il.

De toute évidence, l'avocat en a vu d'autres car il ne semble pas choqué par la proposition de Conor ni par l'arrangement que nous avons trouvé pour l'instant.

— Voilà ce qu'il vous propose pour vous dédommager de votre temps.

Ferrel fait glisser une feuille vers moi. Je déchiffre une à une les lignes qui y sont renseignées : indemnité de déplacement, défraiement, allocation journalière… Je suis vite perdue.

— Vous pouvez me faire un résumé ? demandé-je.

L'avocat croise les mains sur la table de réunion qui nous sépare.

— En résumé, mademoiselle Calley, tant que vous logerez chez monsieur McLane, toutes vos dépenses ici et en France seront couvertes. En plus de l'allocation journalière de présence qui est une sorte de salaire, si on peut dire.

— Vous avez mentionné mes dépenses en France ?

— Il s'agit des frais qui restent à votre charge pendant votre séjour dans notre pays : votre loyer si vous en avez un, et divers frais comme…

Il tourne plusieurs pages avant de lire :

— Les frais médicaux de votre mère.

Je reporte mon attention sur le document qui se trouve devant moi. Conor a pensé à tout... Ça ne m'étonne pas, mais je ne sais pas si j'aime l'idée qu'il pourvoie à tous mes besoins.

— Mademoiselle Calley, je vais être très clair avec vous : cet accord est très généreux. Je vous invite à signer les papiers.

— Et qu'en est-il pour...

Je déglutis avant de prononcer les mots :

— Pour la grossesse.

— Cette partie de l'accord fera l'objet d'une négociation ultérieure.

Une négociation... Voilà ce que cet enfant est aux yeux de la loi...

Je hoche la tête, le regard rivé sur les sommes qui sont mentionnées. Plus je reste chez Conor, plus je gagne d'argent. Et il m'a dit tout à l'heure qu'il était prêt à patienter des mois s'il le fallait... C'est dire à quel point il est fou amoureux de ma sœur : seul un homme qui a une femme dans la peau est prêt à dépenser autant pour avoir un enfant dans ces conditions.

Lorsque je quitte le bureau de maitre Ferrel, j'ai la gorge nouée. Je me sens stupide d'avoir imaginé ne serait-ce qu'une seconde qu'il y avait une attirance entre Conor et moi. Le contrat que je viens de signer prouve bien que ce n'est pas le cas.

Aujourd'hui, ce n'est pas Benson qui conduit la berline, mais un autre employé. J'imagine que cette tâche ne fait généralement pas partie des attributions de Benson, ou bien qu'il est en congé après le voyage en France ?

— Julia !

Je me retourne et découvre Conor. Il a patienté ici pendant tout le temps qu'a duré mon rendez-vous avec mon avocat. Un professionnel dont les honoraires sont également payés par Conor...

Ce dernier approche de moi, attentif au moindre de mes mouvements :

— Tout va bien ?

Je hoche simplement la tête.

— Tu as signé ?

— Oui.

Maintenant que tout est en règle, je me détends un peu. Ma réponse semble le soulager lui aussi. Sans doute parce que ça signifie que je reste avec lui, du moins pour l'instant.

Le regard de Conor se perd en direction de la ville.

— Tu as faim ? demande-t-il.

Je n'ai presque rien avalé ce matin, et il est plus de midi, alors je réponds :

— Oui.

Un petit sourire étire ses lèvres. Il est encore plus beau quand il est détendu...

Aussitôt, je suis envahie par la honte et la culpabilité : je ne devrais pas le trouver beau. En fait, je devrais être neutre vis-à-vis de lui. Sauf que je ne peux pas contrôler les réactions de mon corps, et quand Conor place sa main en bas de mon dos au moment où j'entre dans la berline, je sens le frisson désormais familier me parcourir.

Conor me rejoint sur la banquette arrière et il donne une adresse au chauffeur.

— Je t'emmène dans un petit restaurant qui sert des fruits de mer, Swann l'adore...

Sa phrase reste en suspens et j'ai soudain la sensation que le fantôme de ma sœur flotte entre nous. Elle est, et restera, toujours indissociable de Conor. Mari et femme, à jamais.

Jusqu'à ce que la mort les sépare, ce n'est pas ce qui est dit pendant la cérémonie ?

Je fais taire la petite voix en moi qui semble encline à trouver toutes les raisons pour succomber à cette attirance que j'ai pour Conor. Mais pourquoi me torturer alors que ça ne peut qu'être à sens unique ?

Je pousse un soupir qui ne passe pas inaperçu auprès de Conor, du coin de l'œil, je vois qu'il me scrute. Je me concentre sur le paysage derrière la vitre, tout plutôt que laisser libre cours à mes pensées coupables.

Lorsque nous nous installons à table, je me sens un peu plus calme. J'essaie de me concentrer sur les points importants de cet arrangement singulier, et il y en a beaucoup. À commencer par le fait que je n'ai plus aucun problème financier... pour l'instant.

Mais même ce constat ne me donne pas le sourire. Je suis bien trop consciente du choix qui m'attend à la fin de l'aventure.

— Qu'est-ce qu'il y a, Julia ?

Je relève les yeux vers Conor. Il a croisé les bras sur son torse et il me dévisage avec attention. Je me sens rougir sous son observation.

— Rien. Tout va bien. Je suis juste un peu fatiguée à cause du décalage horaire. C'est tout.

— L'accord ne te convient pas ? Je sais que tu as signé, mais on peut revoir certains points si tu le souhaites. Comme l'allocation vestimentaire, par exemple.

Je fronce les sourcils. Il y avait tellement de lignes dans l'accord que je n'ai pas vraiment prêté attention à celle-ci.

— De quoi tu parles ?

— De la somme qui t'est allouée pour tes dépenses vestimentaires.

Il dit ça comme si c'était une évidence. A-t-il l'habitude d'en attribuer à ses employés ? Et soudain, cette idée me percute : si Conor me verse un salaire, alors ça fait de moi son employée !

Il n'en faut pas plus pour que ma gorge se serre et que j'en aie l'appétit coupé.

— Si tu as besoin de plus, tu n'auras qu'à me le dire. De manière générale, je veux que tu comprennes que l'argent n'est pas un problème dans cette affaire. Je peux...

Conor parle mais je reste bloquée sur « affaire ». C'est ce que je suis pour lui ? Je sens les larmes poindre, mais je refuse de m'effondrer devant Conor.

Je me lève d'un bond :

— J'ai besoin d'aller aux toilettes.

Je n'attends pas sa réponse pour m'enfuir loin de la table. Ce n'est qu'au moment où je suis seule que les larmes se mettent à couler.

Appuyée au lavabo, je fixe mon reflet. S'il me fallait un déclic pour me remettre les idées en place, c'est chose faite !

Voilà ce que tu es à ses yeux, Julia : une transaction, une longue liste de lignes de dépenses.

Chapitre Treize

Je fais bonne figure tout le temps que dure le repas, mais ce n'est pas simple. Regarder Conor me rappelle à chaque fois que je suis en train de profiter de lui.

— Je vois bien que tu n'es pas dans ton assiette, Julia. Parle-moi.

Je mords ma lèvre pour empêcher les larmes de remonter. Je ne veux surtout pas qu'il me voie dans cet état. Je commence à suffisamment le connaitre pour savoir qu'il ne lâchera pas avant que je lui réponde, alors j'essaie d'être le plus honnête possible :

— J'ai l'impression de profiter de toi.

Ma voix est basse, mais Conor m'a entendue. Il se penche vers moi et place une main sur la mienne. Je la retire tout de suite comme si son contact me brulait. Il ne dit rien, mais il fronce les sourcils.

— Tu ne profites pas de moi, Julia. S'il y a quelqu'un qui profite de l'autre dans cette histoire, c'est plutôt moi.

Je secoue la tête, dubitative.

— Je te propose quelque chose, lance-t-il.

Je le dévisage, intriguée.

— Disons que chacun trouve quelque chose dans cet arrangement. Tel que je le vois, on est dans un accord gagnant-gagnant.

Quand il présente les choses sous cet angle, avec ce ton professionnel, presque détaché, je suis tentée de le croire. Peut-être que si je choisis de le croire, et que je m'en persuade assez fort, alors cela deviendra réel ? Peut-être qu'au bout d'un certain temps j'en serai convaincue moi aussi ?

— Tu sais ce qu'on va faire pour se changer les idées ? demande-t-il.

Je secoue la tête. L'avantage, ou l'inconvénient selon le point de vue, de ne pas arriver à suivre les pensées de Conor, c'est qu'il me surprend toujours.

— Du shopping.

Il lance ça et semble attendre une réaction de ma part qui ne vient pas.

— Ça ne te tente pas ? Je croyais que c'était le mot magique pour toutes les femmes…

Je hausse les épaules.

— Je ne suis sans doute pas comme les autres femmes.

Conor me dévisage, l'air grave.

— Non, tu ne l'es pas.

Et voilà ! Je ne peux pas m'en empêcher : une envolée de

papillons s'éparpille dans mon ventre. Je me mettrais des baffes !

— Je n'ai pas besoin d'affaires, fais-je autant pour me changer les idées que pour clore le sujet.

— Je ne pense pas me tromper en disant que tu n'es pas équipée pour les changements de température de la région. En particulier dans l'arrière-pays. Sans compter qu'il te faudra un peu de matériel si tu veux faire de la randonnée.

Je reste bouche bée un instant avant de me ressaisir :

— J'ai l'impression d'avoir manqué un épisode depuis ce matin...

— Tu avais raison sur un point : je ne peux pas t'empêcher de faire ce que tu veux. Mais je peux t'accompagner.

Je tombe des nues encore une fois :

— Tu veux... m'accompagner ?

Le regard de Conor dérive vers la fenêtre, en arrière-plan, on distingue la *Space Needle*[1]. Il réfléchit un instant avant de reporter son attention sur moi.

— Oui. Tu n'auras qu'à me faire une liste de toutes les activités que tu souhaites faire et je verrai comment arranger ça.

J'ai du mal à imaginer Conor en train de jouer les guides touristiques... Ça ne lui ressemble pas du tout.

— Tu veux dire que si je veux grimper là-haut...

Je pointe du doigt en direction de la haute tour qui surplombe Seattle.

— ... tu m'y amèneras ?

---

1. « L'aiguille de l'espace », tour emblématique de Seattle qui culmine à 184 mètres au-dessus de la ville.

Conor ne regarde même pas dans la direction que je lui montre. Il a les yeux rivés sur moi...

— J'irai où tu voudras, Julia.

Je déglutis, sans répondre. Il ne peut pas me dire des choses comme ça... pas tant que mon cerveau persistera à imaginer des sous-entendus qui n'existent pas.

Il ne faut jamais que je perde de vue que cette relation n'est qu'un contrat, un échange de bons procédés qui prendra fin quand j'aurai pris ma décision. Accepter ou refuser ne changera jamais la nature de notre relation. L'échéance s'en trouvera écourtée ou rallongée, mais c'est tout.

— On va le faire ce shopping ?

La voix de Conor me tire de mes pensées. Je ne suis pas du genre à dépenser sans compter, et de toute façon, je n'en ai jamais eu les moyens. En fait, pour moi, le shopping a toujours été synonyme de stress parce qu'il nécessite de dépenser de l'argent que je n'ai pas.

Mais aujourd'hui, c'est différent : j'ai un énorme fond disponible juste pour ça. J'ai quand même du mal à me faire à l'idée...

Je me ressaisis et réponds à Conor :

— Tu as un fantasme à la *Pretty Woman* ?

Il a un petit rire qui me surprend, mais il s'arrête aussi vite qu'il a commencé.

— Pas du tout. Et pour ton information, je ne suis pas du genre à payer des prostituées. Et puis, tu n'as rien à voir avec ce genre de femmes, Julia.

Sur le moment, je suis tentée de le rebaptiser «

Monsieur Intense» tant son regard est perçant. Sérieux, comment il fait ça ? C'est dans ses gènes ?

Aussitôt l'image d'un petit garçon aux yeux verts me traverse l'esprit, celle du fils de Conor que je pourrais mettre au monde si j'acceptais sa proposition...

Non, mais ce n'est pas vrai ! Plus rien ne va dans ma tête depuis que j'ai parlé avec Conor. À croire qu'il m'a corrompue, ou un truc du genre.

Nous quittons le petit restaurant pour regagner la voiture. Cette fois, Conor donne au chauffeur le nom d'un centre commercial. Tandis que le véhicule s'insère dans la circulation, je me demande dans quoi je me suis embarquée...

Le centre est gigantesque. Je pousse un soupir :

— Je suis déjà fatiguée, marmonné-je.

Marcher aux côtés de Conor dans ce genre d'endroit plein à craquer de femmes seules est un calvaire : entre celles qui le déshabillent des yeux et celles qui me fusillent du regard parce que je suis avec lui, c'est insupportable.

Il me guide jusqu'à une boutique de luxe dans laquelle je n'aurais jamais mis les pieds de ma vie si je n'avais pas connu Conor.

Ici aussi, les femmes présentes remarquent tout de suite mon beau-frère.

Je tourne la tête vers lui :

— Comment tu fais ?

Il baisse les yeux vers moi, un sourcil relevé en guise d'interrogation, alors je précise :

— Pour supporter qu'elles te considèrent comme une friandise qu'elles veulent s'enfiler ?

Je fais un signe de tête en direction de la vendeuse qui s'est pratiquement pris un portant de fringues parce qu'elle reluquait Conor au lieu de regarder où elle mettait les pieds.

Il cligne plusieurs fois des yeux avant de m'adresser un petit sourire en coin. Il se penche vers moi pour me répondre :

— Tu me regardes de la même manière, tu sais ?

Aussitôt une vague de feu parcourt mon corps et irradie jusque dans mes joues.

— Quoi ? Non ! Pas du tout ! Je ne ferais jamais ça !

Il me fixe d'un air goguenard.

— Si tu voyais ta tête, Julia, ça mérite une photo.

Il fait mine de chercher son téléphone dans sa poche, mais je retiens son bras.

— Oh non, non, non ! Ce n'est pas dans le contrat !

Conor se débat un peu pour que je relâche son bras, mais je m'accroche.

— Je suis prêt à payer tous les suppléments que tu voudras pour immortaliser ta tête, là tout de suite ! Je la montrerai à notre enfant, ce sera collector.

Je me fige, et Conor aussi, sous le choc de ce qu'il vient de dire. Il fronce les sourcils et s'apprête à ajouter quelque chose, mais l'arrivée d'une vendeuse l'en empêche :

— Bonjour, je suis Vera. Comment puis-je vous aider aujourd'hui ?

Tandis que Conor dresse une liste détaillée de ce qu'il me faut, je baisse la tête pour regarder la pointe de mes chaussures, le cœur qui bat la chamade et ce stupide frisson qui parcourt toujours ma peau.

C'est du Conor tout craché : passer d'un moment complice pour finir sur une note gênante. Comment ne pas me faire d'idées après ça ?

C'est simple ma vieille, super simple, en fait. Et ça tient en un mot : Swann.

La voix de ma conscience sait comment s'y prendre quand il s'agit de me ramener sur le droit chemin : l'effet est instantané. Je culpabilise et suis mortifiée à la fois. Je n'ai pas le droit d'avoir ce genre de pensées. Pas pour Conor.

— Bien, je vois, lui répond la vendeuse.

Son sourire menace de relier ses deux oreilles tant elle est heureuse. J'imagine que la perspective de l'énorme commission qu'elle va empocher la réjouit au plus haut point. À moins que ce ne soit la présence de Conor, ou bien les deux à la fois ?

Je me résigne à choisir quelques affaires.

— Tu pourrais être plus enthousiaste, fait remarquer Conor.

— Et toi, tu ne devrais pas être au boulot ? Ou faire un truc super important, comme le font les hommes de pouvoir ?

Eh merde ! Qu'est-ce que je viens encore de dire ?

Je crois que c'est officiel : plus je passe du temps avec Conor, plus mes capacités cognitives diminuent. Voilà, c'est ça, je suis en pleine dégénérescence neuronale !

— Tu me vois comme un homme de pouvoir ? Et sexy en plus ? demande Conor, d'un ton moqueur.

Je me mords la lèvre. Le regard de Conor se pose sur ma bouche, et il perd son petit sourire.

La vendeuse revient, et pour une fois, je suis heureuse de la voir. Elle me tire de ce mauvais pas. Il faut vraiment que j'apprenne à me contrôler, à tous les niveaux. Ça devient un impératif vital si je veux survivre au temps que je dois passer avec Conor.

Je ne peux décemment pas passer mon temps à me ridiculiser face à lui ! Ceci dit, ça finirait peut-être par le dissuader de m'engager comme mère porteuse ?

Malheureusement, ce n'est que le début de mes déboires, parce que ma salvatrice au bonnet D et au décolleté plongeant a pris l'initiative d'ajouter quelques articles à ceux listés par Conor :

— J'ai pensé que ça vous irait bien. Ça soulignera votre taille fine, ajoute la vendeuse tout en soulevant une pièce de lingerie en dentelle rouge à la vue de tous les clients de la boutique.

Évidemment, Conor n'en perd pas une miette. Son regard s'attarde sur la dentelle criarde avant de se poser sur moi, provoquant une nouvelle réaction rouge homard de ma part…

— Du blanc irait mieux à son teint, commente-t-il.

Je secoue la tête pour dire que non.

— Tu préfères du noir, peut-être ? demande-t-il en se méprenant sur ma réaction.

Je retrouve ma voix :

— Non, je veux dire que je n'en veux pas. En plus, je n'en aurai pas l'utilité.

Conor fronce les sourcils, il ouvre la bouche, mais la referme aussitôt. Bien ! Ça me rassure de constater qu'il n'y a pas que moi qui perde un peu le fil de ses pensées.

J'essaie un tas d'affaires, au bout d'un moment, j'en perds le nord. Mais Conor gère tout d'une main de maitre. À croire qu'il a souvent fait ça... Je secoue la tête tout en renfilant mon jean et mon pull.

Quand je quitte la cabine, Conor est en train de régler la note qui doit être astronomique. Je le rejoins et m'étonne :

— On ne prend pas les paquets ?

Il baisse les yeux vers moi :

— Ils seront livrés directement à la maison où madame Lansbury se chargera de tout mettre en place dans ton dressing.

À la maison...

Chapitre Quatorze

Plantée devant mon dressing, je regarde le résultat de la séance de shopping... Entre les robes, les pulls et autres vêtements, je crois que je n'ai jamais eu autant de vêtements à moi. D'ailleurs, le contenu de ma valise remplit tout juste un tiroir.

Les sous-vêtements qui font partie des achats sont soigneusement pliés, je frôle les dentelles fines du bout des doigts en me demandant encore pourquoi Conor a insisté pour que je refasse ma garde-robe.

Parce que tu lui faisais pitié avec tes fringues datées...

Cette pensée, plus violente que les autres, me percute en plein estomac. Je fais quelques pas en arrière, jusqu'à ce que mes mollets viennent buter contre le rebord de la petite causeuse posée là.

Je me laisse tomber dedans et remonte mes genoux sous mon menton.

Depuis que Conor m'a fait sa proposition, j'ai l'impression que plus rien ne va. Tout est différent, j'ai parfois la sensation que je vois la vie à travers un kaléidoscope qui déforme les formes et les couleurs…

Et Conor est l'épicentre du séisme qui a secoué ma vie. Mon ténébreux et mystérieux beau-frère s'est détendu cet après-midi quand nous étions seuls. Il m'a présenté une facette de lui que je n'avais pas encore vue : plus décontracté, souriant, presque complice… Mais qui est vraiment Conor McLane au fond ? J'ai l'impression de ne jamais savoir sur quel pied danser avec lui.

On frappe un coup à la porte de ma chambre, et la seconde suivante, la silhouette un peu replète de la gouvernante franchit le seuil.

— Mademoiselle Julia ?

Elle tourne la tête et m'aperçoit. Ses sourcils se froncent mais elle ne perd pas son sourire.

— Vous voilà !

Oui, je suis là. En même temps, où pourrais-je être ? Je ne me suis pas encore familiarisée avec la maison et tous ses recoins. Soudain, l'idée de partir en exploration me vient.

Madame Lansbury approche et elle passe la main sur le bas d'une robe de soirée.

— Vous avez très bon gout, mademoiselle. Cette robe en particulier vous ira vraiment bien.

— Si j'ai l'occasion de la porter un jour, grommelé-je.

La gouvernante se tourne vers moi, les poings sur les hanches.

— Monsieur Conor nous a dit que vous alliez rester avec nous pendant plusieurs semaines, voire quelques mois, je suis certaine que les occasions de porter de belles tenues se présenteront plus souvent que vous le croyez. D'ailleurs, nous attendons des invités pas plus tard que ce soir...

Je fronce les sourcils.

— Je suis censée porter une tenue de soirée ?

Madame Lansbury a un petit rire guilleret. C'est dingue ce que cette femme peut être heureuse. Elle a toujours le sourire, jamais un mot plus haut que l'autre, elle est l'incarnation même du bonheur.

— Oh non, pas ce soir. Une tenue soignée fera l'affaire.

Je n'ai pas le temps de lui demander de préciser sa pensée car elle me demande :

— À ce propos, je voulais savoir s'il y avait des aliments en particulier que vous n'aimiez pas, ou si vous aviez des allergies alimentaires.

Je hausse les épaules :

— Non, rien à signaler.

— J'avais l'habitude de voir ce genre de détails avec mademoiselle Swann, mais maintenant qu'elle n'est plus là, monsieur Conor me laisse libre de tout organiser. J'avais pensé...

Elle se tait et détourne les yeux.

Je me lève et me dirige vers le dressing, tant pour éviter de la regarder que pour choisir quoi mettre.

— Je ne suis pas la maitresse de maison, madame Lansbury. C'est tout juste si je suis une invitée ici. Faites au mieux.

Je choisis un pull en cachemire et un jean avant de me retourner vers la gouvernante. Elle semble sur le point de dire quelque chose, mais elle se ravise.

— Bien, le diner sera servi à huit heures.

Sur ces mots, elle quitte la pièce.

Je reste figée un instant, les yeux rivés à la porte qui vient de se refermer. Je me sens... déphasée. En total décalage avec ce lieu et les gens qui y vivent. Rien ne me ressemble ici, et avec sa séance de shopping forcé, Conor s'est assuré que je sois encore moins moi-même. J'enfile mes nouveaux vêtements et quitte ma chambre.

Ce constat tourne en boucle dans ma tête : Conor veut me modeler. Et je ne sais pas si je pourrai le supporter. Même s'il me paie cher pour en avoir le droit.

Quelque part au fond de moi, je me sens un peu comme Vivian, le personnage dans *Pretty Woman*... Certes, je ne vends pas mes charmes à Conor, mais je lui vends quand même mon corps, en quelque sorte.

Je considère même l'idée de lui louer mon utérus le temps d'une grossesse !

Je serre les dents et marche droit devant moi sans réfléchir. C'est au moins l'avantage de loger dans une sorte de château : je peux déambuler toute la journée sans m'ennuyer.

Une prison de luxe, en somme.

Non, là je vais trop loin. Je ne suis pas la prisonnière de Conor, mais il a quand même mis une option sur ma liberté avec ce contrat. J'ai parcouru toutes les clauses avec maitre Ferrel, et je n'ai pas le droit de faire tout ce que je veux...

Je fulmine à l'intérieur alors que je me suis mise dans cette situation toute seule. Je ne peux pas blâmer Conor : il agit en fonction de son propre système de valeurs. Mais tout le problème est là justement : nous n'avons pas les mêmes.

J'en suis là dans mes pensées quand je tourne à l'angle d'un couloir et percute de plein fouet une silhouette. Je fais un petit bond en arrière sous la force de l'impact. Une large main saisit mon bras, m'empêchant de tomber sur les fesses.

— Julia ! Quelle surprise !

Je relève les yeux sur le visage de Marcus. L'associé de Conor semble avoir ses entrées à Loch Gorm.

— Je ne m'attendais pas à te trouver ici, ajoute-t-il.

Je me demande vaguement si je suis arrivée dans l'aile ouest où Conor m'a expressément demandé de ne pas aller. Et voilà ! C'est typiquement le genre de choses à laquelle je pensais : il contrôle ma liberté de mouvement, y compris à l'intérieur de son château.

— Quelque chose ne va pas ?

Le visage de Marcus trahit son inquiétude et je me rends compte que je ne lui ai pas adressé un mot.

— Tout va bien, merci.

Il hoche la tête, mais je vois bien qu'il n'est pas convaincu, alors je dis la première chose qui me passe par la tête :

— Je voulais juste visiter la serre.

Son visage se détend tout de suite et il me sourit. Il n'a toujours pas lâché mon bras. Son pouce me caresse doucement. Je me dégage de sa prise sous prétexte de remettre de l'ordre dans mes cheveux.

— C'est une excellente idée ! s'enthousiasme-t-il. Viens, je vais t'y conduire.

Il me contourne et je pivote sur mes talons pour lui emboiter le pas. En fait, je n'allais pas du tout dans la direction de la serre, et pour cause, je n'y avais même pas pensé…

— Comment trouves-tu Loch Gorm ? m'interroge-t-il tandis que nous descendons le grand escalier central.

— Grand, marmonné-je.

Marcus se met à rire.

— J'adore ton sens de l'humour, Julia.

Je me garde de lui dire que je ne plaisantais pas : cette bâtisse est gigantesque.

— Je ne pensais pas qu'on construisait encore ce genre d'édifices de nos jours, continué-je. C'est un choix… spécial.

Marcus me lance un regard en coin.

— Savais-tu que le vrai Loch Gorm se trouve en Écosse ?

Je secoue la tête, intriguée.

— Tu n'ignores pas que la famille de Conor est écossaise et qu'il a passé la majeure partie de sa vie là-bas.

Je ne réagis pas, mais je l'ignorais. En fait, je ne sais à peu près rien de mon beau-frère… Marcus poursuit :

— Le château d'origine est en ruine, mais Conor tenait à en recréer une copie, ici de l'autre côté de l'océan. D'ailleurs, tout son travail d'architecte est imprégné de sa culture écossaise, et c'est en partie la raison de son succès.

Je me demande à quoi peuvent ressembler les bâtiments que Conor crée. J'aimerais en savoir plus sur lui, et pas juste ce qu'il veut bien me dire.

Marcus et moi traversons le rez-de-chaussée, et je me

dis que je pourrais profiter du fait qu'il a la langue bien pendue pour glaner quelques informations sur mon hôte.

— A-t-il beaucoup de clients ?

Okay, ce n'est pas forcément le type d'informations qui m'intéresse vraiment, mais c'est un début, une manière d'aller à la pêche aux infos sans être trop lourde.

Marcus me lance un regard en coin :

— Oh oui ! Il y a même une liste d'attente... Tout le monde se l'arrache, il est la coqueluche du monde de l'architecture en ce moment.

Je fronce les sourcils en réfléchissant à cette nouvelle donnée :

— En gros, Conor est une rock star de l'architecture ?

Marcus rit à nouveau. C'est assez facile d'être avec lui, il est ouvert et dynamique, et surtout, je peux suivre le cours de ses pensées !

— C'est une manière de voir les choses, oui, confirme-t-il.

Nous quittons le bâtiment principal pour entrer dans la large serre qui flanque un côté du château. Je suis tout de suite saisie par le contraste de température entre les deux parties du bâtiment : ici il fait chaud et humide.

— On se croirait dans une zone tropicale, commenté-je.

— C'est un peu le cas : les espèces qui poussent ici ne sont pas celles de la région. Il s'agit surtout de spécimens importés depuis les Caraïbes.

Nous nous engageons dans le chemin tracé à travers cette jungle luxuriante. Je m'attends presque à voir des singes malicieux et des oiseaux colorés. Nous marchons un moment, et je me demande quelle est la taille de cette serre.

— Ça ressemble presque à un musée...

— Tu n'es pas loin de la réalité, répond Marcus.

Je tourne la tête vers lui, intéressée.

— Conor a ouvert les lieux aux écoles du coin et on a souvent des bus remplis de gosses qui débarquent pour venir étudier les plantes.

Il a une moue amusée.

— As-tu des enfants ?

La question m'a échappé, et je la regrette dès que je vois l'expression peinée de Marcus.

— Non.

Je ne vais pas plus loin. Après tout, nous ne nous connaissons pas bien et je ne voudrais pas me montrer indiscrète.

— Et toi, Julia, parle-moi de toi. Qu'est-ce que tu fais dans la vie ?

— J'étudie l'archéologie et l'égyptologie.

— Ouah ! Ce doit être passionnant !

— Ça l'est ! fais-je en secouant la tête. D'ailleurs, ça me rappelle que je n'ai pas ouvert mes cours depuis mon arrivée et qu'il va falloir que je m'y remette sérieusement si je veux valider mes partiels en fin de semestre.

— Tu devrais utiliser la bibliothèque.

Notre promenade nous conduit de l'autre côté de la serre où se trouve une large porte qui donne sur l'arrière du château. Cette propriété est vraiment immense, et je commence tout juste à en prendre la mesure...

— La bibliothèque ?

— J'imagine que tu n'as pas encore fait le tour de tout le château. Elle se trouve au premier, dans l'aile est.

— Je me doute bien qu'elle ne pouvait pas être dans l'aile interdite, grogné-je.

— L'aile interdite ? relève Marcus.

Je secoue la tête.

— Laisse tomber.

Marcus me jette un drôle de regard, mais il n'insiste pas. Nous marchons encore un moment avant de faire le tour du château pour regagner l'intérieur.

Une fois de retour dans le grand hall d'entrée, Marcus s'arrête.

— Voilà, c'est là que je te laisse. Je dois rentrer en ville.

— Tu vis à Seattle ?

Je ne m'étais même pas posé la question. Il y a tellement de place ici que je n'aurais pas été étonnée plus que ça qu'il habite Loch Gorm.

— Oui, en plein centre. J'adore ça ! Tout est à portée de main. Et puis c'est plus pratique pour nos clients.

— Votre bureau est là-bas ?

Marcus hoche la tête :

— Fais moi signe quand tu passeras dans le coin, je te ferai visiter.

Il me dit au revoir et s'en va. Je le suis jusque sur le perron pour le voir monter dans un pickup. Il fait demi-tour avant de s'engager dans la large allée, non sans m'avoir fait un signe de la main en passant.

— Vous vous êtes bien amusés tous les deux ?

Je sursaute en entendant la voix masculine derrière moi.

Chapitre Quinze

Le regard de Conor me cloue sur place. Il semble… furieux. Je fronce les sourcils, sans comprendre ce que j'ai fait pour le mettre dans cet état.

— Marcus m'a montré la serre.

Non, mais pourquoi je prends la peine de me justifier ? Je n'ai rien fait de mal que je sache !

L'expression de Conor ne s'adoucit pas.

— Si tu veux visiter, tu peux me demander.

— C'est censé être une invitation ? relevé-je d'un ton acide. Non, parce que, corrige-moi si je me trompe, hier tu étais pressé de demander à madame Lansbury de me guider. Et tu as disparu dans ta tanière sans même prendre la peine de diner avec moi.

Il ne répond pas et ne me quitte pas non plus des yeux. Que croit-il à la fin ? Que je vais prendre mes jambes à mon cou et m'enfuir ?

— Ma tanière ? dit-il enfin.

Je croise les bras sur ma poitrine, comme si ça pouvait me donner du courage ou me protéger de la colère de Conor. Colère qui semble être en train de retomber et je ne me laisse pas intimider :

— Ta chambre, ton bureau, ou je ne sais pas quel autre endroit où tu es allé te cacher pour m'éviter.

Une drôle d'expression passe sur le visage de Conor et il fait un pas vers moi. Je ne bronche pas, reculer serait un signe de faiblesse alors je mets un point d'honneur à le regarder bien en face.

— C'est ça que tu crois ? Que je t'évitais ?

— Ce n'est pas ce que tu faisais ?

Il est sur le point de me répondre quand nous sommes interrompus par l'arrivée de madame Lansbury.

— Monsieur Conor, vos parents ont appelé !

Elle s'arrête de parler quand elle nous voit. Je me demande quelle image nous renvoyons à nous tenir si près l'un de l'autre.

Conor me dévisage encore un instant avant de tourner la tête vers sa gouvernante.

— Que voulaient-ils ?

— Ils vous font savoir qu'ils seront à l'heure et... hum...

— Parlez, madame Lansbury.

La gouvernante rougit un peu quand elle termine de transmettre son message :

— Votre mère a demandé à ce que vous vous teniez prêt. Elle n'est pas d'humeur à vous attendre. Ce sont ses mots.

Elle se tait, visiblement mal à l'aise.

— Merci de me l'avoir dit, répond Conor.

Madame Lansbury hoche la tête et tourne les talons. Elle s'empresse de regagner les cuisines.

Conor reporte son attention sur moi, et je hausse un sourcil narquois.

— Tiens donc, il semblerait que ce soit une de tes manies de te planquer dans ton coin...

Une lueur passe dans ses yeux, mais je ne saurais pas dire s'il est amusé ou contrarié par ma petite pique.

— Tu devrais aller te préparer, Julia.

Mais je ne bronche pas. Conor a peut-être payé pour que je sois ici, mais je n'entends pas me laisser marcher sur les pieds.

— Mets la robe noire, ajoute-t-il.

Cette fois, j'ai l'impression d'halluciner ! Il n'est pas vraiment en train de choisir ma tenue, si ?

— Les sous-vêtements en dentelle devraient bien aller avec.

Son regard glisse lentement de mon visage à mon cou puis sur mes seins et plus bas. Je sens mes joues virer au cramoisi.

— À quoi tu joues, Conor ?

Son attention se reporte sur mon visage, et nous nous regardons droit dans les yeux.

— Si tu me provoques, attends-toi à ce que je te rende la pareille, dit-il enfin.

Sur ces mots, il s'écarte et s'en va. Je reste immobile un instant, le temps de retrouver mes esprits, puis je grimpe les escaliers au pas de charge.

Il semble croire qu'il peut jouer à la poupée avec moi,

que je suis à sa disposition et qu'il peut faire ce qu'il veut de moi !

Oh, Conor McLane, tu vas voir qui je suis vraiment !

~

Lorsqu'il est l'heure, je vérifie ma tenue dans le miroir de la suite. Je n'ai pas l'habitude de m'habiller ainsi, mais je suis déterminée à montrer à Conor qu'il n'a aucun pouvoir sur moi.

J'ai tellement de mal à le suivre… Un instant il est cet homme ouvert et charmeur, et la seconde suivante, il redevient le Conor ténébreux et taciturne. Il a un trouble de la personnalité ou quoi ? Personne n'agit comme ça dans la vie !

Comment Swann arrivait-elle à le supporter ?

J'ai un pincement au cœur en pensant à ma sœur. Il faudra que je demande à Conor de me montrer ses affaires, ça me permettra peut-être de mieux la comprendre et d'établir un lien avec elle, même si elle n'est plus là…

Mais pour l'instant, je ne suis pas d'humeur à demander une faveur à Conor. Ce soir, je lui rends la monnaie de sa pièce. Je veux qu'il comprenne qu'il ne peut pas me contrôler, que je ne le laisserai pas faire. Si je dois prendre une décision à propos de cette grossesse, il faut que nous nous fassions confiance et je dois savoir qui il est au fond de lui.

J'apporte une dernière touche à mon maquillage et à ma coiffure avant de quitter la suite. Si j'étais déterminée à me montrer ferme face à Conor, ma certitude vacille quand je descends le grand escalier sous le regard de son père, de sa mère et de madame Lansbury qui s'occupe des affaires des invités.

Je n'ose même pas regarder Conor. J'imagine sa stupeur, voire sa colère, de voir que je n'ai pas fait ce qu'il m'a demandé...

— Vous devez être Julia.

Une femme rousse au visage avenant et au sourire chaleureux m'accueille au pied de l'escalier. Elle me prend dans ses bras sans cérémonie.

— Je suis Rachel, la mère de Conor, glisse-t-elle à mon oreille.

Je ressens tout de suite un élan de sympathie pour elle. Je me rends compte que je m'attendais à trouver la version féminine de Conor, mais elle est tout le contraire. Comme quoi... On peut avoir de super parents et ne pas hériter de leurs qualités.

— Laissez-moi vous regarder, ajoute Rachel en me tenant par les épaules.

Elle scrute mon visage. Je n'aurais peut-être pas dû me maquiller ? Puis elle regarde ma robe (rouge et moulante, fendue jusqu'à mi-cuisse, une suggestion de la vendeuse que je n'ai pas eu le cœur de refuser). Mes escarpins à talons hauts viennent compléter la tenue.

— Vous lui ressemblez beaucoup, dit-elle enfin, émue.

Je comprends qu'elle parle de Swann. Bien que n'ayant pas le même père, notre ressemblance a toujours été frappante.

— Laissez-moi vous présenter mon mari, Henri.

Je tourne la tête vers l'homme qui est une sorte de copie de Conor avec trente ans de plus. Il a les tempes grisonnantes et un visage plutôt avenant. S'il remarque ma tenue, il n'en laisse rien paraitre. Il m'adresse un large sourire, le même que celui (très rare) de Conor.

— Bienvenue à Loch Gorm, Julia. J'espère que vous vous y plairez.

Le couple se dirige vers la salle à manger, et je leur emboite le pas, mais c'est sans compter sur Conor. Il me retient par le bras avant de s'adresser à ses parents :

— Nous vous rejoignons tout de suite.

Puis il tire sur mon bras et m'entraine de l'autre côté du hall où il pousse une porte. Il me fait entrer avant de refermer derrière nous. L'instant qui suit, il me plaque contre le mur et pose les mains de part et d'autre de mon visage.

Nous sommes si proches que je sens son souffle sur ma bouche. Je respire plus vite mais je ne le quitte pas des yeux.

— À quoi tu joues ? grogne-t-il.

— Je ne joue pas.

Il plisse les yeux.

— Non ? Alors c'est quoi cette tenue ?

Je lui adresse un sourire innocent :

— C'est la vendeuse qui me l'a suggérée. Elle est pas mal tu ne trouves pas ?

Son regard glisse rapidement vers mon décolleté avant de remonter sur ma bouche.

— Pourquoi tu me tortures, Julia ?

Je cligne plusieurs fois des yeux, pas certaine d'avoir bien entendu.

— Ne joue pas à ça, ajoute-t-il.

Il y a comme une supplique dans sa voix qui me touche.

— Je ne voulais pas...

— Tu ne voulais pas quoi ? Me rendre fou de rage ?

Mon cœur bat trop fort et je respire vite. Je suis fascinée par la lueur qui emplit les pupilles de Conor. Cette petite étincelle-là, je la reconnais parce que je l'ai déjà vue dans le regard des hommes qui ont traversé ma vie.

Je déglutis péniblement. Mon corps réagit trop fort à la présence de Conor. Si j'ai eu des papillons dans le ventre à un moment donné, à cet instant, ils se sont transformés en bêtes féroces qui réclament que l'on assouvisse leurs appétits.

Je ferme les yeux, comme si ça pouvait apaiser la tension qui m'a envahie. Tout en étant consciente que je me suis mise dans cette situation toute seule... Si j'avais obéi à Conor, si j'avais juste passé la tenue qu'il avait choisie, nous n'en serions pas là.

La douceur de la main de Conor contre la peau de ma gorge me fait rouvrir les paupières.

Je ne sais pas à quoi il pense, mais il fronce les sourcils comme s'il réfléchissait intensément.

— Ma mère se trompe.

Je hoche la tête, perdue.

— Tu n'es pas comme Swann.

Conor ne s'y serait pas mieux pris s'il m'avait jeté un seau d'eau froide à la figure. Le désir que je ressens pour lui disparait à l'instant où le prénom de ma sœur franchit ses lèvres.

Je ne sais pas ce qu'il veut dire par là, mais je n'ai pas l'impression que ce soit positif dans sa bouche. Je serre les dents et soutiens son regard.

— En effet, je ne suis pas Swann.

J'ai l'impression de lui avoir mis une gifle. Conor retire sa main de ma gorge et recule de quelques pas. Je tremble un peu et j'espère qu'il ne s'en rend pas compte. Je ne veux pas lui donner l'image d'une femme faible. Je ne le suis pas !

— Bien, maintenant que nous avons mis ça au clair, on pourrait peut-être rejoindre tes parents ? Ils doivent se demander ce que nous faisons...

Conor ne répond rien, il se contente de me fixer et je remarque que ses pupilles sont dilatées au point de faire presque disparaitre le vert de ses iris.

Je n'essaie pas de comprendre la raison de ce phénomène et, sans l'attendre, je me dirige vers la porte. Mais je l'ai à peine entrouverte que Conor plaque sa main sur le battant pour le retenir.

Je sens sa présence dans mon dos... Je ferme les yeux pour reprendre mes esprits car mon corps est déjà en train de repartir en vrille.

Mais cette fois, j'ai beau répéter en boucle le prénom de ma sœur dans ma tête, rien n'y fait...

Son souffle frôle mon oreille quand il me glisse :

— Nous reparlerons de tout ça, Julia.

Ses mots résonnent comme une promesse... La promesse d'un supplice de plus. Car chaque minute passée en tête à tête avec lui se transforme en tentation et il devient de plus en plus dur de résister.

Tu délires, ma vieille ! C'est juste toi qui es en manque et qui bave sur Conor.

Je reprends ma respiration avant de lâcher :

— Tu sais où me trouver.

Puis je tire sur la porte et quitte la pièce comme si j'avais le diable aux trousses.

Chapitre Seize

Je ne sais pas qui a fait le plan de table, mais me retrouver face à face avec Conor n'est pas l'idée du siècle. Il ne me quitte pas des yeux pendant tout le temps du repas, ce qui rend tous mes efforts de concentration plus difficiles.

— J'ai cru comprendre que vous étudiez l'archéologie, demande Rachel.

Je repose mon verre d'eau (j'ai demandé des glaçons avec l'espoir que la glace éteigne le feu qui brule au creux de mon ventre) avant de répondre :

— Tout à fait ! J'ai mis un peu de temps à trouver ma voie, mais je suis certaine d'avoir fait le bon choix. Je suis passionnée par chaque sujet que nous abordons en classe.

— Vous envisagez de devenir archéologue ? demande Henri.

Je tourne la tête vers le père de Conor qui est assis à ma gauche. Il semble sincèrement intéressé par ma réponse.

— Je crois que tous les étudiants de ma promo, moi y compris, en rêvons, mais peu d'entre nous aurons cette chance.

— Ce n'est pas une profession facile d'accès, admet Henri. Mais si vous êtes passionnée et motivée, je suis certain que vous trouverez une manière d'y arriver.

— C'est un métier exigeant, qui demande de voyager d'un bout à l'autre de la planète, intervient Conor.

Je reporte mon attention sur lui. De son côté, il ne me quitte pas des yeux, à croire qu'il se fiche que ses parents soient là. Ils ont pourtant fait le voyage depuis l'Écosse, il pourrait faire un effort pour être plus accueillant.

Je lui réponds :

— Oui, j'en ai bien conscience.

Il semble méditer sur ma réponse, mais heureusement il ne dit plus rien.

— C'est très attentionné de votre part d'être venue aider Conor à mettre en ordre les affaires de votre sœur, intervient Rachel.

Je la fixe un instant, sans répondre. C'est ce que Conor leur a dit ? Je me contente de hocher la tête. Je n'ai pas le courage de révéler la véritable raison de ma présence.

— Vous pensez rester longtemps ? demande-t-elle.

— Le temps qu'il le faudra, répond Conor à ma place. Julia sera la bienvenue à Loch Gorm aussi longtemps qu'elle le voudra.

Sa mère hoche la tête tout en prenant une bouchée de son plat. De mon côté, j'ai du mal à soutenir le regard de Conor qui me semble de plus en plus intense à chaque minute qui passe.

Qu'est-ce qui lui prend à la fin ?

— Il se pourrait que je rentre en France le mois prochain.

Je m'adresse à Rachel, mais je vois bien la réaction de Conor : il serre la mâchoire.

Je lui adresse un regard qui veut dire « quoi encore ? », mais il se contente de me dévisager en silence. Au moins il n'a pas répondu un truc du genre « si je le permets », ou une autre joyeuseté, qui me ferait à nouveau remarquer qu'il a un pouvoir sur moi.

— Si par hasard vous étiez de passage en Écosse, Julia, n'hésitez pas à nous le faire savoir, répond Rachel. Nous serions enchantés de vous accueillir.

Cette fois, Conor est aussi surpris que moi : il tourne la tête pour regarder sa mère. Quoi ? Pense-t-il que je ne suis pas digne d'être reçue par ses parents ?

Je réponds poliment :

— Merci, Rachel. Je ne manquerai pas de vous le signifier si je viens dans votre beau pays.

Ma réponse semble satisfaire la mère de Conor. Elle a un large sourire qui me fait chaud au cœur. Rachel McLane a l'instinct maternel, je l'ai tout de suite senti. C'est quelque chose qui a toujours fait défaut à ma mère et qui m'a toujours rendue assez sensible à ça.

Quand le couple s'en va, chacun d'entre eux me serre dans ses bras en guise d'au revoir. J'ai l'impression de faire partie de leur clan, en quelque sorte. Je suis bien consciente que ce n'est pas le cas, que je suis juste la sœur de leur belle-fille, mais quand même, ça me fait du bien.

Lorsque je me retourne, je croise le regard de Conor.

Son visage a une drôle d'expression, comme un air de nostalgie. Que lui arrive-t-il encore ?

Je décide de ne pas chercher de réponse à cette question, elle finira au même endroit que toutes celles que je me pose déjà sur lui : dans les oubliettes de ma conscience.

Je m'engage dans les escaliers en veillant à bien tenir la rampe pour ne pas tomber. Je ne sais pas si c'est un effet de mon imagination, ou si c'est ce que j'aimerais, mais j'ai l'impression que Conor me suit du regard.

Arrivée sur le palier, je fais quelques pas pour être certaine qu'il ne me voie pas avant de retirer mes escarpins. Ils ne me font pas mal, mais ils rendent ma progression difficile, or je n'ai qu'une envie : me blottir au fond de mon lit le plus vite possible.

C'est donc pieds nus que je regagne ma suite. Je lance les chaussures sur le sol avant d'aller dans la salle de bains.

Je ne reconnais pas mon reflet dans le miroir : cette femme maquillée et aux cheveux relevés, ce n'est pas moi. Je prends du coton et du démaquillant pour effacer toute trace de cette soirée, mais c'est peine perdue parce que tout le lait démaquillant du monde ne pourra jamais effacer mes souvenirs... La sensation du corps de Conor contre le mien est omniprésente.

Je me mords la lèvre pour résister à mes pensées. Je ne veux pas aller dans cette voie interdite. Je n'en ai pas le droit... Je ferme les yeux et me concentre sur ma respiration pour essayer de faire le vide.

Mais quand je les rouvre, je me rends compte qu'une autre présence est apparue dans le miroir de la salle de bains : Conor.

Je me retourne pour lui faire face. Nous nous dévisageons en silence. J'ai conscience que nous sommes sur un fil et qu'il suffirait d'un seul petit courant d'air pour que l'on bascule...

Conor fait un pas vers moi avant de s'arrêter.

— Dis-moi de m'en aller, Julia.

Mais je ne le fais pas. Je fais même taire la petite voix en moi qui me souffle qu'il ne devrait pas être ici, que ça va mal finir. La vérité, c'est que je n'en peux plus.

Quand je réponds ma voix est basse :

— D'une manière ou d'une autre, ce jeu doit s'arrêter.

Il hoche la tête pour acquiescer, même si je ne sais pas à quoi il dit oui au juste.

— Tu es...

Il s'arrête et je complète :

— Différente de Swann. Oui, tu me l'as déjà dit.

Conor pousse un grognement et il réduit la distance entre nous. Je pense un instant qu'il va faire comme toutes les autres fois avant et éviter de me toucher, mais il me surprend en saisissant ma nuque pour me plaquer contre lui.

Les yeux dans les yeux, nous nous défions, dans l'attente de voir lequel de nous deux va craquer le premier... Et soudain, c'est comme si tout avait basculé, je ressens cette impression de flotter dans le vide avant de chuter. Et le choc survient quand les lèvres de Conor entrent en contact avec les miennes.

Mon corps se tend et se décontracte en même temps. J'ai bien conscience que c'est impossible, pourtant c'est la nature même de la dualité qui s'installe entre Conor et moi.

Les extrêmes qui cohabitent, tout est contre-nature, je le sais, mais je n'ai plus aucune prise sur la réalité.

Alors quand la langue de Conor se fraie un passage entre mes lèvres, je l'accueille avec plaisir. Je crois que je gémis tout bas tant la sensation est délicieuse.

Le gout de Conor…

Je me délecte de ce baiser comme si je devais ne plus jamais embrasser un homme, comme si c'était le dernier baiser que nous échangions Conor et moi. Pour ce que j'en sais, ce sera notre premier et notre dernier et j'en ai marre de me retenir, de lutter contre ce désir qui brule en moi comme un feu de forêt en pleine canicule.

Ma raison se déconnecte et ce sont mes sens qui prennent le contrôle. Je passe les mains dans les cheveux de Conor, griffe sa nuque. Il grogne et ce son profond et animal attise encore les flammes qui ravagent mon corps.

Les mains de Conor dévalent le long de mon dos, s'emparent de mes fesses sans aucun ménagement. Par-dessus sa chemise, je caresse ses épaules, ses muscles roulent sous sa peau et j'ai envie de le toucher. Nos lèvres ne se quittent plus, nos langues se livrent un combat sans merci qu'aucun des deux ne veut concéder.

Nos bassins sont pressés l'un contre l'autre, dévoilant le désir qui a pris possession de Conor. Mes doigts sont fébriles quand je défais les boutons de sa chemise. Je me détache un peu de Conor pour mieux lui retirer son vêtement. Le tissu glisse sur sa peau, révélant ses épaules larges et musclées, son torse puissant…

Je passe la langue sur mes lèvres, je suis affamée. Je veux tout découvrir de lui, le gouter, le dévorer, le faire mien.

Soudain, Conor saisit le bas de mon visage et le relève pour me regarder au fond des yeux. Je ne sais pas ce qu'il lit en moi, mais je n'essaie pas de masquer le désir que je ressens pour lui. Je crois que nous avons dépassé ce stade. Les interdits et les barrières ont volé en éclats à la seconde où Conor m'a embrassée. Je ne peux plus penser à autre chose qu'à son corps tendu contre le mien. C'est animal, instinctif, puissant.

Et pour la première fois, je lis en lui moi aussi. Ce que je perçois est du désir à l'état brut. Le même que celui qui dévore chacune de mes cellules et qui demande à être assouvi par n'importe quel moyen.

Conor me regarde droit dans les yeux tandis que sa main libre se glisse dans l'ouverture de ma robe trop échancrée. Ses doigts parcourent la peau de ma cuisse, laissant dans leur sillage une sensation de brulure tant je suis à fleur de peau, ils continuent leur chemin vers mon sexe. Je gémis quand il me frôle.

Conor a un petit sourire en coin, c'est viril et sensuel. J'ai envie de l'embrasser, mais il me retient et me regarde droit dans les yeux tandis que ses doigts dépassent le barrage de dentelle pour trouver mon intimité. Instinctivement, j'écarte les jambes pour leur ouvrir la voie, et Conor ne se fait pas prier.

Je mords ma lèvre quand il glisse deux doigts en moi. Il le fait avec une lenteur délibérée, comme s'il voulait m'infliger un supplice, et c'est exactement ce qu'il est en train de faire : me torturer.

Mais je retrouve soudain assez de présence d'esprit pour lui rendre la pareille : ma main trouve son entrejambe tendu par le désir. Conor grogne, mais il n'arrête pas ses caresses, en fait, elles gagnent en puissance.

Alors, je ne me retiens pas non plus pour m'introduire dans son pantalon et dans son boxer après ça. Je sens une décharge de plaisir parcourir mon ventre et l'intérieur de mes cuisses quand je saisis son membre durci.

Conor prend une inspiration, mais je suis trop excitée et victorieuse pour m'arrêter là. Du bout des doigts, je découvre son gland, je savoure sa douceur, en explore les bords pour savoir ce qui lui fait plaisir. Un grognement étouffé m'apprend ce que je veux savoir. Ensuite, je pars à la découverte de son membre en entier.

Mais la danse des doigts de Conor s'intensifie en moi, et je perds le fil de mon exploration, envahie par des sensations qui me transportent ailleurs, qui menacent de me faire perdre pied.

La main de Conor, celle qui maintenait mon visage, glisse vers mon décolleté, en caresse les bords…

Ses pupilles sont dilatées sous l'effet du désir, comme les miennes le sont aussi sans doute.

Conor ralentit un peu le rythme de ses caresses, me laissant pantelante, mais son autre main découvre un de mes seins et quand il pince un peu mon téton tendu, je perds définitivement pied.

L'orgasme qui déferle en moi est d'une telle puissance que je crie. Je n'en ai que vaguement conscience, trop perdue dans le raz-de-marée des sensations que Conor a créées en moi.

Quand je redescends et que les spasmes s'espacent,

alors seulement, Conor remet ma robe en place et retire ses doigts de mon intimité avant de s'écarter un peu.

Il me lance un dernier regard avant de tourner les talons et quitter la salle de bains.

L'instant suivant, je tombe à genoux sur le sol en marbre, le visage ravagé par des larmes de honte et de colère.

Chapitre Dix-Sept

Le vibreur de mon téléphone se met en marche et je me tourne dans mon lit pour attraper l'appareil. Mon premier réflexe est de le faire taire, mais quand je lis le nom de la personne qui cherche à me joindre, je décroche :

— Salut, Val.

— Eh ben dis donc ! Enfin ! J'ai failli appeler Interpol pour leur signaler ta disparition !

Je me redresse dans mon lit et allume la lampe de chevet. Le réveil indique quatre heures du matin.

— Tu exagères, marmonné-je.

— À peine ! Tu me balances une explication bizarre avant de t'enfuir à l'autre bout de la planète et tu ne me donnes plus de nouvelles. Avoue que j'ai de quoi m'inquiéter !

Je frotte mes yeux pour essayer de rassembler mes

idées, mais ce sont les souvenirs de la veille qui reviennent me hanter et je pousse un petit soupir exaspéré.

— Dis tout de suite que je t'ennuie, rétorque Valentin en se méprenant sur les raisons de ma réaction.

— Tu sais quelle heure il est ici ? demandé-je.

Silence à l'autre bout du fil.

— C'est la nuit ? dit-il enfin.

J'ai un petit rire.

— On peut dire ça, oui.

— Ouais, ben tu vois, si tu m'avais donné des nouvelles, je ne t'aurais pas réveillée en pleine nuit pour m'assurer que tu n'avais pas été kidnappée.

— Je ne suis pas l'otage de Conor, et puis je te l'ai dit : je suis venue l'aider à mettre les affaires de ma sœur en ordre.

Ça, c'est la raison officielle que j'ai donné à mon colocataire et à ma mère avant de partir.

— Tu avoueras que c'était un peu précipité comme départ ! argumente Valentin.

— Désolée, Val.

Un nouveau silence passe, puis il reprend :

— J'aurais jamais pensé dire ça un jour, mais tu me manques Ju.

J'ai un petit sourire attendri.

— Toi aussi, tu me manques.

— Bon, trêve d'apitoiements. Tu reviens bientôt de toute façon.

Je ne réponds pas, tout simplement parce que je n'ai pas la réponse. Je ne sais pas si je suis proche du départ, ou proche de ma perte... Je déglutis et ferme les yeux en m'appuyant contre la tête de lit.

Un regard vert ne cesse de me poursuivre, dans la vie comme dans mes songes d'ailleurs. Impossible de me défaire de la présence de Conor.

En ai-je seulement envie ?

— Tu rentres bientôt, pas vrai ? insiste Valentin.

— Je ne sais pas. Ça pourrait prendre plus de temps que je ne le pensais...

Il ne répond rien, mais je sais que mon absence lui pèse, et pour être honnête, il me manque aussi.

— De toute façon, il faudra bien que tu reviennes pour passer les partiels, conclut-il.

Je pousse un soupir de découragement à l'idée que j'ai déjà pris du retard dans mes cours.

— Tu n'abandonnes pas la fac, hein ? s'inquiète mon ami.

— Non ! Bien sûr que non ! Je vais me débrouiller pour réviser ici. Je serai prête pour les partiels.

Mais ma voix manque un peu de conviction, et je sais que mon colocataire n'est pas dupe.

— N'hésite pas si tu as besoin de quoi que ce soit, Julia. Tu sais que je suis prêt à sauter dans un avion s'il le faut.

Je pouffe de rire. Valentin aime tellement voyager que tous les prétextes sont bons pour qu'il prenne la route.

J'imagine déjà la tête de Conor si Valentin venait ici... Je ne suis pas sûre qu'il apprécierait. Il est tellement...

Taciturne, possessif, casanier, intense, sexy ? Tout ça à la fois !

— Bon, je vais te laisser, mais pense à me donner des

nouvelles quand même. Sinon je te jure que je t'appelerai chaque nuit ! me menace-t-il gentiment.

— Tu es au courant que je peux éteindre mon téléphone pour éviter de te parler ? le taquiné-je.

— Mais tu ne le feras pas, tu m'adores bien trop pour ça.

Je ris et ça me fait du bien. Quand je raccroche, mon moral est remonté en flèche. C'est ce que j'apprécie chez Valentin : cette capacité qu'il a de me comprendre et de m'aider. C'est inné chez lui et j'aime à penser que je fais pareil pour lui.

Je me rallonge dans le lit, mais mon cerveau refuse de se rendormir, alors je décide de faire ce que j'aurais dû faire depuis que je suis arrivée : j'appelle ma mère.

Elle est entrée en clinique la veille de mon départ pour Seattle. Nos adieux ont été plus que succincts… Elle n'avait visiblement pas envie de me voir, comme si j'étais responsable de son accident d'une manière ou d'une autre.

Quelques sonneries plus tard, c'est elle qui décroche le téléphone.

— Bonjour, maman, c'est Julia.

Un silence passe, puis ma mère me répond :

— Julia, comment vas-tu ?

— Ça va… Mais c'est plutôt à toi qu'il faut poser la question. Est-ce que tu te reposes à la clinique ? Tu ne souffres pas trop ? On prend bien soin de toi, parce que je peux m'arranger pour te trouver un autre établissement s'il le faut…

— Tout va bien. Ne t'inquiète pas pour moi.

Ces quelques mots prononcés sur un ton distant

reflètent parfaitement l'état de notre relation mère/fille. Mon cœur se serre un peu. J'ai envie de lui dire que je suis désolée qu'elle ait perdu sa fille préférée, désolée qu'elle se retrouve coincée avec celle qu'elle aime le moins. Au lieu de ça, je mords ma lèvre inférieure et contiens les larmes qui ont envahi mes yeux.

— Je fais tout ce que je peux pour toi, maman.

J'entends son souffle dans le combiné.

— Je le sais, Julia. Merci.

Mon cœur manque un battement, c'est sans doute la première fois que ma mère me remercie pour quelque chose, et je sens qu'elle est sincère.

— J'espère que tu vas vite te rétablir.

— Les médecins sont optimistes, répond-elle.

Nous restons un instant sans rien dire, c'est elle qui reprend :

— Comment as-tu fait pour payer les frais de la clinique ?

J'hésite à lui mentir, mais je ne le fais pas.

— Ce n'est pas moi qui paie, c'est Conor.

— Conor ?

— Oui, il a proposé de nous aider et j'ai accepté. Sans lui je n'en aurais pas eu les moyens...

Ma mère réfléchit un instant avant de demander :

— Qu'est-ce qu'il veut en échange ?

— Quoi ? Mais rien ! Qu'est-ce qui te fait penser ça ?

— Julia, les hommes ont toujours un objectif. Si Conor paie pour mes frais de santé, c'est qu'il a quelque chose à cacher ou qu'il veut quelque chose en échange.

La vision désabusée de ma mère n'est pas dénuée de

fondement : Conor attend bien quelque chose de moi... Un bébé.

Mais je n'ai pas l'intention d'en parler à ma mère. Il ne manquerait plus qu'elle décide de quitter la clinique trop tôt, alors j'élude :

— Je t'assure que tout va bien, et les intentions de Conor sont claires.

— Si tu le dis...

Elle n'est pas convaincue, mais je n'ai ni le temps ni l'envie de la persuader du contraire. De toute façon, elle a raison dans le fond...

Nous échangeons encore quelques mots avant de raccrocher.

Je n'aurais jamais dû craquer, c'est ce à quoi je pense quand j'arrive dans la salle à manger le midi. J'ai dormi très tard après la conversation avec Valentin et mon coup de fil à ma mère, au point de sauter le petit-déjeuner.

Conor est déjà installé à table, et il me dévisage quand j'approche pour m'assoir.

S'il pense à ce qu'il s'est passé hier soir, il ne dit rien. Et je dois faire un effort pour lutter contre la colère qui me reprend quand je regarde son visage.

Je décide que le plus sage est de l'ignorer. Ça m'évitera une crise de nerfs.

Le début du repas s'effectue donc dans un silence de mort. Ce n'est qu'une fois le plat principal terminé que Conor lance :

— Tiens-toi prête en début d'après-midi. On va faire une randonnée.

Ma cuillère retombe sur la table avec un petit bruit sourd. Je tourne la tête vers Conor :

— Alors c'est tout ?

Il fronce les sourcils et je continue :

— Tu viens me voir dans ma salle de bains pour...

Je déglutis, incapable de mettre des mots sur ce qu'il m'a fait hier soir, mais mon corps, ce traitre, m'envoie une impulsion dans le bas-ventre. Oui, j'ai ressenti un plaisir que je n'avais jamais connu avant, mais ça n'excuse pas son attitude.

Je me reprends :

— Tu m'as manqué de respect, Conor.

Il repose lentement sa serviette sur la table. Son regard brille de colère, mais c'est le monde à l'envers ! C'est moi qui suis en droit d'éprouver de la colère, pas lui !

— À quel moment exactement ? demande-t-il. Quand je t'ai fait jouir ?

Je ressens un courant électrique parcourir mes reins en même temps que les souvenirs ressurgissent, mais j'ignore les réactions animales de mon corps pour me concentrer sur Conor.

— Tu parles d'un exploit !

Conor ne répond pas tout de suite, je vois qu'il serre les dents pour se maitriser, et j'en ressens une pointe de joie mauvaise à le pousser dans ses retranchements. Il l'a bien cherché !

— Tu y penseras quand tu rentreras en France, dit-il enfin.

J'en reste bouche bée, et il continue :

— Quand comptais-tu me dire que tu avais pris ta décision ?

Je secoue la tête, perdue. Décidément, juste quand j'ai l'impression que je le comprends un peu, il me prouve que je suis toujours aussi loin du compte.

Il semble attendre une réponse de ma part. Je fronce les sourcils :

— Je ne te suis pas, Conor.

— Tu as dit à mes parents que tu rentrais bientôt en France, c'est donc que tu as pris ta décision, et que c'est non. Je pensais que tu aurais au moins la politesse de m'en parler en tête à tête au lieu de lancer cette bombe en plein repas. Même si je reconnais que c'était une stratégie intéressante : tu savais que je ne pourrais rien dire devant ma famille...

Cette fois, c'en est trop. Je repousse ma chaise et me relève :

— As-tu pensé une seule seconde que tu pouvais faire fausse route ? Je n'ai pas pris ma décision, Conor, mais à force de me pousser dans mes retranchements, je vais le faire, et tu ne seras peut-être pas content du résultat.

Je tremble de colère. Cet homme est têtu, sûr de lui, il croit toujours tout savoir !

Je tourne les talons et quitte la salle à manger, mais Conor me suit. Mon premier réflexe est de me réfugier dans ma chambre, mais vu comment ça m'a servi hier soir, je préfère m'abstenir aujourd'hui.

Conor saisit mes épaules et me fait pivoter pour être face à moi.

— Tu n'as pas décidé ?

Il y a une lueur d'espoir dans son regard et je me mords la lèvre pour ne pas abdiquer tout de suite. J'ai besoin d'éclaircir un point :

— C'était quoi hier soir, Conor, une punition ? Tu voulais me faire payer la décision que tu croyais que j'avais prise ?

Il me relâche et fronce les sourcils en réfléchissant, mais je ne veux pas qu'il prenne son temps pour me sortir je ne sais quelle excuse.

Je pointe mon index vers lui et appuie sur son torse pour marteler mes mots :

— Ne me refais plus jamais ça !

D'un mouvement vif, Conor saisit mon poignet. Il tire un peu sur mon bras pour me rapprocher de lui. Quand il penche la tête vers moi, ses pupilles sont un peu dilatées :

— Plus jamais ça, quoi ?

Je déglutis, mais fais un effort pour ne pas me laisser distraire par cette tension sexuelle qui est toujours présente entre nous. Je me sens rougir quand je réponds :

— Je ne veux plus que tu utilises le sexe comme moyen de pression.

Chapitre Dix-Huit

Le regard de Conor trahit sa surprise, mais il se reprend vite.

— Suis-moi, dit-il.

Il relâche mon bras et s'engage dans les escaliers. Je lui emboite le pas sans trop savoir pourquoi. Il y a quelque chose chez Conor, une sorte d'autorité naturelle, qui résonne en moi, même si je ne le lui avouerai pas.

Nous montons les escaliers avant d'arriver au palier principal, là Conor s'engage dans le couloir de l'aile ouest. L'endroit où il m'a explicitement demandé de ne pas me rendre. Je n'hésite pas, et le suis.

Il finit par s'arrêter devant une porte. Il me lance un regard par-dessus son épaule avant de l'ouvrir. Quand il s'écarte, j'ai l'impression d'halluciner...

Je fais quelques pas en avant, regardant autour de moi avec émerveillement : nous sommes dans la bibliothèque.

Marcus y a fait référence, mais il ne m'a pas dit qu'elle était aussi grande.

— Tu peux venir ici quand bon te semble, dit Conor dans mon dos.

Je me tourne vers lui :

— À quoi tu joues ?

Il fronce les sourcils.

— Tu souffles le chaud et le froid, Conor. Tu t'en rends compte ? Un instant tu m'ordonnes de faire une randonnée avec toi, la minute suivante tu m'amènes ici...

Je fais un signe de la main pour montrer les rangées de livres qui tapissent les murs. La bibliothèque de Loch Gorm n'a rien à envier au reste du bâtiment : elle est colossale.

Conor me répond :

— Puisque la randonnée ne te tentait pas, j'ai pensé que tu préfèrerais une activité d'intérieur...

Je passe une main dans mes cheveux. Comment un homme qui a été marié plusieurs années avec une femme peut-il être si maladroit ? Son attention est touchante, mais elle vient en plein milieu d'une dispute.

— C'est ta manière de désamorcer un conflit ? demandé-je.

Conor baisse la tête, c'est la première fois qu'il manifeste une petite once de remords devant moi. Du moins, c'est ce que je crois car quand il relève la tête, je comprends que j'ai eu tort.

— Ma manière de désamorcer le conflit, c'est ce qu'on a fait hier, Julia.

— Je crois que nous n'avons pas la même définition de ce mot.

Il ne semble pas du tout désarçonné, comme s'il y avait une logique sous-jacente dans tout ce qu'il fait, mais je ne la comprends pas. Et c'est bien le problème !

— Il me semble que tu as besoin d'étudier, reprend-il. Tu trouveras peut-être certains ouvrages utiles ici.

Sur ces mots, il tourne les talons et me laisse seule.

Je pousse un soupir, les yeux rivés à la porte qui vient de se refermer sur Conor. Si je devais le définir, je crois que le mot « changeant » serait celui qui lui conviendrait le mieux. Du moins en ce moment, parce qu'il y a mille et une facettes de Conor.

Et tu meurs d'envie de toutes les connaitre.

Mince ! D'où est-ce que ça sort ? Je n'ai pas besoin de ça en ce moment. J'ai juste envie de reprendre une vie normale.

Je me laisse tomber dans un fauteuil près d'une fenêtre. Le paysage est magnifique : la vaste pelouse bien entretenue de Loch Gorm s'étire jusqu'à la lisière d'une forêt qui s'étend à perte de vue.

Et soudain, je n'ai plus envie d'étudier, ni de penser à Conor, j'ai l'impression d'étouffer. J'ai besoin de prendre l'air et de me défouler.

Prise d'une inspiration subite, je regagne ma suite. Arrivée-là, j'enfile une tenue de sport et attache mes cheveux.

Ce n'est qu'une fois dehors, quand j'ai traversé la pelouse et pénétré dans le sous-bois, que j'ai l'impression de mieux respirer. J'emprunte le premier sentier que je vois et commence à courir à petites foulées.

À mesure que je m'éloigne de Loch Gorm et m'enfonce dans la forêt, je retrouve mes esprits. J'ai besoin de faire une mise au point, de savoir ce que je veux et où je vais. Alors je fais une liste dans ma tête…

Je suis attirée par Conor. Je crois que je ne pourrais plus le nier même si j'y mettais toute mon énergie. Mon corps répond à celui de Conor comme s'ils étaient faits pour s'entendre.

J'augmente la cadence de mes foulées pour ne pas laisser le désir ressurgir en moi. Quand il s'agit de Conor, un petit rien peut me retourner, et je dois lutter contre ça justement.

Parce que si, physiquement, il me fascine, sur le plan mental, je n'ai jamais rencontré un être humain aussi compliqué que Conor McLane. À moins qu'il ne le soit pas vraiment, et que je sois juste incapable de lire en lui ? Je ne sais pas, et ça n'a pas d'importance. Ce qui compte, c'est que cette attirance ne m'amènera nulle part. En fait, elle obscurcit mon jugement. Elle m'empêche de faire la part des choses et de prendre une décision.

Vais-je accepter de porter l'enfant de Conor et Swann ? La question est simple, et je ne dois plus la perdre de vue.

Forte de cette nouvelle résolution, je continue ma course. Je ne fais demi-tour que lorsque je sens un point de côté. C'est le signe que je ne dois pas aller plus loin. Je fais demi-tour et regagne Loch Gorm à petites foulées.

Je sors de la douche et m'enveloppe dans une serviette de bain. La douceur du coton sur ma peau est vraiment agréable. Tout ici est luxueux, jusqu'au parfum d'ambiance qui est vaporisé de partout.

Je regagne ma chambre et me dirige vers le dressing pour prendre des affaires propres. L'exercice physique m'a fait beaucoup de bien. Un esprit sain dans un corps sain... Ça ne m'a jamais semblé aussi vrai.

— Est-ce que tu fais exprès de me provoquer ?

Je sursaute et me tourne pour découvrir Conor assis dans un fauteuil.

— Tu m'as fait peur !

L'eau qui coule de mes cheveux ruisselle sur mes épaules, j'aimerais me sécher, mais pour ça il faudrait que je retire ma serviette, ce que je n'avais pas prévu de faire devant Conor.

— À quoi tu joues, Julia ?

Je fronce les sourcils, complètement perdue. Mais je refuse de me laisser entrainer dans un autre des jeux psychologiques de Conor, cette fois, j'ai pris ma décision, et je compte m'y tenir, alors je réponds d'un ton dégagé :

— Contrairement à ce que tu crois, je ne vis pas pour te contrarier ou te satisfaire, Conor.

Il a une petite expression étonnée, et je continue :

— Tu m'as demandé de décider si je voulais oui ou non porter votre enfant à Swann et toi. C'est ce que je vais faire. Si tu veux que le processus soit plus rapide, je te conseille d'arrêter de me perturber. Et tous tes petits jeux sensuels doivent cesser. Maintenant.

Conor reste assis dans le fauteuil, et c'est probablement

mieux ainsi parce que je ne suis pas certaine que j'aurais autant d'aplomb s'il m'approchait.

— Mes jeux sensuels ? relève-t-il.

— Ne joue pas l'innocent. Ce que tu as fait hier allait au-delà de notre accord.

Il fronce les sourcils, mais je n'attends pas qu'il se ressaisisse pour continuer :

— Si tu penses ne pas pouvoir résister, que tu as trop besoin de te soulager, je te propose qu'on le fasse maintenant et qu'on n'en reparle plus jamais.

— Tu bluffes.

Son regard est super intense, au point de me clouer sur place. Mais je me ressaisis et pose mes mains sur le haut de ma serviette.

— Pas du tout. Je suis très sérieuse, Conor.

D'un mouvement sec, je tire sur ma serviette qui tombe sur le sol dans un bruit de tissu plié.

Je respire un peu plus vite, mes joues chauffent, mais je ne cille pas tandis que je regarde Conor droit dans les yeux. Je me tiens devant lui parfaitement nue.

— C'est maintenant ou jamais, Conor. Décide-toi, et nous n'en reparlerons plus.

Son regard glisse de mon visage à mon cou, dérive lentement vers ma poitrine. Mon souffle se coupe dans ma gorge. Conor ne me fait rien, il est à quelques mètres de moi, pourtant je suis excitée. J'ai envie de lui, et s'il prenait la décision maintenant d'aller plus loin, je ne lutterais pas.

Son observation silencieuse se poursuit vers mon ventre, puis plus bas...

Enfin, il remonte jusqu'à mon visage.

Je soutiens son regard avec autant de sang-froid que je peux trouver en moi, mais quand il se lève pour s'approcher de moi, je perds un peu de ma superbe.

C'est l'instant de vérité... Conor n'est plus qu'à un mètre de moi. Je regarde droit devant moi, pas certaine d'arriver à soutenir son regard maintenant qu'il est dans mon espace privé.

J'ai conscience que mes seins sont tendus, qu'ils trahissent mon envie de lui. Je ne suis pas assez naïve pour penser que c'est le froid qui me fait réagir. Non, c'est la présence de Conor, et rien que lui.

— Regarde-moi, Julia.

Je déglutis avant de lever les yeux.

Ce que je lis dans son regard me coupe le souffle : Conor me désire, mais il n'y a pas que ça. Il y a aussi de la souffrance, et ça me met un coup au cœur.

— Je suis désolé si je t'ai laissé croire que je...

Il bute sur les mots et se reprend. C'est la première fois que je le vois aussi chamboulé.

— Je n'ai jamais cherché à acheter tes services. Je te l'ai déjà dit, je ne te considère pas du tout comme ça.

Okay, ravie d'entendre qu'il ne me voit pas comme une prostituée... J'ai l'impression d'avoir pris une claque parce que cette idée ne m'avait même pas effleuré l'esprit.

— C'est de ma faute, j'aurais dû spécifier quelque chose dans le contrat, ajoute-t-il.

Cette fois, une bouffée de colère me monte au visage :

— Comme quoi ? « Je ne baiserai pas ma belle-sœur » ?

Conor blêmit. C'est comme si je lui avais asséné une gifle.

— Tu ne comprends pas, souffle-t-il.

— Non, il est clair que non. Et, en fait, je n'en ai même pas envie.

Je me baisse pour récupérer ma serviette et me draper dans le peu de dignité qu'il me reste. Je m'écarte de lui :

— Laisse-moi tranquille, s'il te plait.

Il me dévisage encore un instant, comme s'il réfléchissait intensément. À quoi ? Je n'en sais rien.

— J'ai besoin d'être seule. Va-t'en, Conor.

Il me regarde encore quelques secondes avant de quitter la chambre. Je m'assieds sur le lit, partagée entre l'envie de pleurer et le soulagement.

Est-ce que j'aurais aimé qu'on passe à l'acte ? Oui, mille fois oui. Je ne peux pas dire le contraire alors que mon corps réagit chaque fois que je suis en présence de Conor, mais ma raison me souffle que ce n'est pas convenable, que je ne dois pas coucher avec le mari de ma sœur décédée...

J'ai un haut-le-cœur, et un sanglot s'échappe de ma gorge. Il faut que je me ressaisisse et que je ne sois plus autant perturbée par Conor.

Si seulement c'était si simple...

Chapitre Dix-Neuf

Les jours suivants, je ne vois pas Conor. Il semble être absent, et même si je suis un peu déçue, je suis surtout soulagée de trouver du temps pour étudier. Comme cet après-midi, je suis dans la bibliothèque, plongée dans mes cours en ligne.

Heureusement, l'université publie beaucoup de ressources, et Valentin m'envoie ses notes et ses enregistrements (il a pour habitude d'enregistrer les profs, ce qui m'est d'une grande utilité en ce moment).

Je termine une lecture imposée avant de me lever pour me dégourdir les jambes. Mon regard se perd sur les vastes rayonnages de la bibliothèque de Loch Gorm. J'ai encore du mal à me faire à l'idée qu'un particulier puisse posséder autant d'ouvrages... La richesse du fonds documentaire est digne d'une médiathèque.

Perdue dans mes pensées, je passe la main sur le dos des livres qui sont rangés par ordre alphabétique. Un ouvrage plus grand que les autres attire mon attention, le titre est français : « contes et légendes d'autrefois ». Je prends le livre et reconnais tout de suite la couverture.

J'emporte ma trouvaille sur la table où j'ai étalé mes affaires et l'y dépose. Du bout des doigts, je suis les déliés de l'illustration. Des tas de souvenirs remontent à la surface, et je sais déjà que cet exemplaire est celui qui était posé sur le bureau dans la chambre que je partageais avec ma sœur...

Les souvenirs émergent... Mon cœur se serre en revoyant Swann s'installer sur mon lit et ouvrir ce même livre pour me raconter une histoire le soir. Ni notre mère ni mon père n'ont jamais fait ça, mais ma sœur le faisait toujours de bon cœur, même quand je lui demandais de me raconter la même histoire en boucle.

Comment ai-je pu l'oublier ?

J'étais petite, si mes souvenirs sont bons, je n'étais même pas encore au cours élémentaire, est-ce pour ça que ma mémoire a tout occulté ? Pourtant, les bons souvenirs sont supposés être gravés en nous, non ?

Je suis sur le point de feuilleter le livre quand la porte de la bibliothèque s'ouvre. Un visage familier apparait dans l'encadrement :

— Justement la personne que je cherchais ! lance Marcus en pénétrant dans la pièce, un large sourire sur son visage.

— Bonjour, Marcus. Comment vas-tu ?

— Bien ! Nous venons de passer quelques jours avec des clients en Californie, j'aime le soleil, mais je ne suis pas mécontent de retrouver le ciel voilé de Seattle.

Tiens, voilà où était passé Conor... Il a quitté le château sans même me dire au revoir. J'imagine qu'il a juste fait ce que je lui ai demandé : me laisser un peu tranquille.

— Qu'as-tu fait de tout ce temps libre ? demande le visiteur.

— J'ai étudié et je me suis reposée.

Le regard de Marcus s'attarde sur mon ordinateur et les livres posés juste à côté avant de revenir sur moi.

— Bien ! J'espère que tu es en forme, parce que j'ai quelque chose à te proposer.

Je fronce les sourcils, surprise et intriguée par son entrée en matière.

Marcus prend un air de conspirateur pour annoncer :

— Je dois me rendre à une soirée pour le travail ce soir, et je me demandais si tu accepterais d'être ma cavalière ?

Je réfléchis un instant, partagée entre l'envie de voir autre chose que mes cours, et celle, plus raisonnable, de rester concentrée sur mes études.

Marcus se méprend sur mon hésitation :

— En tout bien tout honneur, bien sûr ! Je te présenterai comme ma cousine, si ça peut te rassurer.

Il m'adresse un sourire que je lui retourne.

— Ce ne sera pas nécessaire d'aller jusque-là, Marcus. Je t'accompagnerai avec plaisir.

— Bien ! Alors c'est entendu ! Le chauffeur te conduira à la réception. Sois prête pour six heures.

— Tu ne m'accompagneras pas ? demandé-je, étonnée.

— Malheureusement, je n'aurai pas le temps de faire l'aller-retour depuis Seattle, je suis juste passé prendre des documents qui me manquaient, et je dois rentrer tout de suite, mais je te retrouverai sur place.

— D'accord. Y a-t-il un *dress code* particulier ?

Le regard de Marcus dérive une seconde sur ma silhouette, avant de se reporter sur mon visage.

— Il n'y a pas de thème, mais sois aussi chic que tu le pourras. Je suis certain que tu as ça dans ta garde-robe…

Je me contente de hocher la tête. Mon dressing est plein à craquer et je n'ai pas vraiment eu d'occasions de porter tous ces vêtements, une robe en particulier me reste en tête.

— Bien, puisque c'est entendu, je te laisse. Il faut que je me sauve, mais j'ai hâte de te voir ce soir.

À l'heure convenue, je retrouve le chauffeur en bas du perron. Il m'ouvre la portière arrière et je pénètre dans la berline. C'est un peu étrange pour moi de me faire conduire de la sorte.

Je suis à mille lieues de mes livraisons en scooter pour la pizzeria de Gustave ou de mes trajets en vélo pour aller bosser super tôt le matin. En fait, j'ai l'impression que c'était dans une autre vie… Pourtant, cela fait à peine plus d'une semaine que je suis à Loch Gorm, mais Conor m'a soustraite à ma vie quotidienne faite de « vélo-boulot-dodo » pour me parachuter dans un remake de conte de fées. Un remake sans prince charmant et sans bonne fée marraine, mais avec de l'argent et un château écossais.

Le trajet jusqu'à Seattle prend un bout de temps, mais

je suis bien installée dans la voiture, et pas vraiment pressée d'arriver. C'est paradoxal parce que j'avais envie de quitter un peu le château, mais je ne suis pas certaine de ce qui m'attend en ville. À quoi peut ressembler une soirée de travail de Marcus ? J'ai du mal à m'en faire une idée.

Quoi qu'il en soit, le temps passe vite et bientôt la berline se gare au pied d'un haut building.

Le chauffeur qui, comme je l'ai appris de la bouche de madame Lansbury, s'appelle Clack, baisse la vitre centrale :

— Vous êtes arrivée, mademoiselle.

— Merci, Clack.

J'ai encore du mal à me faire à son patronyme qui a un sens différent en français... Mais ce n'est pas le moment de réfléchir à la sémantique, déjà l'homme ouvre ma portière et me tend la main pour m'aider à descendre.

Son aide est plutôt bienvenue parce que mes escarpins m'empêchent de bouger comme je le voudrais.

Je finis quand même par m'extraire de la berline et je me rends compte qu'un tapis rouge est posé sur le sol. Pour un peu je m'attendrais à voir des photographes postés de part et d'autre, mais non, je suis seule.

Je tourne la tête vers Clack qui m'adresse un petit geste de la main :

— Vous n'avez qu'à vous présenter au portier, il vous guidera.

Je hoche la tête, comme si c'était évident, alors que ça ne l'est pas du tout. Je resserre un peu les pans de mon étole autour de moi, plus pour me donner du courage que parce que j'ai froid, et j'avance.

Clack a raison, il me suffit de donner mon nom à l'employé à l'entrée de l'immeuble. L'homme vérifie sa liste où je suis inscrite avant de me conduire jusqu'à un ascenseur. Il attend que j'y ai pris place pour appuyer sur le bouton de la console. Je me rends compte qu'il n'y en a qu'un seul sur lequel sont gravées les lettres « PH » en doré.

Je comprends la signification de ces lettres lorsque la cabine me dépose au sommet de l'immeuble quelques instants plus tard : je viens d'arriver dans un gigantesque penthouse.

Les portes sont à peine ouvertes que la musique me parvient : un quatuor à cordes est en train de jouer. Une jeune femme en uniforme récupère mon étole mais je garde le petit sac à main qui va avec.

Il y a déjà des tas d'invités, il y a une profusion de soie, dentelle, mousseline et autres étoffes de qualité qui ornent les robes des autres invitées. Les hommes sont en costard, tout le monde est sur son trente-et-un. De mon côté, j'ai passé une robe dorée au décolleté plongeant et dont les fines lanières se croisent dans mon dos, une petite ceinture dorée enserre ma taille et la jupe un peu plissée m'arrive à la cheville, des escarpins dorés complètent ma tenue.

C'est peut-être un peu osé, du moins c'est ce que je pensais à la boutique en l'essayant, mais quand je vois passer d'autres femmes dans des robes qui moulent chacune de leurs formes, je me dis qu'en fin de compte la mienne est assez sobre en comparaison.

Je n'ai pas fait deux pas dans la soirée que Marcus me trouve.

— Bonsoir, Julia.

Il dépose une bise amicale sur ma joue, ce qui me

surprend car je ne pensais pas qu'il s'agissait d'une pratique courante aux États-Unis ni même au Royaume-Uni, d'ailleurs. Je me souviens que Marcus est anglais.

— Tu es magnifique, dit-il.

Je baisse les yeux sur son costume.

— Tu n'es pas mal, toi non plus.

Marcus a un large sourire.

— Viens, je voudrais te présenter à certains invités. Je suis certain que tu vas adorer cette soirée.

Je me retiens de le contredire, je ne connais personne et je ne viens pas du tout du même monde que ces gens-là, alors je vois mal comment je pourrais m'amuser...

Marcus m'offre son bras sur lequel je pose ma main et nous nous mêlons à la foule.

Contrairement à ce que je pensais, j'ai des conversations assez intéressantes avec certaines personnes, mais la plus étonnante est sans doute ma rencontre avec la directrice du *Metropolitan Museum of Art* de New York, Bella Lauren.

— Marcus m'a dit que vous suiviez des études d'archéologie, me dit-elle avec un sourire avenant.

Je suis étonnée qu'une femme aussi jeune soit à la tête d'un des musées les plus reconnus du pays, mais je me garde bien de faire une remarque à ce sujet. C'est un énorme progrès quand on sait que la majorité des grands musées du monde sont tenus par des hommes...

— C'est exact, Marcus vous a bien renseignée.

Le sourire de la jeune femme s'accentue. Nous engageons la conversation, et nous sommes toujours en train de parler une bonne demi-heure plus tard.

— L'égyptologie me fascine depuis toute petite, expliqué-je, mais je n'avais pas pensé en faire ma spécialité en entrant à la fac.

— Ah non ? s'étonne Bella.

— Disons que je m'imaginais bien devenir psychologue.

— La psychologie est un domaine passionnant lui aussi.

— Certes, mais il est moins évocateur que l'Égypte ancienne et ses secrets.

Je trempe mes lèvres dans la coupe de champagne qu'un serveur vient de me proposer quand mon regard croise des yeux verts familiers. Je manque avaler ma gorgée de travers.

Mon cœur fait un bond avant d'accélérer sa course.

Conor se tient de l'autre côté de la salle et il m'a vue.

Il est entouré d'un petit groupe lui aussi, mais il ne participe pas à la conversation, son attention est focalisée sur moi.

Je m'excuse auprès de mon interlocutrice et me réfugie dans les toilettes. Ici aussi tout n'est que luxe, il y a même des petits fauteuils. Qui a envie de s'assoir pour papoter dans les toilettes ?

Je fixe mon reflet dans le miroir. Il suffit que je voie Conor pour que mon cœur s'emballe et que le rouge me monte aux joues. Si je dois être parfaitement honnête, il m'a manqué, mais je ne le lui dirai pas.

D'ailleurs, comment est-ce possible ? Je ne le connaissais pas plus que ça il y a encore quelques semaines, et maintenant je ne peux plus me passer de lui ? C'est incompréhensible.

Je prends plusieurs inspirations avant de regagner la salle où je retrouve Marcus. Je jette un coup d'œil vers l'endroit où se tenait Conor un peu plus tôt, mais il n'y est plus.

Mon cerveau m'a-t-il joué des tours ?

— Nous allons passer à table, m'informe Marcus.

Il me présente à nouveau son bras et nous nous dirigeons vers nos places. Une femme d'un certain âge attire l'attention de Marcus qui tourne la tête.

Je suis sur le point de tirer ma chaise quand une main se pose sur la mienne. Je reconnais la voix qui souffle à mon oreille :

— Tu es très belle ce soir.

Chapitre Vingt

Conor n'attend pas ma réponse, il tire la chaise pour me permettre de m'installer puis il fait le tour de la table ronde pour prendre sa place.

J'aurais dû me douter qu'il serait là... Je ne sais pas pour quelle raison j'ai pensé que ça ne serait pas le cas.

Le repas commence, les discussions vont bon train, mais je n'arrive pas vraiment à me concentrer. Une jeune femme est assise à la droite de Conor et elle persiste à lui fourrer son décolleté sous le nez.

— Si tu voulais bien passer à mon bureau, minaude-t-elle, j'ai un projet pour toi...

Je serre ma fourchette plus fort que nécessaire tout en essayant de ne pas entendre ce qui se dit de l'autre côté de la table, mais c'est difficile quand la voix haut perchée de la jeune femme est audible à des mètres à la ronde.

A-t-elle conscience que son petit manège est évident ?

Le moins que l'on puisse dire est qu'elle ne fait pas dans la discrétion. Je ne sais pas ce que Conor lui répond, mais elle pince les lèvres.

Mon beau-frère me retourne mon regard et je détourne les yeux. Je ne veux pas qu'il se fasse des idées.

Oui, il ne faudrait surtout pas qu'il pense que tu es jalouse, pas vrai ?

— Tout va bien, Julia ? demande Marcus entre deux assauts de la femme à sa droite.

— Oui, bien sûr. Merci pour l'invitation. C'est une soirée vraiment intéressante.

— Oh, mais tu n'as encore rien vu !

Je me demande ce qu'il veut dire par là, mais n'ai pas le temps de lui poser la question car son autre voisine le sollicite. Qu'est-ce qu'elle veut au fait cette dame ? Elle n'arrête pas de s'accaparer mon cavalier, ce n'est pas très poli.

Je jette un coup d'œil de l'autre côté de la table, où la voisine de Conor a repris son petit manège, d'une manière un peu plus subtile, je dois le reconnaitre. Elle ne crie plus à tue-tête, mais elle a posé la main sur le bras de Conor tandis qu'elle se penche vers lui pour lui parler à l'oreille.

Un homme d'un certain âge prend le micro et monte sur la petite estrade pour annoncer que le bal va commencer d'une seconde à l'autre.

Marcus ne m'avait pas parlé d'un bal ! Mon niveau de stress monte aussitôt en flèche ! Je n'ai jamais aimé danser. Ce n'est pas du tout dans mes cordes, mais genre, vraiment pas du tout ! Je suis aussi souple qu'un balai, et je n'ai aucun sens du rythme.

Je suis bonne à jouer les potiches à table jusqu'à la fin de la soirée pendant que tout le monde s'éclatera sur la piste... J'ai toujours envié les gens qui savent danser, ou au moins se mouvoir, sans ressembler à des pingouins, parce que de mon côté, ce n'est vraiment pas beau à voir.

Alors quand la musique démarre et que Marcus se penche vers moi, je le dissuade tout de suite. Il a un petit air déçu, mais de toute façon, sa voisine insistante l'entraine déjà sur la piste.

Nos autres voisins de table s'en vont, et comme je m'y attendais, je me retrouve seule. Conor et sa groupie ne sont plus en vue... Pour ce que j'en sais, il est peut-être en train de la sauter dans les W-C pour femmes.

Je secoue la tête. Ce genre de pensées ne me ressemble pas du tout. Décidément, Conor n'est pas bon pour mon équilibre intérieur. Je repousse ma chaise et décide d'aller prendre l'air sur la terrasse.

L'air est un peu frais, mais ça me fait du bien. Rien de tel que d'être cryogénisée pour arrêter de penser à mon beau-frère. C'est un poil extrême, je le concède, mais vu ce que Conor provoque en moi, il me faudrait au moins un bain d'azote liquide pour me calmer...

— Qu'est-ce que tu fais toute seule ici ?

La voix de l'objet de mes pensées me fait sursauter, mais je ne me retourne pas. Je garde les yeux rivés sur les lumières de la ville qui scintillent en bas. Heureusement que je n'ai pas le vertige parce que la hauteur est impressionnante.

Conor s'appuie à la rambarde à côté de moi.

— Tu aurais pu me dire que tu t'absentais pour quelques jours, marmonné-je.

C'est peut-être le champagne qui s'exprime à travers moi, ou peut-être pas.

— Je croyais que tu avais besoin que je te laisse souffler, répond-il sobrement.

Et c'est le cas, c'est ce que je voulais. Du moins, je *croyais* que je le voulais. Mais en fait, tout ce que je veux, c'est être en contact avec Conor.

Je pousse un petit soupir avant de me rendre compte que Conor l'a entendu, il a tourné la tête vers moi. Je me sens rougir sous son regard.

— Viens par-là, dit-il en saisissant mon bras.

Il m'attire contre lui et prend ma main dans la sienne tandis que l'autre se place dans mon dos. Je relève la tête vers lui.

— Je ne sais pas danser...

Conor me sourit, c'est l'un des rares sourires sincères qu'il m'a donnés depuis que je le connais. Il est tellement beau.

— Arrête de penser à la danse, concentre-toi sur autre chose, me conseille-t-il.

— Comme quoi ?

Il resserre sa prise et ses doigts se posent sur la peau dénudée de mon dos. Je frissonne.

— Tu vas attraper froid à rester dehors déshabillée, marmonne-t-il.

Mais il ne me relâche pas pour autant. Je sens le désir familier, mon meilleur ennemi désormais, naitre dans mon ventre, irradier dans mes reins, envoyer des frissons sur toute la peau de mon corps.

— Impossible d'avoir froid quand tu es là, soufflé-je.

Je sens sa respiration se couper l'espace d'un instant. Nous continuons à danser lentement, Conor me guide et je pense que je n'ai pas l'air trop empotée. Et même si c'était le cas, personne ne nous regarde alors ça n'a pas d'importance.

Les lèvres de Conor se posent sur mon front comme s'il voulait y déposer un baiser, mais il se contente de demander tout bas :

— Marcus te plait ?

Je ne réponds pas tout de suite, d'abord parce que je suis distraite par le corps de Conor plaqué contre le mien, par les battements de son cœur que je perçois, et par la raideur dans son pantalon. Je ne peux pas m'empêcher de le lui faire remarquer :

— Tu ne cherches même pas à me cacher que je te fais de l'effet ?

— Je crois que nous n'en sommes plus là…

Je déglutis péniblement.

— Tu n'as pas répondu à ma question, Julia.

— Tu me demandes si Marcus me plait ? Tu es sérieux ? Après tout ce qu'il s'est passé entre toi et moi ?

Conor s'écarte un peu pour me dévisager. Il a cette expression énigmatique que je connais par cœur maintenant, mais que je ne sais toujours pas interpréter.

— Tu as dit que nous n'en étions plus là, mais où en sommes-nous au juste ? insisté-je.

— Je ne sais pas.

Je me rends compte que j'ai besoin de le savoir.

— J'ai l'impression que tu as chamboulé ma vie, murmuré-je.

— Et toi la mienne.

Nos regards ne se quittent pas, je ne pourrais pas détourner les yeux même si je le voulais. Comme une assoiffée dans le désert qui a aperçu une oasis, je suis avide de lire la moindre des expressions qui traverse le visage de Conor.

— S'il n'y avait pas eu Swann, les choses auraient été différentes entre nous, pas vrai ? demande-t-il enfin.

Je sens mon cœur faire une embardée. Je n'avais jamais envisagé les choses sous cet angle… Si Swann n'avait pas été mariée à Conor, lui et moi aurions pu être… Je me ressaisis tout de suite :

— Mais elle était là. Elle était ta femme. Elle *est* ta femme.

— Légalement je suis veuf, me corrige-t-il.

— Ne jouons pas sur les mots. Tu l'aimes tellement que tu veux cet enfant avec elle alors qu'elle n'est plus là.

Il me dévisage, mais ne me contredit pas.

— Ce qu'il y a entre nous, c'est de l'attirance physique, rien de plus, conclus-je.

— Rien de plus, répète-t-il.

— Bien, nous sommes d'accord.

Nous continuons à danser au rythme lent que Conor a fixé.

— Si nous sommes d'accord, Julia, alors qu'est-ce qui nous empêche de joindre l'utile à l'agréable ?

Je m'arrête de danser pour mieux le dévisager.

— Tu me proposes quoi au juste ? De me payer pour avoir des relations sexuelles avec toi ?

— Pourquoi ramènes-tu toujours tout à l'argent ?

— Peut-être parce que c'est la base de notre accord ?

— Je te demande de faire abstraction de ce contrat, des sommes que je te verse. Oublie tout ça, et réponds-moi : qu'est-ce qui nous empêche de coucher ensemble ?

Mon souffle se coupe dans ma gorge. Conor est là, et il me propose ce dont je fantasme en secret depuis des semaines. Pourtant, quelque chose me retient.

— J'ai envie de toi, Julia. Et toi aussi tu en as envie. Tu ne peux pas le nier.

Je secoue la tête :

— Je ne nie rien du tout. Je suis assez lucide pour comprendre ce qu'il m'arrive, en revanche, ça ne veut pas dire que je sois prête à franchir le cap.

Conor a un air grave, comme si nous étions en train de négocier le contrat le plus important de sa vie. A-t-il oublié que le véritable enjeu de tout ceci est que je décide si j'accepte de porter son enfant ou non ?

— Tu n'as pas les idées claires, Conor.

Il a un petit rire.

— Contente de voir que tu prends tout ça très au sérieux, grommelé-je.

Il arrête de rire sur le champ et fait un pas vers moi. Je lève la tête pour le regarder droit dans les yeux.

— Je prends la situation très au sérieux, Julia. Tu n'as même pas idée à quel point.

Je suis sur le point de répondre, mais une silhouette s'avance vers nous, je reconnais Marcus.

— Vous êtes là ! Je vous ai cherchés partout !

Comme d'habitude, il a un grand sourire. Ce que cet homme peut être heureux... Tout le contraire de Conor.

L'idée me percute : Conor n'est pas heureux. Il vient de perdre sa femme, c'est normal qu'il ne soit pas un exemple de joie de vivre. Mais ce que je me demande, c'est s'il l'était avant le décès de Swann.

Le trajet s'effectue en silence. Conor est monté à l'arrière avec moi après m'avoir donné sa veste pour me couvrir. Je sens son parfum autour de moi et je ne me gêne pas pour respirer à fond cette odeur musquée et boisée.

La vitre fumée qui nous sépare de Clack est remontée, nous sommes plongés dans la pénombre. La route de campagne sur laquelle la berline file n'est pas éclairée. Je tourne la tête vers Conor. Je distingue son profil qui se détache un peu.

Il doit sentir que je l'observe car il tourne la tête vers moi lui aussi. Et soudain, tout va très vite, d'un geste sec Conor me détache puis il m'attire sur lui.

À cheval au-dessus de son corps, je me sens aux commandes alors que c'est Conor qui a initié le contact.

Quelque chose craque en moi, je n'en peux plus de toujours garder mon self-control. J'ai envie de lui au point de me consumer de l'intérieur, c'en devient douloureux.

Je place mes mains de part et d'autre de son visage. Si près de lui, je peux voir ses expressions.

— Ne joue pas avec moi, s'il te plait, Conor.

Ce que je veux dire sans le verbaliser, c'est que je ne

supporterai pas un nouvel épisode comme celui de la salle de bains.

Les mains de Conor se posent sur mes cuisses, se glissent sous le tissu de ma jupe.

— On ne joue plus, souffle-t-il avant de s'emparer de ma bouche.

Chapitre Vingt-Et-Un

Je me réveille avec la drôle d'impression qu'il s'est passé quelque chose d'étrange... Pourtant je n'arrive pas à mettre le doigt dessus...

Et soudain, je comprends !

J'ai rêvé. Ou plutôt, j'ai fantasmé. Conor et moi dans la voiture, ce n'était pas vrai. Mon corps, lui, appelle à la délivrance, et je ne peux plus faire autrement que répondre à ses besoins.

Mes mains glissent le long de mes cuisses, jusqu'à l'intérieur de mon intimité. Je n'en peux plus de résister aux avances de Conor et à cette attraction qui est bien trop puissante. Alors je me prodigue toutes les caresses que Conor ne me donnera plus jamais, et je bascule...

Lorsque j'entre dans la salle à manger, j'ai la surprise de découvrir que Conor est déjà attablé. Installé à sa place habituelle, il est plongé dans la lecture de son journal.

Je ne sais pas si je suis déçue ou soulagée de ne pas

croiser son regard. J'ai l'impression puérile qu'il pourrait lire ce que je viens de faire sur mon visage.

— Est-ce que ça te tenterait de faire une randonnée avec moi ? demande-t-il au moment où je me sers de la salade de fruits.

Je croque un morceau d'ananas tout en réfléchissant. Je pense qu'il est plus prudent que j'évite de me retrouver seule avec lui dans des lieux clos, comme la voiture, la salle de bains, ma chambre... Mais une randonnée n'est rien d'autre qu'une forme d'exercice physique, je ne vois pas où est le danger.

Sans compter qu'un peu d'air frais me fera le plus grand bien.

— Oui, bien sûr.

Conor m'adresse un petit sourire qui me va droit au cœur.

Et voilà, t'es encore repartie ! Faut vraiment que tu te calmes, Julia...

Une heure plus tard, nous quittons Loch Gorm et nous nous engageons dans les bois.

— Je ne savais pas quel était ton niveau, alors j'ai prévu un parcours assez simple. On pourra l'adapter si besoin.

— Tu veux dire qu'on ne part pas bivouaquer pendant plusieurs jours ?

Conor me lance un regard en coin, et je nous imagine tout de suite passer la nuit dans la même tente... Okay, mauvaise idée. Note à moi-même : je ne dois pas penser à dormir avec lui.

— On va marcher quelques kilomètres, mais je note que tu ne serais pas contre passer la nuit dehors avec moi.

Je me mords la lèvre pour ne pas répondre quelque chose qui l'encouragerait dans cette voie. La multiplication des sous-entendus ne fait qu'alimenter mes envies, et ce n'est pas bon pour ma santé mentale.

Je préfère orienter la conversation sur lui :

— Puisque je t'ai pour moi toute seule...

Il me lance un regard en biais, et je me concentre sur le chemin.

— Tu pourrais me parler de toi, terminé-je. J'ai l'impression de ne rien savoir à ton sujet alors que toi tu me connais bien.

Et je me rends compte que c'est valable sur bien des plans...

Nous marchons un moment en silence, je pense que Conor ne veut pas aborder de sujets trop personnels, alors je ne dis rien de plus. Je n'ai pas le droit de m'immiscer dans son intimité, même si ce n'est pas l'envie qui me manque.

— Okay, demande-moi ce que tu veux, lâche-t-il finalement.

Je suis tellement stupéfaite que je dérape sur le chemin. Conor a le réflexe de me rattraper et nous nous retrouvons face à face. Je me ressaisis la première :

— As-tu des frères et sœurs ?

— Oui, nous sommes sept : cinq garçons et deux filles.

Je me fais la réflexion que Rachel McLane n'a vraiment pas la silhouette d'une femme ayant mis au monde une telle fratrie, mais je garde cette observation pour moi.

— Tes parents sont géniaux, commenté-je. C'est vraiment le genre de famille que j'aurais rêvé avoir.

Nous marchons un moment avant d'arriver près d'une

petite rivière de montagne. Passer du temps en compagnie de Conor est naturel, comme si nous avions toujours fait ça et que nous nous connaissions depuis des années.

— Ils sont très soudés, et toujours aussi amoureux qu'au premier jour, répond-il. C'est rare de nos jours... Leur relation est notre modèle dans la famille.

Je me demande comment était sa relation avec Swann mais j'hésite à poser la question de peur de passer pour une vilaine curieuse.

— Je crois qu'on ne peut pas rêver de meilleurs parents, ils ont toujours été à l'écoute, ils se sont montrés compréhensifs et aussi tolérants qu'on puisse l'être pendant nos crises d'ado.

— Toi, tu as fait une crise d'ado ?

Je m'esclaffe et Conor me lance un coup d'œil.

— Tu sais qu'il n'est pas prudent de se moquer de son guide ? Surtout dans une forêt où l'on peut rencontrer des ours...

Je ne suis pas du genre à flipper pour un rien, mais la perspective de croiser un ou plusieurs ursidés a de quoi me faire stresser. Malgré tout, je ne peux pas m'empêcher de questionner Conor :

— Tu étais comment quand tu étais ado ?

Le sentier commence à grimper et je dois me concentrer pour faire attention à l'endroit où je marche. Je ne tiens pas non plus à me rompre le cou.

— Comme tous les ados, je suppose : mal dans ma peau, puceau, amoureux de la première fille qui passait.

Je me mords la lèvre pour ne pas rire. Imaginer un

Conor plus jeune et sans expérience sexuelle est assez difficile...

— Tu t'es bien rattrapé depuis, fais-je.

Le sentier se rétrécit et passe entre deux rochers assez gros. Conor me laisse passer la première.

— Qu'est-ce que tu veux dire ?

Je suis contente qu'il soit derrière moi quand je lui réponds :

— Avec les femmes. Tu sais ce que tu fais, maintenant.

Il ne commente pas, et c'est sans doute mieux ainsi, mais il me surprend en revenant à ma hauteur.

— Donc tu trouves que je me débrouille bien, constate-t-il d'un air goguenard.

— Tu es fier de toi ? On ne t'a jamais dit que ce n'était pas beau de chercher les compliments ?

— Oh, mais je ne les cherche pas. Et puis, les orgasmes de ma partenaire sont des indicateurs assez fiables, je trouve.

Je lui lance un regard de travers.

— Dis donc, ce n'est pas la modestie qui t'étouffe.

— Tu vas prétendre le contraire ?

Il décroche sa gourde de son sac avant de me la tendre. Je la prends et bois une gorgée pour éviter de répondre à sa question. Mais j'ai les joues rouges et mes souvenirs remontent à la surface. Je rebouche la gourde et la rends à Conor. Sans hésiter, il la dégoupille et boit au goulot après moi. Je fixe ses lèvres avant de détourner les yeux.

— À mon tour de te poser des questions, lance-t-il après avoir rangé la gourde.

Je hausse les épaules.

— Il n'y a pas grand-chose à savoir… Surtout que tu as déjà un dossier bien rempli à mon sujet.

Chose qui m'agace toujours, mais je ne peux rien y faire.

— Mais il y a tellement de choses qui n'y figurent pas, contre-t-il.

— Comme quoi ?

Nous continuons notre progression et la pente devient de plus en plus abrupte.

— Qu'est-ce que tu attends d'un homme dans la vie ?

Mon pied ripe sur la roche glissante et je manque de m'étaler, mais Conor me retient. Ses mains tiennent mes hanches et je ne fais rien pour me dégager.

— Je crois qu'on va bientôt faire une pause, tu as l'air de fatiguer, dit-il.

Je me contente d'un hochement de tête. Quelques minutes plus tard, nous arrivons à une sorte de petite esplanade qui culmine à quelques mètres au-dessus de la forêt.

— C'est magnifique, admets-je.

Le paysage est à couper le souffle : la forêt s'étend à perte de vue dans un camaïeu de verts.

— Ça l'est, répond Conor.

Je tourne la tête vers lui et nos regards se trouvent. Je me demande s'il parle du paysage lui aussi…

— On peut même voir Loch Gorm, ajoute-t-il.

— C'est vrai ?

J'essaie de repérer le château, sans succès.

— Par-là, regarde.

Conor se place à côté de moi et il pointe du doigt dans une direction. Je fais un effort pour me concentrer, mais son visage tout proche du mien est une distraction trop forte.

Il laisse retomber son bras et sa main frôle la mienne. Sa peau est contre la mienne, la caresse est subtile mais il ne s'arrête pas là, Conor entrelace nos doigts.

Je ferme les yeux, parcourue par un frisson délicieux, celui de l'interdit. Parce que l'attraction qui nous pousse l'un vers l'autre n'est pas convenable. Elle n'est pas raisonnable non plus.

— Ce n'est que physique, murmure-t-il à mon oreille.

— On n'a pas le droit de faire ça…

J'aimerais que ma voix soit plus affirmée.

— Selon qui ? demande-t-il.

Je secoue la tête, sans répondre, mais Conor n'en a pas terminé :

— Nous sommes deux adultes consentants et responsables. On a le droit de faire ce qu'on veut, Julia. Il suffit de le décider. Ensemble.

Je serre plus fort les paupières comme si cela pouvait faire disparaitre le dilemme que me pose Conor : la raison ou l'instinct, l'expérience ou la morale.

Je rouvre les yeux et tourne la tête vers lui, nos visages sont très proches :

— Nous ne sommes pas des animaux, nous avons le pouvoir de dire non et de refouler nos instincts.

— Et si je ne voulais rien refouler ? Si on se laissait vivre comme on veut ? Et si on explorait cette attraction ?

— Pour quoi faire ? Le sexe reste du sexe, tu ne crois pas ? contré-je.

Conor cille et je continue :

— Tu ne penses pas que c'est l'interdit qui est tentant ? Que c'est ce qui rend cette attraction encore plus forte ?

— Je ne crois pas, Julia.

Il semble convaincu de ce qu'il dit, mais je ne le suis pas. J'ajoute :

— Nous le regretterions sitôt que ce serait fait.

— Ou peut-être que nous voudrions recommencer.

Je frémis à cette idée.

— Et peut-être que ce ne serait qu'un puits sans fond, argué-je. Un feu que l'on ne peut pas éteindre. À quoi bon ?

— Si la mort de Swann m'a fait comprendre une chose, Julia, c'est que nous n'avons qu'une vie et qu'elle est trop précieuse pour s'embarrasser de convenances ou de la morale.

— Alors quoi ? Tu vas devenir sans foi ni loi sous prétexte que tu peux mourir demain ? C'est une drôle de conception de la vie... Et je ne suis pas certaine que ce soit la meilleure manière d'élever un enfant.

Je crois que cette fois j'ai fait mouche car Conor s'écarte de moi, l'air pensif.

— Il commence à se faire tard, on ferait mieux de redescendre, dit-il enfin.

Il me tient la main pendant toute la descente, et je lui en suis reconnaissante car le sentier est un peu abrupt. Comme il ne fait pas mine de me relâcher quand nous sommes en terrain plat, c'est moi qui dénoue mes doigts des siens.

Le reste du trajet se passe en silence. Chacun est perdu dans ses pensées, et je ne cherche pas à connaitre les siennes.

En ce qui me concerne, Conor se place en maitre des tentateurs. Il essaie de m'attirer sur une voie dont je ne ressortirais pas indemne et que je ne suis pas prête à expérimenter. J'ai déjà une décision à prendre quant à la grossesse, je ne veux pas en rajouter en entretenant une liaison avec lui.

Ce serait déjà assez dur de lui laisser ce bébé sans avoir en plus à rompre avec Conor. Deux séparations en même temps me semblent impossibles à gérer.

Nous regagnons Loch Gorm et ce n'est qu'une fois arrivés en haut des escaliers que Conor s'adresse à moi :

— J'ai beaucoup apprécié cette balade.

Je hoche la tête.

— Moi aussi, merci de m'avoir montré tout ça.

Conor semble réfléchir un instant, puis il me dit :

— Tu voudrais bien m'accompagner ?

Je fronce les sourcils.

— Où ça ?

— Dans ma chambre.

Chapitre Vingt-Deux

Je le fixe bouche bée et il précise :

— Ce n'est pas ce que tu crois.

Une petite lueur amusée traverse ses prunelles parce qu'il a tout de suite compris à quoi j'ai pensé.

— Je voudrais que tu me connaisses mieux, ajoute-t-il.

— Dans ta chambre ?

— Dans ma chambre, répète-t-il, d'un air sérieux. Je n'ai pas d'arrière-pensée, je te le jure.

Il lève la main comme pour prêter serment, et j'ai un petit sourire.

— Ça va, je te suis.

Nous nous engageons dans un couloir que je n'ai jamais emprunté auparavant. Et je ne sais pas à quoi je m'attends quand il ouvre la porte, mais certainement pas à ce décor-là.

Je pénètre dans l'antre de Conor. Il s'agit presque d'une sorte de studio : en plus de l'énorme lit et du grand écran plat, il y a une table de billard. Je trouve bizarre d'avoir ce genre de jeu dans sa chambre, surtout quand on a un château de la taille de Loch Gorm.

J'approche de la table et laisse mes doigts courir sur le bois foncé.

— Tu invites tes amis à faire des parties dans ta chambre ?

Lorsque je relève les yeux vers lui, je peux lire le désir sur le visage de Conor et je me mords la lèvre.

— Tu as dit sans arrière-pensée, le sermonné-je.

Il secoue la tête.

— Je n'en ai aucune.

Je fronce les sourcils, pas convaincue, mais ne dis rien de plus. Je ne tiens pas à avoir cette conversation une nouvelle fois.

Je regarde autour de moi et quelque chose me saute aux yeux.

— Il n'y a pas d'affaires à Swann ici.

Conor secoue la tête :

— Elle ne dormait pas ici.

Je fronce les sourcils, surprise par sa réponse.

— Vous faisiez chambre à part ?

— Elle disait que c'était mieux ainsi...

Je lève la main pour l'interrompre.

— Je n'ai pas à savoir ça.

— Tu peux me demander ce que tu veux, Julia. Je te répondrai.

Je secoue la tête.

— Ça relève de votre vie privée, ça ne me regarde pas du tout.

Je croise les bras sur ma poitrine. Je ne sais pas quelle était la nature de la relation de Conor et Swann, et je ne tiens pas à le savoir. Tout ce que je vois, c'est qu'il l'aime toujours comme un fou, au point de me demander de porter leur fœtus.

— Pourquoi m'as-tu fait venir ici, Conor ?

Il hausse les épaules.

— Quand j'ai imaginé Loch Gorm, j'ai toujours cru que j'aurais des enfants qui y vivraient. C'est une maison de famille que j'ai rêvée et bâtie...

Je sens la peine dans sa voix.

— Et quand nous n'avons pas pu avoir d'enfant avec ta sœur, j'ai vraiment eu du mal à le digérer. Je me suis retranché ici, passant de moins en moins de temps à l'extérieur. Je l'ai négligée.

Je comprends qu'il me confie quelque chose dont il ne parle jamais, et j'en suis d'autant plus touchée.

— C'est ma faute si nous nous sommes éloignés, mais nous avons trouvé un moyen de revenir l'un vers l'autre. Faire appel à une mère porteuse était notre chance d'avoir des enfants. J'ai toujours cru que j'aurais beaucoup d'enfants, tu me diras que je cherche à reproduire le modèle de ma famille, ce qui est sans doute le cas...

Je commence à voir Conor sous un angle différent, celui d'un homme qui veut créer sa propre famille, même si son épouse est morte.

— Mais tu es jeune, Conor, tu peux rencontrer une autre femme et fonder cette famille dont tu rêves tant. Ça n'a pas à être aussi compliqué et... tordu.

Il secoue la tête.

— J'irai jusqu'au bout, Julia. Et j'espère vraiment que ce sera toi notre mère porteuse.

~

Les confidences de Conor m'ont beaucoup fait réfléchir le soir et tout au long de la nuit. Je comprends son désir d'avoir des enfants, même si je ne l'avais jamais rencontré chez un homme.

Si je me mets à sa place une seconde, j'admets que ce doit être frustrant de vouloir fonder une famille si fort mais de ne pas pouvoir le faire… Je n'ai jamais pensé à cette étape de ma vie tout simplement parce que j'ai toujours été trop plongée dans les problèmes d'argent pour m'en soucier, et certainement parce que je suis plus jeune. Ça n'a jamais été dans l'ordre de mes priorités.

Mais je pensais ce que j'ai dit à Conor : il peut toujours rencontrer quelqu'un d'autre. L'idée qu'il puisse refaire sa vie avec une autre femme provoque une drôle de sensation dans mon ventre, mais je décide de ne pas m'attarder sur cette pensée. Ce que Conor fait et fera de sa vie ne me regarde pas.

Qui espères-tu tromper, Julia ?

Je ne peux plus me voiler la face : je commence à avoir des sentiments pour Conor. Je ne vois pas d'autre explication à mon comportement avec lui. Okay, il m'attire comme aucun autre homme avant lui, mais ça n'explique pas que je pense à lui tout le temps.

J'ai la sensation d'être obsédée par cet homme, or ça ne peut pas bien se finir…

Alors rentre en France. Prends tes bagages et pars. C'est aussi simple que ça.

Mais la perspective de m'en aller me donne envie de pleurer. Quel autre choix ai-je ? Rester ici plus longtemps, m'attacher encore plus à Conor et partir ensuite ?

Non... Je commence à vraiment envisager de faire ce qu'il attend de moi depuis le départ : porter cet enfant dont il rêve tant. Ce ne serait pas si terrible de mettre au monde un enfant aussi désiré. Et je suis certaine que Conor sera un bon père.

Je marche de long en large dans la bibliothèque, en proie au doute. En suis-je capable ? Pourrais-je donner la vie et abandonner l'enfant ensuite ? Certes, ce ne sera pas mon propre ADN qui coulera dans les veines de ce bébé, mais le fait de l'avoir porté pendant neuf mois doit bien compter pour quelque chose, non ?

J'ai la sensation de m'enfoncer dans des sables mouvants : plus je me débats et plus je m'enlise.

J'essaie alors de faire une liste des pour et des contre, mais j'abandonne aussitôt. Je ne peux pas prendre cette décision, c'est trop difficile...

Mon ordinateur est ouvert sur la table de la bibliothèque, mais je n'ai pas la tête à me plonger dans l'histoire de la troisième dynastie des pharaons. Quoique... Leurs vies étaient encore plus compliquées que la mienne en ce moment, ça me donnerait une raison de relativiser et de mettre les choses en perspective...

Je renonce à réviser, de toute façon, rien ne pourra m'empêcher de ruminer sur le dilemme qui se présente à moi. Je quitte la bibliothèque et parcours le couloir sans but précis.

Je ne m'arrête que lorsque je suis arrivée devant la double porte où sont gravés les motifs que j'ai vus la première journée où je suis arrivée. Conor m'a explicitement demandé de ne pas venir ici…

Et si Conor était Barbe Bleue ? Je voudrais le savoir, non ? Je lance un coup d'œil par-dessus mon épaule, je suis seule. Je n'hésite plus et actionne la poignée qui tourne sans difficulté, le battant s'entrouvre et je me glisse à l'intérieur. Une fois là, je me fige, dans l'attente d'une alarme ou d'un autre signe qui signalerait à tout le monde que je suis entrée dans la pièce interdite. Mais rien ne bouge, aucun son ne s'enclenche.

Je relève la tête et regarde autour de moi.

Le décor est assez surprenant : il s'agit d'une sorte d'atelier. Il y a plusieurs chevalets et des toiles, beaucoup de toiles. J'approche de l'une d'elles : des formes abstraites s'étirent sur le tissu blanc. Je vais d'œuvre en œuvre, fascinée par les mouvements qui se dessinent sur chacune d'entre elles.

Un chevalet est installé au milieu de la pièce, une toile est placée dessus, j'en fais le tour pour admirer les traits de peinture de l'œuvre inachevée. Il se dégage une telle force de l'ensemble, que je reste figée, sous le charme.

Enfin, je me ressaisis et avise une porte au fond de la pièce. Quitte à y être, autant tout explorer, j'approche et l'ouvre. La seconde partie de cette suite est une chambre. Je découvre des murs aux tons clairs, un large lit au linge blanc, et un énorme dressing. Je comprends alors où je me trouve : dans les appartements de Swann.

Je me fige un instant. C'est ici que vivait ma sœur, qu'elle dormait, qu'elle créait. C'était son univers, son monde à elle seule puisque Conor et elle faisaient chambre à part...

J'approche d'une commode où sont rangés des bijoux, du maquillage et du parfum. Je saisis le flacon délicat et le porte à mes narines. Les effluves floraux me transportent des années en arrière, quand Swann faisait encore partie de ma vie. J'ai l'impression d'être contre elle et de la tenir dans mes bras...

Une larme roule sur ma joue. Ma sœur a forcément changé au cours des années, mais il y a au moins une partie d'elle qui reste inchangée : sa fragrance.

Tout est rangé, propre, dans l'attente du retour de la propriétaire, mais elle ne remettra plus jamais les pieds ici. C'est terminé.

Je retiens un sanglot et me laisse tomber sur le lit. Je pleure, longtemps, sur cette sœur disparue. Je n'ai plus aucune chance de renouer avec elle.

Ce n'est pas tout à fait vrai... Il y a bien quelque chose que je peux faire. Un acte qui me permettrait d'être rattachée à elle, pour toujours.

J'essuie mes larmes et me lève du lit. Je m'assure de n'avoir rien déplacé et m'avance vers la porte, mais un bruit attire mon attention. Je me fige, l'oreille tendue. Et les pas reprennent. Il y a quelqu'un dans la pièce d'à côté !

Mon cœur se met à battre très vite. Si Conor me trouve ici, il va péter un câble. Alors je fais la première chose qui me passe par la tête : je me cache derrière les lourdes tentures qui encadrent la fenêtre. Quelques secondes plus tard, la porte de la chambre s'ouvre. J'entends quelqu'un entrer, mais je ne vois rien car le tissu est trop épais pour laisser passer la moindre lumière. Ce qui est tout aussi bien puisqu'il me dissimule à la vue du visiteur.

Je suis ridicule de me cacher ainsi puisqu'il ne peut s'agir que de Conor ou madame Lansbury.

J'entends qu'on déplace des objets, qu'on ouvre et ferme des tiroirs et des portes de placard. Un frisson de peur me parcourt quand je me rends compte qu'il ne peut pas s'agir de Conor ou de la gouvernante : ils ne fouilleraient pas dans les affaires de ma sœur.

Il s'agit donc d'une autre personne ! La curiosité reprend le dessus, mais je ne peux pas bouger sous peine de révéler ma présence à l'intrus. Je retiens mon souffle lorsque je l'entends passer tout près de ma cachette.

Heureusement, la personne ne s'arrête pas et quelques secondes plus tard j'entends la porte se refermer. Je patiente encore un peu pour être certaine d'être seule avant de sortir de ma cachette.

Lorsque je regagne le couloir, il n'y a personne et je me hâte de retourner dans la bibliothèque. Mon cœur bat la chamade et mon esprit fait plein de suppositions quant à l'identité du mystérieux visiteur.

S'agit-il d'un employé de maison qui cherchait quelque chose dans la chambre de ma sœur ? Mais dans quel but ? Ça n'a pas de sens !

Qui se permettrait de s'introduire dans la chambre de Swann ? Et pourquoi ?

Je range mes affaires et quitte la bibliothèque pour regagner ma propre chambre. J'ai la tête en ébullition sous l'effet de toutes les hypothèses que j'échafaude. Mais il n'y a rien qui me semble logique.

Après avoir pris une petite douche, je descends à la salle à manger. Je dois parler à Conor. Si le passage dans la suite de ma sœur m'a appris quelque chose, en plus du fait que ses affaires intéressent quelqu'un, c'est que j'ai enfin compris ce que je devais faire.

Lorsque j'arrive dans la pièce, je vois tout de suite Conor. Il lève les yeux vers moi et je me dirige vers lui. Il a un air interrogateur, mais je ne lui laisse pas le temps de me dire quoi que ce soit :

— Conor, il faut qu'on parle.

— Quand une femme dit ça, ce n'est jamais bon signe, fait-il remarquer.

Je le scrute attentivement pour enregistrer chaque détail de son visage :

— J'ai pris ma décision.

Conor se lève tout de suite et approche de moi, mais je n'ai pas le temps de lui annoncer la nouvelle car quelqu'un entre dans la pièce à cet instant :

— Bonsoir ! Je tombe mal peut-être ?

Chapitre Vingt-Trois

Conor lance un regard agacé à Marcus qui vient de nous rejoindre.

— J'étais de passage pour récupérer des dossiers, et madame Lansbury m'a proposé de diner avec vous, explique-t-il.

Effectivement, je remarque un troisième couvert déjà installé sur la table. Conor devait savoir que son associé mangerait avec nous, mais il n'en est pas moins énervé. Je peux le sentir, et il suffit de voir les regards noirs qu'il lance à Marcus pour le comprendre. Mais ce dernier ne semble pas s'en apercevoir. À moins qu'il ne soit trop habitué aux sautes d'humeur de son ami ?

Marcus s'installe à table, comme si de rien n'était. Je vois bien que Conor prend sur lui, mais il me lance des coups d'œil intrigués à intervalles réguliers.

— Quand comptes-tu rentrer en France, Julia ? demande soudain Marcus, au milieu de la conversation.

Un silence passe. L'attention des deux hommes est fixée sur moi, et je croise le regard de Conor : il semble être sur des charbons ardents.

— Je n'ai pas décidé d'une date de retour pour le moment.

J'ai l'impression que Conor se détend instantanément. Mon cœur bat plus vite à l'idée de ce que je m'apprête à lui annoncer...

— J'espère que tu auras la possibilité de m'accompagner au gala de bienfaisance du mois prochain, continue Marcus. Tu fais une cavalière charmante et je ne pense pas trop m'avancer en disant que nous formons un tandem plutôt bien assorti.

Cette fois, les yeux de Conor menacent de lancer des flammes sur son associé et j'étouffe un petit rire en prenant une gorgée de mon verre de vin.

— En fait, Marcus, Julia et moi irons ensemble, répond-il à ma place.

Je crois que mes yeux s'arrondissent sous l'effet de la surprise. Que Conor prenne ainsi les devants me surprend. Certes, il aime tout contrôler, mais quand même...

Même si je suis flattée qu'il veuille que je l'accompagne à une soirée, je trouve son invitation détournée assez maladroite, et j'interviens :

— Donc je n'ai pas mon mot à dire ?

Conor me dévisage un instant, je vois bien qu'il lutte : d'un côté, il n'a pas envie de me donner le choix, et de l'autre, il n'a pas envie qu'on se dispute. Du moins, c'est comme ça que je comprends les choses.

— Si tu préfères aller à cette soirée avec Marcus, je ne

vois pas le problème, répond-il d'un ton bas. Je suis certain que je trouverai facilement une cavalière...

Okay, un partout, balle au centre. Je n'ai pas du tout envie de voir une autre femme pendue à son bras toute la soirée...

— Nous avons encore le temps de nous décider, tranche Marcus.

Sur ce coup, je suis d'accord avec lui.

Je ne sais pas si le repas s'éternise ou si c'est mon impatience qui me joue des tours, mais j'ai l'impression qu'on reste assis pendant des heures. Quand Marcus propose à Conor de se retirer pour boire un verre d'alcool fort, je suis sur des charbons ardents.

Pourtant, je ne dis rien quand les deux hommes quittent la salle à manger pour aller dans un petit salon. Je salue Marcus et décide de regagner ma chambre. Après tout, j'ai pris ma décision un peu vite, et on dit que la nuit porte conseil...

Une heure plus tard, je suis dans mon lit, un livre à la main. Il s'agit d'un traité d'égyptologie trouvé dans la bibliothèque de Conor. L'ouvrage est passionnant, mais, incapable de canaliser mes pensées, je relis la même page pour la troisième fois d'affilée.

Je pousse un soupir et laisse retomber le livre sur moi. Inutile de me voiler la face, je ne pourrai pas me concentrer tant que je n'aurai pas parlé à Conor.

Je me lève et quitte ma chambre. Ma nuisette longue

flotte autour de mes jambes, et je frissonne quand l'air frais du couloir s'enroule autour de mes épaules nues. Je n'ai pas envie de redescendre, alors je me glisse dans la chambre de Conor pour l'y attendre.

Ce n'est qu'une fois entrée dans la pièce, que je me rends compte que mon geste est peut-être déplacé. Cette suite n'est qu'à Conor, personne n'y vient... Un frisson me parcourt, mais ce n'est pas à cause de la température ambiante, cette fois. D'ailleurs, il fait bon ici. Non, je réagis ainsi parce que je sais que je suis en train de transgresser une limite. Je suis dans son antre et je ne suis pas certaine de la réaction de Conor s'il me surprend ici...

Mais la curiosité est la plus forte et j'entre dans sa chambre. Son lit est gigantesque, il doit être possible de dormir à deux sans jamais se toucher.

Dormir avec Conor... Je déglutis avant de détourner les yeux vers le dressing. Ses costumes sont là, pendus et rangés par couleur. Je touche les étoffes du bout des doigts, ouvre un tiroir au hasard : des cravates y sont entreposées.

— Tu trouves ton bonheur ?

Je sursaute et porte la main à ma poitrine. Je pivote vers Conor qui est entré sans bruit.

— Je...

Mais ma voix reste bloquée dans ma gorge quand nos regards se soudent. En quelques pas, Conor est sur moi. Il saisit ma nuque et sans aucune hésitation, il m'embrasse.

Je réponds à son baiser avec toute la force de mon désir et de la frustration accumulés depuis que nous nous connaissons. Les souvenirs de mon rêve érotique dans la voiture me reviennent, attisant encore plus mon besoin de Conor.

Il passe ses mains dans mon cou puis dans mes cheveux qui cascadent dans mon dos. Je sens son corps tendu contre le mien, et ça me rend folle. Je caresse ses épaules, avant de parcourir son dos puissant. J'ai déjà eu un aperçu de sa musculature, mais j'en veux plus.

Je me hisse sur la pointe des pieds pour l'embrasser encore plus profondément, et Conor grogne dans ma bouche. Ses mains quittent ma nuque pour descendre le long de mon dos et de mes hanches. Il saisit ma chemise de nuit qu'il relève sans hésiter.

Peu importe ce que la raison ou la morale nous commandent de ne pas faire, j'ai décidé de ne plus écouter que mon corps. Tant pis pour le reste. J'ai besoin de Conor, tout comme j'ai besoin d'explorer nos interdits.

Le tissu de ma chemise de nuit passe par-dessus ma tête et je me retrouve nue devant Conor. Il s'arrête un instant pour me regarder. Il fait un pas en arrière, mais je ne supporterais pas qu'il me repousse :

— Les hésitations et les négociations s'arrêtent maintenant, Conor.

Une lueur animale passe dans ses yeux et il saisit son tee-shirt qu'il retire d'un mouvement rapide. Je reste immobile, profitant du spectacle qu'il m'offre : son corps est juste parfait. Sa musculature est puissante mais déliée, il est proportionné comme il faut...

Je passe la pointe de ma langue sur ma lèvre inférieure tout en le dévorant du regard. Une petite décharge électrique parcourt mon ventre et ma respiration devient un peu erratique quand il retire son pantalon. Son boxer est tendu et je ne peux pas m'empêcher de le regarder.

Nous restons debout l'un face à l'autre, presque nus, nos corps parcourus par le désir. La voix de Conor est rauque quand il me dit :

— Tu me rends fou, Julia.

Il reste immobile, comme s'il attendait que je fasse le premier pas, ou plutôt le dernier : celui qui nous fera dépasser le point de non-retour.

La tension monte encore entre nous, mais je ne suis pas sûre de pouvoir en supporter plus. Je m'avance vers Conor d'un pas affirmé et quand je suis contre lui, il me soulève tout en m'embrassant. Mes jambes s'enroulent autour de lui tandis que ses mains empoignent mes fesses pour me soutenir. Je sens son érection qui presse contre moi, et je gémis tout bas.

Conor me porte à travers la chambre, jusqu'à son lit où il nous installe. Placé au-dessus de moi, son sexe tendu contre mon entrejambe, je maudis son sous-vêtement qui fait obstacle entre nous. Comme s'il m'avait entendue, Conor s'en débarrasse rapidement et quand il se redresse, à genoux entre mes jambes, j'admire son érection.

Les mains de Conor se posent sur mes cuisses qu'il caresse avec une lenteur infinie. Appuyée sur mes coudes, mon regard passe de son visage à ses mains qui, sans pudeur, s'aventurent maintenant jusqu'à mon intimité. Je mords ma lèvre inférieure quand ses doigts se glissent en moi.

Je relève les yeux vers son visage, et ce sont ses iris verts qui me capturent. Ils trahissent tout le désir que Conor ressent, et c'est le même que celui qui me dévore depuis des semaines.

Nous ne parlons pas, mais aucun mot ne semble plus nécessaire désormais. Maintenant que nous avons dépassé les barrières qui nous retenaient, nos corps se chargent de communiquer l'un avec l'autre.

D'une main, Conor continue ses caresses qui se transforment en un lent tourment, et de l'autre, il parcourt mon décolleté, approchant de mes tétons tendus. Je halète, et n'y tenant plus, je passe la main entre nos deux corps pour m'approprier son érection. Sa peau coulisse dans ma paume et Conor gémit. Je me sens plus forte, galvanisée, d'avoir ce pouvoir sur lui. Je lui rends ses caresses, exaltée de lui procurer autant de plaisir qu'il m'en donne.

Quand il s'empare de ma bouche, je le goute avec volupté, m'arrime à son cou pour le maintenir contre moi pendant que de mon autre main je continue à flatter son membre durci.

Plus rien ne compte que cet instant volé à la réalité. Ici et maintenant, il n'y a que Conor et moi qui exprimons notre faim l'un de l'autre. Et je ne compte pas m'arrêter avant d'avoir obtenu entière satisfaction. J'appuie contre son épaule pour le faire basculer.

Conor s'allonge sur le lit, et j'en profite pour me redresser. Nos positions sont inversées, mais qu'il soit au-dessus ou au-dessous, mon désir reste tout aussi puissant. Il embrase mes veines, pulse dans mon entrejambe, me hurle d'étancher ma soif.

Je prends le temps d'admirer Conor, d'enregistrer chaque détail de son anatomie, de gouter sa peau à travers les sillons que ses muscles dessinent sur son corps. Et je descends toujours plus bas, vers la partie de lui que je meurs d'envie de prendre en moi.

Lorsque je laisse courir la pointe de ma langue depuis sa base jusqu'à sa pointe si douce, Conor siffle entre ses dents et d'un geste enfiévré, il s'empare d'un de mes seins. Il étire le téton entre ses doigts, envoyant des millions de signaux dans tout mon corps qui s'affole totalement.

Je suis sur le point de perdre le contrôle. Ma raison va s'éteindre pour laisser place à la part animale et primitive de mon cerveau. Je le sens, je le sais. Alors, dans un ultime geste conscient, je grimpe sur Conor. Mes mains appuyées sur ses épaules, mon bassin juste au-dessus du sien, je le regarde droit dans les yeux pendant qu'il se place à l'entrée de mon sexe qui est prêt à l'accueillir.

Et quand je le prends en moi en entier, mon corps rend les armes : j'accueille l'interdit et m'en glorifie. Nous restons immobiles un instant, mais ce n'est que le calme avant la tempête car la seconde suivante, c'est Conor qui reprend le contrôle...

Chapitre Vingt-Quatre

Allongés dans le lit de Conor, son bras enroulé autour de ma taille, j'écoute son souffle régulier dans mon dos. Je repense à ce que nous venons de faire et n'en reviens toujours pas d'avoir été aussi débridée…

J'ai eu des amants, ce n'est pas la question, mais aucun n'a jamais déclenché ce genre de frénésie chez moi. J'ai l'impression d'avoir trouvé celui qui active tous mes leviers, qui sait jouer avec chacune de mes terminaisons nerveuses aussi bien qu'il le ferait avec un instrument.

Du calme, Julia, ce ne sont jamais que quelques orgasmes…

Il vaut peut-être mieux mettre cette nuit de côté. Je sais qu'elle ne signifie rien pour Conor, mais qu'en est-il pour moi ? Bien à l'abri entre ses bras, il est facile d'oublier que ce n'est qu'un empire des sens que nous venons de vivre.

Je pourrais m'habituer à ça…

Conor bouge dans son sommeil, il s'agite et dégage son bras avant de se tourner. J'entends ce qu'il murmure :

— Swann...

Mon cœur manque un battement, c'est la douche froide. S'il me fallait quelque chose pour me ramener sur terre, c'était bien ça : la certitude que le cœur de Conor appartient à ma sœur.

Je repousse le drap et quitte le lit en silence avant de ramasser ma chemise de nuit sur le sol. Je me rhabille en vitesse et sors de la chambre.

Je me hâte de regagner mon propre lit. Quand je me glisse entre les draps, je me dis qu'au moins ici il n'y a pas l'odeur de Conor. Un sanglot soulève ma poitrine et c'est à cet instant que je comprends à quel point je me suis trompée... Conor n'est pas, et ne sera jamais, juste un coup d'un soir. Rien ne pourrait être plus éloigné de ce qu'il représente pour moi...

J'enfouis ma tête dans mon oreiller pour pleurer. Si je pouvais évacuer toute ma tristesse et mon amertume grâce à mes larmes, je le ferais, malheureusement pour moi, le lendemain matin, je ne suis pas apaisée.

Une seule fois avec lui m'a permis de comprendre à quel point je suis accro. C'est venu comme ça, de manière insidieuse, comme un virus qui s'installe en attendant de se manifester. Mais maintenant je comprends... À un moment donné, j'ai baissé mes défenses face à Conor, et il a pris possession de mon cœur. Je croyais qu'il s'agissait de désir, mais c'est bien plus grave que ça : je suis amoureuse de lui.

Et c'est justement parce que je l'aime que je veux lui donner ce dont il a le plus besoin dans sa vie.

J'en suis là de mes réflexions quand je m'installe à la table de la salle à manger pour prendre le petit déjeuner. Conor est déjà assis, il me dévisage quand j'entre dans la pièce, mais je ne peux pas soutenir son regard. C'est le feu aux joues que je commence à déjeuner, même si mon estomac est trop noué pour accepter la moindre nourriture solide.

— Est-ce que tout va bien, Julia ?

Je me contente d'un hochement de tête avant de prendre une gorgée de café. À cet instant, je regrette le café français, celui assez dosé en caféine pour me permettre de reprendre du poil de la bête.

Au lieu de quoi, je dois me contenter de cette infusion caféinée qui ne m'aide pas à retrouver mes esprits. Je repose ma tasse et la main de Conor se place sur la mienne.

— Est-ce qu'on peut parler de cette nuit ? demande-t-il.

Mon cœur se serre, et je sens que je ne suis pas loin de pleurer à nouveau, alors je secoue la tête :

— Ce n'est pas la peine. Ce n'était que du sexe, inutile d'épiloguer.

Je n'arrive pas à affronter son regard, même si je perçois du coin de l'œil que toute son attention est concentrée sur moi.

Une douleur s'est logée dans ma poitrine depuis que je l'ai entendu prononcer le prénom de ma sœur dans son sommeil. Je ne pourrai jamais faire le poids face à elle. Et je n'en ai pas l'intention. Swann est l'amour de sa vie, c'est comme ça.

Conor retire sa main, et la douleur dans ma poitrine

s'accentue. Je mords l'intérieur de ma joue pour ne pas pleurer.

— Qu'est-ce que tu voulais me dire hier avant l'arrivée de Marcus ?

Cette fois, je tourne la tête pour le regarder dans les yeux. Voilà ce que je dois faire à présent : oublier mes sentiments pour lui et me concentrer sur ma mission.

— J'ai pris ma décision, lâché-je d'une voix blanche.

Une petite lueur de stress passe sur le visage de Conor.

— Tu ne veux pas réfléchir encore un peu ? Je ne veux pas que la nuit dernière...

— J'accepte.

Un silence passe dans la salle à manger. Mon cœur bat vite. J'ai pris la décision de donner cet enfant à Conor, c'est une évidence depuis que j'ai passé du temps dans la chambre de ma sœur.

Conor s'apprête à parler, mais je le devance :

— Je ne le fais pas que pour toi, Conor, c'est aussi pour elle.

J'ai du mal à prononcer son prénom, mais je crois que vu ce que j'ai fait cette nuit avec son mari, aujourd'hui plus que jamais je lui dois au moins ça. Je reprends :

— Je n'avais plus beaucoup de liens avec Swann ces dernières années, mais elle reste ma sœur. Et je lui dois bien ça.

Il fronce les sourcils, comme s'il réfléchissait à la signification de ma dernière phrase.

— C'est ma manière de garder un lien avec elle, tu comprends ?

Conor me dévisage un instant avant de hocher la tête :

— Je comprends.

Je reporte mon attention sur ma tasse. Mes doigts jouent avec la anse.

— Nos avocats n'auront qu'à nous faire parvenir un accord, ajouté-je.

Et voilà. Je vais le faire, je vais vraiment avoir un enfant de Conor… et Swann. Le premier bébé que je porterai ne sera pas le mien. Je me suis faite à l'idée, j'ai eu le temps de considérer les choses. Au final, ce qui compte, c'est que cet enfant sera choyé, et surtout ce sera une manière de perpétuer Swann. De cette manière, elle défiera la mort, elle survivra en quelque sorte.

— Je vais m'occuper de tout, mais il faudra que tu répondes à pas mal de questions, Julia. Nos avocats ne pourront pas tout faire seuls.

Je me contente de hocher la tête, incapable de réfléchir à l'aspect juridique de la situation.

— Bien, je vais les contacter, conclut-il.

Mais Conor ne bouge pas. Il reste assis à table et je tourne la tête vers lui. Son regard est rivé à moi. Soudain, d'un même mouvement, il saisit ma main et m'oblige à me lever, puis il me prend dans ses bras.

Il dépose un baiser sur ma tempe :

— Merci, Julia.

Je me serre contre lui, respirant son parfum à pleins poumons. J'ai conscience d'être un peu pathétique à quémander les quelques miettes d'attention que je pourrais avoir de sa part… Mais c'est ma condition désormais : accepter le peu qu'il voudra bien m'offrir.

L'amour est vraiment stupide !

Le nez contre le torse de Conor, je trouve le courage de me détacher de lui :

— La seule chose que je te demande, c'est que ma mère puisse voir son petit-enfant.

Conor me dévisage, puis il hoche la tête.

— Bien sûr. C'est une évidence.

Nous sommes donc d'accord, j'ai choisi en connaissance de cause, et quelque part, je sais que ma décision est justifiée.

— Je suis là pour toi, Julia, et je le serai pour cet enfant. Tu ne mesures pas la joie que tu me donnes en acceptant...

L'émotion est perceptible sur le visage de Conor, et juste savoir que j'en suis à l'origine, je sens mon cœur battre plus vite.

Quelques jours plus tard, nous sommes chez mon avocat, en compagnie de celui de Conor. Les deux professionnels essaient de trouver un terrain d'entente avant de rédiger l'accord, mais je suis perdue dans mes pensées.

J'essaie d'imaginer cet enfant, ressemblera-t-il à Swann ou à Conor ? Un petit peu aux deux ?

La main de Conor trouve la mienne et la presse.

— N'hésite pas à ajouter des éléments à la liste de ce que tu veux, me glisse-t-il, je ferai tout ce que tu voudras.

Je secoue la tête :

— J'ai déjà tout dit à Ferrel.

— Tu es certaine de ne pas avoir une envie particulière ?

Comme, je ne sais pas… Une tenue spéciale pour la naissance, ou une voiture ?

Je hausse les épaules :

— Je n'ai pas le permis de toute façon.

— Tu es sérieuse ?

Je tourne la tête vers lui et le regarde droit dans les yeux :

— Que veux-tu, je suis une femme pleine de surprises.

Il me détaille un instant, et je sens cette énergie familière circuler entre nous, du moins, je crois que c'est le cas, mais c'est peut-être juste un effet de mon imagination.

— Je suis tout à fait d'accord, répond-il finalement.

Mon avocat attire mon attention d'un signe de la main et nous nous concentrons sur l'entretien, mais Conor ne lâche pas ma main pendant tout le reste du rendez-vous. Pour un peu, on pourrait croire que nous sommes un vrai couple.

Ne pense pas à ça, Julia. Tu vas te faire du mal.

Pour une fois, j'écoute la voix de ma conscience. Il ne faut pas que je me pose de questions sur Conor et moi. Notre relation est ce qu'elle est, point. Mon beau-frère compte sur moi pour remplir une mission, et je vais le faire. J'irai jusqu'au bout.

Lorsque nous regagnons la voiture, Conor garde ma main dans la sienne, et pendant tout le trajet de retour aussi. Parfois son pouce caresse doucement le dessus de ma main.

Je ne peux pas prétendre à plus que ce que nous avons maintenant, mais je peux en profiter jusqu'à la dernière seconde, jusqu'à l'instant où je lui donnerai son enfant et que je rentrerai en France.

Pour ma tranquillité d'esprit, je décide de repousser toute pensée parasite dans un coin. Tout ce qui compte, c'est ce qu'il y a ici et maintenant, et pour l'heure, Conor est très attentionné envers moi. Je veux me nourrir de lui, de sa présence, et c'est tout.

Lorsque nous arrivons à Loch Gorm, Conor lâche ma main, et je me sens un peu déséquilibrée tout à coup, comme s'il m'apportait une forme de stabilité par son seul contact...

Tu délires complètement, ma vieille.

C'est le cœur lourd que je regagne ma chambre. Je décide de me faire couler un bain. J'ai besoin de me détendre.

Lorsque la baignoire est pleine, je me déshabille et me plonge dans l'eau chaude. Je ferme les yeux, avec l'espoir que mes pensées se calment.

— Tu me ferais une petite place ?

Je rouvre les yeux pour découvrir Conor. Il a un petit sourire en coin et j'ai besoin d'apaiser mes sentiments qui me font vivre de véritables montagnes russes ces derniers temps, alors j'opte pour la légèreté :

— Non, je ne partage pas.

Son regard se perd un instant sur la mousse qui recouvre plus ou moins mon corps, puis il relève les manches de sa chemise. Je l'observe, curieuse de savoir ce qu'il a en tête. Il vient s'assoir sur le rebord de la baignoire et ses mains se posent sur ma nuque pour me masser doucement.

Je penche la tête vers l'avant, acceptant sans discuter les bons soins qu'il me prodigue.

Ses doigts détendent mes trapèzes un peu contractés. Je pousse un petit gémissement, et Conor marque un petit temps d'arrêt :

— Je ne suis pas certain de rester calme si tu réagis comme ça à mes massages, dit-il enfin.

Chapitre Vingt-Cinq

Conor reprend son massage et je mords ma lèvre inférieure pour ne pas gémir à nouveau. Mon corps commence à réagir au toucher de Conor, mais je ne veux pas m'aventurer dans cette voie, alors je dis la première chose qui me passe par la tête :

— Tu es super doué, tu pourrais changer de carrière si tu le voulais.

— Masser de belles femmes toute la journée... Pourquoi pas ?

L'idée qu'il puisse toucher d'autres personnes me donne envie de hurler. Je suis consciente que mes réactions sont de plus en plus disproportionnées, mais elles sont à l'image de mes sentiments pour Conor : puissantes, inconvenantes, inattendues...

— Est-ce qu'on va reparler de l'autre nuit ? demande-t-il après quelques instants.

Je rouvre les yeux et m'écarte un peu pour me soustraire

à ses mains : je ne suis pas certaine de garder les idées claires s'il me touche. Je pivote dans la baignoire pour regarder Conor en face. Le sujet est trop important pour le traiter à la légère.

— Ce n'est pas nécessaire, si ?

Conor fronce les sourcils.

— Tu as dit que ce n'était que du sexe, commence-t-il, mais…

— S'il te plait, ne rendons pas les choses plus compliquées qu'elles ne le sont déjà.

Il hoche la tête, pourtant je sens bien qu'il n'en a pas terminé avec moi.

— Ça ne t'a pas plu ?

J'en reste bouche bée. L'idée même qu'il puisse imaginer que je n'ai pas aimé ce que nous avons fait me sidère.

— Je suis désolé, Julia. Je n'avais plus… Il y a longtemps que…

Pour la première fois depuis que nous nous connaissons, Conor McLane n'arrive pas à terminer ses phrases. Je découvre une autre facette de lui, plus sensible et touchante.

Je le rassure :

— Tu n'as rien à te reprocher. C'était…

Je détourne les yeux parce que repenser à cette nuit-là déclenche de drôles de réactions dans mon corps.

— C'était parfait, avoué-je.

Conor quitte sa place sur le bord de la baignoire et s'approche de moi. Je relève la tête pour le regarder droit dans les yeux, en fait, je ne pourrais pas le quitter des yeux même si je le voulais : il a cette expression qui agit sur moi comme un aimant.

Il tend une main vers moi, et je comprends le message sans qu'il n'ait besoin de parler. Je la saisis avant de me relever. L'eau ruisselle sur mon corps, mais Conor s'en fiche, il me prend dans ses bras.

— On ne devrait pas faire ça, murmuré-je dans son cou tandis qu'il me soulève pour me porter jusque dans la chambre.

— Trop tard, répond-il en me déposant sur mon lit.

J'ai vaguement conscience que je vais tremper les draps, mais je m'en fiche. Il n'y a que Conor qui compte, lui et son corps puissant qui pèse sur moi.

Il m'embrasse, avec délicatesse, comme s'il avait peur de me faire mal.

Même si je sais à quoi m'en tenir en ce qui concerne notre relation, je ne peux pas m'empêcher de croire à autre chose, à plus. Je vais souffrir, encore plus, ce sera atroce, je le sais, pourtant je me jette à corps perdu dans cette étreinte.

Il saisit le bas de mon visage en coupe et plante son regard dans le mien.

— Merci, Julia.

Je sais qu'il parle de la grossesse à laquelle j'ai consenti pour lui, mais je n'ai pas envie de parler. Je ne veux plus penser à rien, je veux juste me perdre dans une étreinte, voler un instant de vie et le savourer.

Je passe la main sur sa joue, suis le contour de ses lèvres du bout des doigts avant de l'embrasser à mon tour. Je redécouvre sa bouche et son gout, avide de lui.

— Fais-moi l'amour, Conor.

Les mots m'ont échappé, je redoute un instant qu'il ne se fige et n'arrête cette folie que nous répétons, mais il se contente de me dévisager. À cet instant, au creux de ses bras, son corps sur le mien, je me sens protégée, précieuse, aimée.

Je fais taire la petite voix dans ma tête qui me susurre qu'il ne m'aime pas, du moins pas comme moi je l'aime. Je me fiche de la raison et de la logique, tout ce que je veux c'est me perdre dans l'interdit avec Conor.

Mais c'est peut-être cet interdit qui te plait ? Peut-être même plus que Conor lui-même ?

Je repousse à nouveau les pensées qui tentent de parasiter ce moment partagé avec Conor. Je me concentre sur chacun des mouvements de mon amant qui caresse mon corps. La bouche de Conor descend le long de mon cou, suit le tracé de ma clavicule avant de s'aventurer entre mes seins. D'un mouvement instinctif, je me cambre pour me plaquer plus fort contre ses lèvres qui deviennent de plus en plus entreprenantes à mesure que Conor descend... Mon ventre se couvre de frissons mais il ne s'y attarde pas, déjà sa bouche rejoint mon intimité pour me livrer un baiser si personnel et intime que je gémis de plaisir.

Lorsque les mains de Conor entrent dans la danse, je manque flancher et me perdre dans la jouissance, mais il sait exactement ce qu'il fait, et il me retient, m'empêchant de me fractionner en milliers de morceaux.

— Reste avec moi, Julia, souffle-t-il contre la peau de ma cuisse.

Quelques secondes plus tard, il me recouvre de son

corps nu. Je suis tellement perdue dans cet océan de sensations que je ne sais pas à quel moment il s'est déshabillé, et en fait, je m'en fiche. Tout ce qui compte, c'est que nos peaux se retrouvent et s'apprivoisent.

Conor se tient au-dessus de moi, appuyé sur ses avant-bras. Il semble suspendu, dans l'attente d'une approbation ou d'un signe de ma part. Alors j'enroule mes jambes autour de lui et je tire sur ses épaules pour anéantir la distance entre nos deux corps.

Lorsqu'il entre en moi d'un seul coup de reins, je mords ses lèvres, lui arrachant un grognement dont je me réjouis. Conor se rend compte que je souris :

— Tu es bien trop provocante, Julia...

Il ponctue sa phrase d'un lent va-et-vient pour me montrer qu'à cet instant c'est lui qui a le contrôle. Et pour une fois, je n'éprouve aucune envie de résister ou de le provoquer, je lui laisse les rênes.

Allongés l'un contre l'autre dans mon lit, nous restons là en silence. Conor laisse courir ses doigts le long de mon bras, puis sur ma main.

Je pourrais m'habituer à ce genre de moments...

— Je dois rentrer en France, Conor.

Les caresses qu'il me prodiguait stoppent net.

— Tu as changé d'avis ?

Je me détache de lui et me retourne pour être face à face. Son regard trahit sa crainte que je n'aille pas au bout.

— Non, pas du tout.

Je vois tout de suite qu'il se détend.

— Je dois juste prendre mes dispositions par rapport à l'université.

— Tu veux arrêter tes études ?

Je secoue la tête :

— Non. Juste prendre une année sabbatique. Je pourrai suivre certains cours à distance, mais je ne pourrai pas prendre l'avion quand la grossesse sera trop avancée.

Je me tais. C'est la première fois que j'évoque cette grossesse à voix haute, et ça la rend plus réelle...

— Et puis, il faut que je parle à ma mère. Nous ne sommes pas très proches, mais quand même, si je ne vais plus la voir pendant neuf ou dix mois, elle finira par se poser des questions... Sans compter qu'il y a Valentin...

— Qui est Valentin ?

Je réprime un sourire. Conor serait-il... jaloux ? Non, ce n'est pas possible, je dois me faire des idées.

— Se pourrait-il que ton dossier sur moi ne soit pas si complet que ça ? Valentin est mon coloc.

— Le bail de location de ton appartement est à ton nom, fait-il remarquer.

— Tu as raison. Valentin et moi avons un arrangement...

Il semble sur le point de dire quelque chose, mais il ne le fait pas.

— Si je dois passer ma grossesse ici, il faut bien que j'explique à mes proches que je serai absente un certain temps.

— Que vas-tu leur dire ?

— La vérité.

Il me dévisage, l'air pensif.

— Ce n'est pas une pratique courante en France, tu n'as pas peur de leur jugement ?

Je n'ai pas pensé à ce point-là en acceptant cette proposition insensée...

— Valentin est très ouvert, je ne crois pas qu'il me jugera. Quant à ma mère, je crois qu'elle a le droit de savoir qu'elle aura un petit-enfant.

Conor écarte une mèche de cheveux de mon visage.

— Combien de temps penses-tu rester là-bas ?

— C'est l'affaire de quelques jours, j'imagine. Je pourrais faire ça par téléphone, mais ça ne me parait pas très adapté...

Il hoche la tête :

— Je vais demander à Benson de te réserver un billet, tu n'auras qu'à m'indiquer le jour que tu préfères.

Tout est si simple quand on a le temps et les moyens... et à la fois, tout est moralement plus compliqué : quand on a la possibilité de faire tout ce que l'argent peut acheter sur cette planète, c'est la morale qui fixe les limites...

Mais où est passée ma morale à moi ? À quel prix l'ai-je bradée ? Je refoule mes pensées. J'ai pris une décision, j'ai même signé un contrat avec Conor, et je compte m'y tenir.

Chapitre Vingt-Six

Le retour en France est assez étrange. Je n'aurais jamais imaginé ressentir ça, mais quand je me retrouve au pied de mon immeuble, je ne me sens plus chez moi...

Et pourtant, il faudra que ça le redevienne d'une manière ou d'une autre car il n'est pas question que je reste vivre à Loch Gorm pour toujours.

— Julia ? C'est bien toi ?

Je me retourne pour découvrir Valentin. Mon colocataire me regarde de haut en bas. Je me rends alors compte que l'image que je renvoie est différente de celle de d'habitude, sans doute à cause de mon look : je porte des vêtements bien plus classe.

— Qui êtes-vous et qu'avez-vous fait de la Julia que je connais ?

Je souris et on se prend dans les bras, puis nous entrons et regagnons l'appartement.

— Tu es de retour pour de bon ? Tu vas me raconter comment c'était chez ton beau-frère ?

Valentin me bombarde de questions auxquelles je réponds succinctement. J'évite de m'attarder sur les détails.

— Tu veux un verre ?

Mon colocataire tient une bouteille d'alcool à la main. Je fronce les sourcils :

— Euh... Non, merci.

— Allez ! Juste pour fêter ton retour !

— Pour commencer : d'où sort cette bouteille ? m'étonné-je. Je croyais que tu ne jurais plus que par la bière...

— Oh ! C'est Vincent qui l'a apportée lors d'une soirée, répond-il d'un air dégagé. Et puis, la bière et moi, finalement, c'est terminé. Je n'arrivais à rien et je me suis lassé...

— Vincent ? relevé-je.

Valentin se pose à côté de moi sur le canapé.

— Mon petit ami, avoue-t-il finalement.

— Okay ! Je crois qu'on a plein de choses à se raconter. Toi d'abord !

Valentin entreprend de me faire un résumé du mois qui vient de s'écouler, depuis sa rencontre avec le fameux Vincent lors d'une soirée, aux balbutiements de leur relation.

— Je suis super contente pour toi !

— Bon, on n'est pas non plus sur le point de vivre ensemble. Disons que c'est un peu sérieux.

Je pouffe de rire.

— Un peu sérieux ? Ça ne veut rien dire ! Soit c'est sérieux, soit ça ne l'est pas. Il n'y a pas d'entredeux.

Et au moment où je dis ça, mon esprit s'envole en direction de Conor. À quel point notre relation est-elle sérieuse ? Je vais porter son enfant, ça compte pour quelque chose, non ?

— Et toi ? demande Valentin. C'était comment à Seattle ? Comment il est, au fait, ton beau-frère ?

Comment est Conor ? Un tas d'idées me viennent, mais aucune que je puisse prononcer à voix haute sans rougir. Je préfère donc éluder cette question-là pour parler de Loch Gorm :

— Ma sœur et lui habitaient dans un château.

Valentin ouvre de grands yeux étonnés.

— Tu te fous de moi ?

— Pas du tout !

— D'accord, maintenant il faut que tu me racontes tout !

Il range la bouteille d'alcool, de toute façon, je suis presque sûre qu'il n'est pas recommandé que je boive en prévision de l'insémination...

Je pensais attendre pour lui en parler, mais maintenant ou plus tard, finalement, ça ne fait pas beaucoup de différence.

— J'ai plein de choses à te dire, Val. Et j'ai besoin que tu gardes l'esprit ouvert.

Je ne pouvais pas mieux dire pour capter son attention, il me dévore des yeux et je peux voir à quel point il est curieux d'entendre ce que j'ai à lui dire.

J'entreprends de lui faire un résumé des faits, mais il me coupe dès que je parle de la proposition de Conor.

— Tu plaisantes, là ?

Je secoue la tête, et lui parle de tout, sauf du fait que Conor et moi avons couché ensemble... Deux fois. Ça c'est un détail que je préfère garder pour moi. En partie parce que j'ai honte d'avouer que je suis amoureuse de mon beau-frère, mais surtout parce que j'ai envie de préserver mon intimité. Sans compter que je n'ai pas besoin d'être mise face à la réalité : à savoir que Conor a besoin de moi pour avoir cet enfant tant désiré, mais rien de plus.

Quand j'ai terminé de tout lui raconter, Valentin se laisse aller dans les coussins du canapé. J'attends mais comme sa réaction ne vient pas, je demande :

— Tu es bien trop silencieux. Qu'est-ce que tu en penses ?

Il reporte son attention sur moi.

— J'en pense que tu es vraiment courageuse de faire ça, et altruiste aussi.

Je fronce les sourcils en réfléchissant à ce qu'il vient de dire.

— Je ne vois pas en quoi je suis courageuse...

Valentin pose sa main sur la mienne.

— Tu vas faire le plus beau cadeau que l'on puisse faire à quelqu'un, Ju. Tu ne t'en rends peut-être pas compte, mais ça n'a pas de prix. Okay, ce bébé ne sera pas le tien, mais tu vas le porter en toi et ce n'est que grâce à toi qu'il pourra venir au monde... C'est énorme !

Ses paroles me rassurent. Savoir que mon meilleur ami me soutient est réconfortant.

— Je vais être tonton ! s'écrie-t-il.

Je ne peux pas m'empêcher de rire.

— En fait, c'est moi qui vais être tatie...

L'idée est tellement étrange, je vais mettre au monde mon neveu ou ma nièce...

— Je sais bien que je n'aurai pas de lien avec cet enfant, hein, je voulais juste que tu te détendes un peu, reprend Valentin.

— Eh bien, ça a marché... Pour quelques secondes.

— Tu es stressée ?

Je sens sa sollicitude, et ça me touche. Je suis plus proche de lui que de ma propre mère, ou que je ne l'étais de ma sœur. C'est triste en un sens...

— Je ne sais pas. Pour l'instant, ça me semble très abstrait.

— Je te garantis que quand tu devras expulser l'équivalent d'une pastèque du fond de ton vagin, ça le sera beaucoup moins ! commente mon ami.

Je lui donne une petite tape sur le bras.

— Non, mais tu essaies de me décourager ou quoi ?

Il a un petit sourire en coin avant de changer de sujet :

— Tu veux faire une partie, comme au bon vieux temps ? propose-t-il en montrant une manette de sa console.

Je secoue la tête pour refuser.

— Je dois aller voir ma mère, et crois-moi, je préférerais passer la journée ici à me prendre une raclée à Mario Kart plutôt que d'y aller.

Je prends un Uber pour me rendre à la clinique où ma mère est prise en charge. Ce n'est pas dans mes habitudes de payer pour me déplacer. En temps normal, j'aurais pris mon vélo, mais je n'ai pas envie de perdre du temps. Je ne suis que de passage, et dois regagner Seattle pour démarrer la procédure d'insémination au plus tôt.

Lorsque j'arrive à la clinique, je comprends tout de suite pourquoi les frais d'hospitalisation sont si élevés : les installations dernier cri sont dignes d'un hôtel haut de gamme. C'est Conor qui a géré les formalités d'admission, enfin, j'imagine que c'est plutôt Benson qui a tout fait sur ses ordres...

Ce n'est qu'en passant à l'accueil que je me rends compte qu'il n'y a que des gens très riches qui sont soignés ici : je croise un jeune homme qui est le portrait craché d'un joueur de l'équipe de France de football. Je ne suis pas fan de ce sport, mais je l'ai assez vu à la une des magazines suite à sa blessure spectaculaire pour le reconnaitre.

Le sportif se rend compte que je le dévisage et il me sourit gentiment. J'imagine qu'il s'attend à ce que je lui demande un autographe ou un selfie... Je me contente de répondre à son sourire avant de m'engager dans le couloir qui conduit à la chambre de ma mère que la réceptionniste vient de m'indiquer.

Je m'arrête devant la porte, prends une grande inspiration avant de frapper trois coups.

— Entrez.

J'actionne la poignée et pénètre dans la pièce. En guise de chambre, il s'agit d'un vrai appartement. Ça ne devrait même pas me surprendre étant donné le niveau de l'établissement.

— Julia ?

Je tourne la tête et découvre que ma mère est assise dans un fauteuil. Elle a plutôt bonne mine. Son regard surpris passe sur moi comme si elle scannait ma tenue.

J'aurais peut-être dû remettre mes propres affaires, celles que j'avais avant que Conor ne m'alloue un budget pour refaire ma garde-robe.

— Bonjour, maman.

Aucune expression ne transparait sur le visage de ma mère, à croire qu'elle n'est pas surprise de me voir. En tout cas, on ne peut pas dire qu'elle soit ravie de ma présence…

Je reste debout, ne sachant pas quoi faire de moi.

— Comment vas-tu ? demandé-je.

Mon regard passe sur son corps, comme si j'avais la faculté d'évaluer son état de santé.

— Les médecins disent que je me rétablis bien. Je n'ai presque plus mal aux côtes. Pour ce qui est de la fracture, il va falloir encore un peu de temps, mais la rééducation se passe bien.

Elle m'annonce tout ça d'un ton froid et détaché, comme si ce n'était pas d'elle-même qu'elle parlait. C'est alors que je remarque quelque chose dans son regard, une sorte d'absence.

J'approche d'elle et m'accroupis pour me mettre à sa hauteur. J'hésite avant de poser la main sur la sienne.

— Je fais tout ce que je peux pour que tu reçoives les meilleurs soins, maman.

Elle reporte son attention sur moi. Elle me dévisage un

instant sans rien dire, et je me demande si ce ne sont pas des soins psychiatriques qu'il lui faudrait, mais elle me surprend en déclarant :

— J'en suis consciente, Julia.

Mais elle ne me remercie pas. Je sais que je suis naïve d'attendre quoi que ce soit de sa part, elle n'en est tout simplement pas capable, mais c'est plus fort que moi. La petite fille au fond de moi espère que sa mère la reconnaitra et l'acceptera...

— Comment est sa maison ? demande ma mère.

Je fronce les sourcils en réfléchissant à la réponse à lui apporter. Je n'ai pas envie d'entrer dans les détails, alors j'élude :

— Elle est très belle. Swann peignait, tu sais ?

Ma mère hoche la tête :

— Oh oui, ses tableaux se vendaient bien. En tout cas, c'est ce qu'elle m'avait dit...

Un silence passe, puis ma mère reprend :

— Conor et elle formaient un si beau couple.

Je ressens un pincement dans la poitrine. Elle a raison, ma sœur et Conor étaient parfaitement assortis...

Je crois que c'est le moment ou jamais de lui parler du projet de mon beau-frère. Je prends une longue inspiration avant de me lancer :

— Je voudrais te parler de Conor, justement.

— C'est un homme formidable, Swann ne pouvait pas rêver meilleur mari, et c'est un gendre attentionné. Il m'envoie des fleurs toutes les semaines, tu sais ?

J'en reste bouche bée.

— Regarde.

Ma mère fait un geste en direction du gros bouquet qui est installé dans un vase sur la table.

— Conor m'a fait une proposition, maman.

Le regard de ma mère se reporte sur mon visage, mais je vois bien qu'elle n'est pas tout à fait avec moi.

— Swann et lui essayaient d'avoir un enfant.

Les larmes envahissent aussitôt les yeux de ma mère, et je prends sur moi pour continuer :

— Ils ont plusieurs ovules fécondés qui sont viables.

Ma bouche s'assèche, maintenant que je dois expliquer tout ça à ma mère, le projet me semble complètement fou.

— Il veut que je sois mère porteuse pour son enfant.

Voilà, c'est sorti. Okay, je n'y ai pas mis les formes, mais j'avais besoin de crever l'abcès.

D'un geste vif, ma mère saisit ma main, me faisant sursauter par la même occasion. Sa poigne est plus forte que je ne l'aurais cru.

— Tu n'as pas le droit de faire ça, Julia !

Ses yeux sont un peu exorbités, elle commence à s'agiter :

— Tu ne peux pas porter cet enfant ! Il n'est pas à toi, tu m'entends ?

Elle serre mon poignet si fort que j'en ai mal, je tire sur mon bras pour qu'elle me lâche, mais elle s'agrippe à moi.

— Tu as toujours voulu prendre sa place ! éructe-t-elle. Mais tu n'es pas Swann ! Tu ne seras jamais elle. Jamais...

Ma mère relâche sa prise et je m'écarte d'elle. Le regard dans le vide, elle se balance doucement.

— Mon bébé est parti...

— Je comprends que cette idée te choque, maman, mais

Conor sera un bon père, et je veux l'aider. Je suis certaine que c'est ce que Swann voudrait. Si elle a subi toute la procédure pour prélever ses ovules, c'est bien qu'elle le voulait cet enfant elle aussi. Et puis, Conor dit que tu pourras voir ton petit-enfant. Ce n'est pas ce que tu veux ? Avoir un lien avec Swann ?

Ma mère croise les bras sur sa poitrine, et se balance de plus belle. Je ne l'ai jamais vue comme ça.

— Maman...

— Ne m'appelle plus comme ça ! Tu m'entends, Julia ? Si tu poursuis ce projet insensé, tu peux faire une croix sur moi.

Elle relève son regard fou sur moi, et je sens quelque chose se briser dans ma poitrine.

— L'enfant du diable, voilà ce que vous allez créer...

Cette fois, c'en est trop, j'explose :

— Je sais que je suis une déception pour toi, maman, mais je vais faire ce que je trouve juste. Tu auras une chance d'être dans la vie de cet enfant, à toi de décider.

Je tourne les talons et quitte l'appartement.

Une fois de plus, ma mère m'a démontré à quel point je ne compte pas à ses yeux. D'un geste rageur, j'essuie les larmes qui roulent sur mes joues et quitte la clinique sans me retourner.

Chapitre Vingt-Sept

Étrangement, j'ai été soulagée de retrouver Loch Gorm après mon voyage en France. Ce château est ce qui se rapproche le plus d'un foyer pour moi. Même si j'ai bien conscience que ma présence ici n'est que de courte durée, je m'y sens bien.

— Tout va bien, mademoiselle Julia ?

Je relève la tête vers madame Lansbury qui vient de pénétrer dans la bibliothèque. Cette partie du château est officieusement considérée comme étant à moi, enfin, disons que j'en suis l'occupante temporaire.

— Vous pouvez m'appeler Julia, vous savez.

La gouvernante secoue la tête.

— Oh non, je ne pourrais pas.

Je décide de ne pas insister, ça fait déjà plusieurs fois que je lui demande de m'appeler par mon prénom, mais elle me répond toujours la même chose...

Madame Lansbury approche de moi :

— Avez-vous besoin d'aide pour vous préparer ?

J'ai rendez-vous avec le médecin dans quelques heures. Tout s'est accéléré depuis mon retour de France. Conor a pris les choses en mains, et je dois rencontrer mon obstétricienne, le docteur Hickson. C'est elle qui s'occupera de tout.

Je réponds à la gouvernante :

— Non, ça ira, merci. En fait, je suis déjà prête.

Madame Lansbury hoche la tête et s'apprête à partir, mais elle se ravise et se tourne vers moi :

— Vous devriez peut-être aller voir monsieur Conor.

Elle se tait et pince les lèvres, comme si elle en avait trop dit.

— Où est-il ?

— Dans son bureau.

Je me rends compte que je n'y suis encore jamais allée et je demande à la gouvernante de m'indiquer où il se trouve. Quelques minutes plus tard, je tape à la porte indiquée avant d'entrer dans la pièce.

Le décor est soigné, tout droit sorti d'un magazine de déco : d'énormes rayonnages occupent tout le fond de la pièce, devant se trouve un énorme bureau, deux canapés se font face et entourent un tapis qui semble moelleux à souhait.

Au milieu de tout ça, il y a Conor qui fait les cent pas et qui se fige quand il m'aperçoit.

— Tout va bien ? demande-t-il.

Il a l'air vraiment inquiet. Je prends mon courage à deux mains et approche de lui, même si quelque chose m'intimide en lui.

— Julia ?

— Oui, ça va.

Il se détend imperceptiblement. Je pose une main sur son bras. C'est un geste rassurant, et intime aussi, j'en ai bien conscience.

— C'est plutôt à toi qu'il faut poser la question, Conor. Qu'est-ce qui te met dans cet état ?

Il me dévisage un instant et j'ai la sensation qu'il cherche ses mots. J'essaie de l'aider :

— As-tu des doutes ? Nous ne sommes pas obligés d'y aller aujourd'hui…

J'ai conscience que les situations sont inversées, mais je suis sincère avec lui.

— Je sais que nous avons signé le contrat, mais si tu ne veux plus avoir cet enfant, je…

— Non, ce n'est pas ça, me coupe-t-il.

Mais il ne dit rien de plus.

— Tu as conscience que je ne sais pas lire dans tes pensées, Conor ?

Il a un petit sourire, et je me détends un peu.

— J'ai l'impression de te forcer la main, avoue-t-il enfin.

Je le dévisage tout en réfléchissant à la réponse à lui donner.

— On peut dire que tu es un homme déterminé et quand tu as une idée, il est difficile de te faire changer d'avis, mais tu ne m'as pas forcée, si c'est ce qui te travaille. J'ai pris ma décision en toute conscience.

Il hoche la tête.

— Je ne fais rien que je ne veux pas faire, ajouté-je.

Conor place sa main en coupe contre mon visage, son

regard plonge dans le mien et je lis toute la tendresse qu'il ressent pour moi.

À défaut de m'aimer…

Mon cœur se tord. Ce que je ne lui dis pas, c'est que je suis prête à porter son enfant parce que je suis amoureuse de lui et que je veux qu'il soit heureux, même si je ne ferai plus partie de sa vie par la suite… Je pourrais au moins me consoler en sachant que j'aurais fait quelque chose d'important pour lui…

Tandis que nous arrivons en ville, je reste plongée dans mes pensées. Je ne sais pas s'il existe de bonnes raisons de faire ce que je vais faire… Si je pensais que l'argent était une raison valable et suffisante, aujourd'hui je comprends que ce n'est qu'un aspect de la situation, et certainement pas le plus important. Non, ce qui passe au-dessus de tout à mes yeux, ce sont mes sentiments.

Des sentiments qui ne devraient pas exister, et pourtant…

Il parait qu'on ne contrôle pas notre cœur, qu'il a ses raisons et que l'amour est aveugle… Toutes les citations et les lieux communs qu'on peut entendre sur l'amour défilent dans ma tête, je ne suis pas une romantique, mais à cet instant, je sens le fond de vérité qu'il y a dans chacune de ces expressions. Et franchement, le romantisme, c'est mieux dans les livres et dans les films, parce que dans la vraie vie, ça craint !

— On y est, dit Conor en se tournant vers moi quand la voiture s'arrête dans le parking souterrain.

Je dévisage cet homme qui fait battre mon cœur alors même qu'il ne le faudrait pas. Comment est-ce arrivé ?

Pourquoi ? Cet amour n'aurait jamais dû exister. Si ma sœur était encore en vie, je serais toujours en train de jongler entre mes petits boulots et la fac.

C'est tellement bizarre quand j'y pense : la mort de Swann m'a ouvert les portes d'une vie que je n'aurais même pas imaginée possible pour moi.

Conor saisit ma main et me regarde dans les yeux :

— On peut tout arrêter quand tu le veux. Tu n'as qu'un seul mot à dire.

Je secoue la tête.

— Tout va bien, on peut y aller.

Le docteur Hikson est une femme d'une quarantaine d'années assez dynamique et d'un abord sympathique.

— Bonjour, Julia.

Elle m'accueille dans son cabinet, qui tient plus du bureau design que d'une salle d'auscultation. Conor est resté dans la salle d'attente.

— Mettez-vous à l'aise, je vous en prie.

À mon plus grand étonnement, elle désigne un canapé, et je me demande si elle a plusieurs cordes à son arc, comme la psychothérapie par exemple.

— Avant de vous examiner, j'aimerais que nous échangions si vous le voulez bien.

Elle m'adresse un grand sourire amical.

— Je vais vous poser quelques questions et vous expliquer en détail ce que nous allons faire ensemble dans les semaines et les mois à venir. Désirez-vous boire quelque chose ?

— Non merci, on peut commencer.

La praticienne hoche la tête et s'installe dans un fauteuil en face de moi. Munie d'un bloc-notes et d'un stylo, elle se tient prête à consigner la moindre des informations que je lui livrerai.

— Conor m'a informée que vous êtes la sœur de Swann.

— C'est exact.

Elle ne note rien, j'imagine qu'elle a déjà cette information dans son dossier.

— Il n'est pas inhabituel pour un couple de choisir une mère porteuse dans son entourage proche, commence-t-elle. Mais c'est une procédure exigeante tant sur le plan physique qu'émotionnel. C'est pourquoi je vous conseille d'être suivie par un psychiatre en parallèle.

Je hoche la tête, mais je ne suis pas certaine de suivre sa recommandation. Je décide de réfléchir à ce point plus tard. Le médecin continue :

— Vous avez certainement des questions.

De fait, j'en ai plusieurs :

— Quand allez-vous implanter les embryons ?

— Nous allons étudier vos cycles pour déterminer le moment le plus propice à la conception, et nous procéderons ensuite à l'insémination. D'ici quelques semaines, tout au plus.

— Combien d'embryons allez-vous implanter ?

— Tout dépend du choix des futurs parents et de l'accord passé entre vous. Mais dans tous les cas, il faudra en implanter au moins deux pour avoir de meilleures chances de succès.

Elle me donne encore quelques explications avant de m'ausculter.

Je me déshabille et le docteur Hikson se charge de l'examen. Elle me pose des questions sur mon cycle.

— Avez-vous déjà été enceinte ?

— Non.

— Pas d'avortement ni de fausse-couche ? demande-t-elle quand même.

— Non.

Elle termine par une prise de sang et me demande de me rhabiller avant de faire entrer Conor dans le bureau.

Il me dévisage, l'air grave, comme s'il redoutait que j'aie un problème.

— Tout va bien ? demande-t-il.

Je hoche la tête.

Nous nous asseyons et l'obstétricienne nous explique la suite du protocole, mais je ne l'écoute que d'une oreille distraite parce que je suis concentrée sur la main de Conor qui est posée sur la mienne... On pourrait presque croire que nous sommes un couple.

Je me ressaisis : il ne faut pas que j'aille sur cette voie. Elle est proscrite, sous peine d'y laisser ma santé mentale, en plus de mon cœur, même si je sais déjà qu'il se brisera en même temps que je quitterai les États-Unis après avoir mis au monde l'enfant de Conor.

Lorsque nous regagnons Loch Gorm, je m'isole dans ma chambre. J'ai besoin de faire le point parce que j'ai la sensation de me noyer sous le flot d'émotions contradictoires qui passent en moi. Je me suis engagée dans une voie, et même si je n'ai pas de regrets, je sais que je n'en ressortirai pas indemne. Malgré tout, la présence de Conor et son implication me touchent vraiment.

J'aimerais tellement que ce soit notre enfant à nous deux...

Je dois faire un effort pour calmer mon cœur qui s'emballe et me pousse à imaginer des choses qui n'existent pas... Conor s'assure juste que j'aille jusqu'au bout, voilà tout. Il a tellement envie d'être père, qu'il veut être là à chaque étape du processus.

Allongée sur le lit, je fixe le plafond, les mains croisées sur mon ventre, je me prends à imaginer cet enfant que je pourrai mettre au monde si tout se passe bien. Je l'imagine vivre ici avec son père, et un jour, sa future belle-mère. Car je ne doute pas que Conor refera sa vie. Tôt ou tard une femme lui mettra le grappin dessus, c'est évident.

J'espère simplement qu'elle sera une vraie mère pour l'enfant de Conor. Mais ce n'est pas de mon ressort, alors je ferais tout aussi bien de ne plus y penser.

Chapitre Vingt-Huit

Le lendemain, je retrouve Conor dans la salle à manger pour le petit déjeuner. Comme d'habitude, il est déjà assis et il lit son journal. Il le replie quand je m'installe.

Je lui lance un regard en biais tout en prenant une gorgée de café.

— Es-tu libre ce soir ? demande-t-il.

Je me fige, surprise par sa question. Je retrouve vite mes esprits et repose ma tasse avant de lui répondre :

— Tu sais très bien que oui.

Il a un petit sourire en coin.

— Parfait, si ça te tente, j'ai une surprise pour toi.

Il n'en dit pas plus, et prend un air mystérieux, ce qui n'est pas difficile pour lui étant donné qu'il me parait toujours ténébreux et difficile à suivre.

— Je n'aime pas les surprises...

— Mais tu peux faire une exception pour moi, Julia ? Je te promets que tu ne le regretteras pas.

Il accompagne ses mots d'un petit sourire qui me fait fondre et qui fait battre mon cœur plus vite.

Comme je ne réponds pas, il insiste :

— Veux-tu bien m'accompagner ce soir ?

Je laisse passer un petit silence. Je prends plaisir à le faire attendre un peu, puis je finis par lâcher :

— D'accord.

Le sourire qui étire ses lèvres me donne envie de les dévorer, ou de les sentir sur mon corps, peut-être les deux, alors je détourne les yeux.

Nous n'avons couché ensemble que deux fois, mais mon corps s'en souvient et j'ai la sensation d'être encore plus attirée par Conor maintenant que je sais ce que ça fait de le sentir en moi.

En réaction à cette pensée, mon ventre envoie des pulsations dans tout mon corps et je serre les jambes pour atténuer mon désir. Mais c'est peine perdue, tout ce que je réussis à faire, c'est accroitre le besoin de Conor.

J'ai chaud tout à coup... Et je me rends compte que je nage en plein délire ! Conor ne m'a même pas fait d'avances que je suis déjà excitée !

— Tout va bien, Julia ?

Je tourne la tête vers lui, sans même essayer de masquer le désir qu'il m'inspire. Je suis certaine que le message passe cinq sur cinq car une lueur familière traverse son visage.

— Je vois, souffle-t-il.

Et je sais qu'il sait... Je lèche ma lèvre inférieure avant

de la mordre, c'est purement instinctif, mais Conor n'en perd pas une miette.

Il se rencogne dans son siège, sans me quitter des yeux. Je lis le même désir sur son visage, c'est une envie insensée, animale, que je n'arrive pas à endiguer, mais qu'il semble maitriser. Je suis contente qu'il ne fasse rien pour venir vers moi car, à cet instant, je serais incapable de lui résister.

Je ne sais pas ce qui me pousse à dire ces mots, mais je m'entends dire le fond de ma pensée :

— Tu sais que ça sera pire pendant la grossesse ? demandé-je.

Son regard dérive vers ma bouche avant de remonter vers mes yeux.

— Tu veux qu'on ajoute une clause dans le contrat à cet effet ?

Sa question me prend totalement au dépourvu, et je reste bouche bée. Qu'entend-il par là au juste ?

— Je pourrais m'engager à satisfaire toutes tes envies...

Je déglutis. Conor est en train de s'offrir à moi sur un plateau, si on peut dire.

Je secoue la tête pour reprendre mes esprits :

— Ce ne sera pas nécessaire.

Ma voix manque désespérément de conviction, mais tant pis. De toute façon, il n'y a aucun doute sur la nature de mes envies.

— Ah non ? Tu as déjà une idée sur la manière de les satisfaire ?

Je hausse les épaules, et réponds d'un ton que j'espère désinvolte :

— Il existe une large panoplie d'accessoires exprès pour ça.

Conor pousse un petit grognement qui n'est pas sans me rappeler les sons que je lui volais quand nous faisions l'amour, et il n'en faut pas plus pour provoquer une décharge dans mes cuisses.

— Je pourrais t'en acheter, suggère-t-il.

Je me complais dans ce jeu du chat et de la souris, je m'en délecte, mais je me déculpabilise en me disant qu'il est bien plus innocent que ce que nous avons déjà fait.

— Nous ne devrions pas faire ça, Conor...

— Pas faire quoi ? Parler de tes sextoys ?

Je secoue la tête :

— Tu sais très bien de quoi je parle.

— Il ne fallait pas commencer, Julia. Tu ne peux pas me dire ce genre de choses et attendre de moi que je reste de marbre.

— Pourtant tu sembles très bien te contenir, fais-je en le regardant de bas en haut.

De ce fait, je ne peux pas ignorer la bosse que forme son pantalon, et je détourne les yeux.

Merde ! Pourquoi je persiste à jouer avec le feu ? Rien de bon ne pourra sortir de tout ça !

— Mais rien ne garantit que j'y arriverai encore longtemps si tu persistes à me regarder comme tu le fais.

Je coule un regard dans sa direction, et sens mes joues s'enflammer : Conor ne fait aucun effort pour masquer son désir. Je peux lire sur son visage qu'il en a autant envie que moi.

Je ferme les yeux, serrant fort les paupières pour essayer de chasser cette image.

— Tu m'as bien fait comprendre que nous ne devions plus nous toucher, reprend-il, mais il y a d'autres choses que nous pouvons faire...

Je rouvre les yeux pour les braquer sur Conor, sur cet homme tentateur en diable.

— Pourquoi persistes-tu à me faire des propositions indécentes ? imploré-je d'une voix un peu rauque.

— Parce que tu me les inspires.

Il répond franchement, et cet échange tourne à la masturbation verbale pure et simple. À ce stade, je me demande si je ne pourrais pas jouir juste en écoutant ses phrases lubriques. Et le pire dans tout ça, c'est que cette idée me plait !

— Je crois qu'on fait ressortir le pire chez l'autre, soufflé-je.

— Je ne suis pas d'accord avec toi.

Il ne dit rien de plus et je reporte mon attention sur lui.

— Je crois qu'on s'accorde parfaitement et qu'on a une alchimie particulière, toi et moi, Julia.

Je déglutis avant de répondre :

— Qu'est-ce que ça peut faire ? On a un contrat, et c'est ce qu'il faut garder en tête.

— Je ne sais pas combien de partenaires tu as eu, mais je peux te garantir que ce genre de connexion est rare.

Je hausse les épaules sans rien dire, tout simplement parce que je ne peux pas le contredire. De tous les amants que j'ai eus, et il n'y en a pas eu tant que ça, c'est vrai, Conor est le plus… doué. Et c'est aussi le seul avec lequel j'ai expérimenté une telle complicité sur le plan physique. J'en suis même venue à penser que nos corps étaient faits l'un pour l'autre.

C'est ça, oui, tu es vraiment prête à tous les subterfuges pour profiter de la situation !

L'idée me percute de plein fouet : je suis en train de profiter d'un moment de faiblesse de Conor. Il vient de perdre sa femme et il est vulnérable, même s'il n'en a peut-être pas conscience. Et moi je suis là à profiter de son état…

Je repose ma serviette sur la table et décide de mettre un terme à ce jeu érotique.

— Il faut qu'on arrête de faire ça, Conor. Et ça s'arrête maintenant. Je suis désolée de t'avoir allumé. Je n'aurais pas dû… te montrer que j'avais envie de toi.

Une drôle d'expression passe sur le visage de Conor, mais j'enfonce le clou :

— Ce que nous avons partagé ne se reproduira plus. Il faut s'en tenir aux termes de notre engagement. Point final.

Je me lève et me dirige vers la porte, mais Conor n'en a pas terminé avec moi :

— Tu as conscience que, quand tu seras enceinte, je serai en toi pendant neuf mois ?

Je quitte la salle à manger, les mains tremblantes et le cœur battant beaucoup trop vite. Je grimpe les escaliers à toute allure, mais au lieu d'aller dans ma chambre, je me réfugie dans la bibliothèque en espérant y trouver un peu de paix.

La journée passe lentement et quand le moment de retrouver Conor arrive, je n'ai toujours pas réussi à me débarrasser de ce désir qui électrise mon corps. Je ne sais pas comment je vais arriver à résister une soirée entière...

Contre toute attente, la tâche s'avère plus simple que prévu : sitôt que la berline se range devant une énorme demeure de style victorien, une femme d'âge mûr vient nous accueillir. Elle dépose un baiser sur la joue de Conor et s'approprie son bras comme s'il était sa possession. Je la déteste tout de suite.

— Bonsoir, très cher. Ravie de vous compter parmi nous ce soir.

Sous mes yeux, Conor se penche pour déposer un baiser sur la joue de cette inconnue. Ils semblent particulièrement bien se connaitre, et je n'ai même pas envie de savoir quelle est la nature de leur relation.

Il fait les présentations :

— Linda, je te présente Julia, ma belle-sœur.

L'attention de ladite Linda se porte sur moi. Je dois reconnaitre qu'elle a de l'allure et qu'il n'y a rien de vulgaire chez elle, c'est juste cette manière qu'elle a de toucher Conor qui m'insupporte.

— Bonsoir, Julia. Bienvenue chez moi. Vous êtes ici comme chez vous.

Je réponds du bout des lèvres :

— Bonsoir, merci de m'accueillir.

Puis nous entrons. Aussitôt mon attention est attirée par un magnifique sceptre en or, ou du moins en métal doré, qui est exposé dans une vitrine du hall d'entrée.

J'approche de l'objet, totalement sous le choc de retrouver ce genre d'artefact chez un particulier : il s'agit d'un attribut de pharaon, un sceptre héqa. Reconnaissable à sa forme particulière ainsi qu'à ses rayures bleues et or, il fait partie des attributs des pharaons.

Je n'arrive pas à détacher mes yeux de l'objet qui semble en parfait état de conservation.

— Il est magnifique, n'est-ce pas ? demande Linda.

Je ne tourne même pas la tête pour répondre à mon hôtesse :

— Il est parfait… On dirait un vrai.

Le petit rire de gorge de Linda me pousse à la regarder.

— Ça, très chère, c'est parce qu'il est plus vrai que vrai. Il a appartenu à Amenemhat II.

Je crois que mon expression parle d'elle-même car Linda me tapote le bras.

— Ce n'est qu'un artefact parmi tant d'autres dans la collection de mon époux. Suivez-moi.

Linda me conduit dans une salle de réception, et je constate qu'il y a beaucoup d'autres invités qui déambulent pour admirer d'autres reliques présentées sous des vitrines transparentes identiques à celle de l'entrée.

— J'ai pensé que tu apprécierais de voir tous ces objets, me glisse Conor quand il arrive à ma hauteur, une flutete de champagne à la main.

Pour un peu, j'en oublierais les règles édictées par le docteur Hikson et j'en boirais bien une ou deux. Mais je me contiens.

— Conor, mon cher, venez avec moi, il y a quelqu'un qui voudrait s'entretenir avec vous, intervient Linda.

Il m'adresse un petit regard avant de suivre notre hôtesse, me laissant seule. Mais ce n'est pas plus mal, parce que je crois qu'à cet instant je pourrais lui faire une scène.

Je suis en train d'étudier une autre relique quand une main se pose dans mon dos.

— Bonsoir, Julia.

Je tourne la tête vers Marcus qui vient de me rejoindre.

— Salut. Je ne savais pas que tu serais présent toi aussi.

Il hausse les épaules :

— En général, je ne suis jamais loin de Conor.

Il y a une drôle de mélancolie dans sa voix, ou bien est-ce un effet de mon imagination ? Je ne sais pas, toujours est-il que pendant les minutes qui suivent, Marcus se révèle être un compagnon amusant et attentionné.

Il me lance un drôle de regard quand je refuse une flute de champagne pour la deuxième fois, mais il ne fait pas de remarque.

— Je suis un peu fatiguée et je ne tiens pas bien l'alcool, je préfère éviter de me faire remarquer, dis-je en guise d'excuse.

— C'est là que tu te caches !

Nous nous tournons vers Conor qui vient de nous rejoindre. Il m'adresse un petit sourire qui s'évanouit quand je lui lance un regard noir.

Il fronce les sourcils.

— Tu nous excuses, Marcus, je dois parler à Julia en privé.

Conor n'attend même pas la réponse de son associé, il saisit mon bras et m'entraine à sa suite.

Chapitre Vingt-Neuf

Conor finit par ouvrir une porte et nous fait entrer dans une pièce avant de refermer derrière nous.

— Qu'est-ce qui se passe, Julia ?

— Qu'est-ce qui se passe ? m'indigné-je.

J'ai du mal à contenir ma colère…

Une expression perdue passe sur le visage de Conor.

— Tu n'en as aucune idée, pas vrai ? demandé-je.

Il secoue la tête, incrédule.

— Pourquoi m'as-tu amenée ici ce soir ? insisté-je.

— Étant donné que tu étudies l'archéologie, j'ai pensé que…

Je le coupe :

— Que j'apprécierais la collection privée d'un particulier sans doute acquise dans des conditions douteuses ?

Conor ne répond pas, sa mâchoire est serrée.

— C'est exactement ce genre d'attitude que je déteste chez les gens… comme toi.

— Comme moi ? relève-t-il.

Conor place ses mains dans ses poches, son visage est un masque froid, et tant mieux ! Ça m'aide à lui dire le fond de ma pensée :

— Oui, comme toi ! Les gens qui ont des privilèges que les autres n'ont pas et qui considèrent que tout leur est dû ! Tes amis ont probablement acquis ces artefacts sur le marché noir. Tout ce que nous avons vu ce soir a sa place dans un musée, Conor !

Il se tient bien droit, attendant que j'en aie terminé. Je me tais et croise les bras sur ma poitrine.

— Tu es prompte à juger les autres, Julia. As-tu seulement pensé que ces objets aient pu être empruntés à un musée ?

J'en reste bouche bée. L'idée ne m'avait même pas effleuré l'esprit.

Conor sort les mains de ses poches et s'approche de moi. Je n'ose pas relever la tête. Sur ce coup, je me sens un peu honteuse… Il s'arrête et se penche vers moi :

— La prochaine fois que tu voudras qu'on se dispute, fais au moins l'effort de bien choisir ton sujet.

Du bout des doigts, il relève mon visage. Nos regards se soudent et je déglutis difficilement. Ma peau fourmille… Le souffle de Conor frôle mes lèvres qui s'entrouvrent en réponse. Conor se penche un peu plus, et déjà je ferme les yeux, prête à accueillir ce baiser que je meurs d'envie de recevoir. Mais rien ne vient, alors je rouvre les yeux.

Les lèvres de Conor se tordent en un petit sourire arrogant.

— Tu es magnifique quand tu es en colère, Julia… presque autant que quand tu jouis.

Ma peau se couvre de frissons. Sur ces mots, il me plante là. Je regarde sa haute silhouette quitter la pièce, et je reprends mon souffle. Mon cœur bat fort, mon ventre est à l'agonie, et je crois que je me suis couverte de ridicule.

Je prends le temps de redescendre en pression avant de regagner la salle principale, mais je ne vois Conor nulle part.

Je me résous à rejoindre Marcus qui est la seule personne que je connaisse parmi les invités, mais sa compagnie, aussi agréable soit-elle, n'est pas aussi exaltante que celle de Conor.

— Que penses-tu de l'expo ? demande Marcus.

— C'est très intéressant, réponds-je laconiquement.

Mon compagnon me lance un regard amusé.

— À ce point ?

Je fronce les sourcils.

— Que t'a fait Conor pour te contrarier ? précise-t-il.

— Rien…

— Pardon, mais tu ne sembles pas très convaincue.

Je regarde avec envie les coupes de champagne sur le plateau de la serveuse qui passe devant nous. Si seulement je pouvais en boire rien qu'une seule… Je me ressaisis, je ne veux pas être responsable d'une fausse couche ou d'un problème quelconque dans la procédure d'insémination. Je ne me pardonnerais pas de gaspiller les ovocytes de Swann.

Ce n'est pas comme si le docteur Hikson pouvait en prélever d'autres…

Ma gorge se serre.

— Je ne sais pas ce qu'il se passe entre vous deux, mais tu n'es pas obligée de subir sans rien dire, Julia. Et si tu as besoin d'une oreille amicale, je suis là.

Marcus me dévisage, pour une fois, il a un air grave. Son sourire légendaire s'est effacé, et je peux lire sa sollicitude.

Je ne serais pas contre l'idée d'avoir un ami, ou au moins un confident, à Loch Gorm…

— Je… C'est compliqué, avoué-je.

— Je pratique Conor depuis des années, alors crois-moi, le compliqué ça me connait.

Je réfléchis un instant en essayant de trouver la bonne manière d'aborder ce sujet délicat, mais rien ne vient. Quel que soit l'angle d'attaque, cela reste une affaire privée.

— Conor et moi…

— Allions partir, complète Conor qui nous rejoint à cet instant.

Je crois déceler une lueur de déception sur le visage de Marcus, mais je n'ai pas le temps de m'en assurer car Conor a saisi mon bras et m'entraine en direction de la sortie.

— Tu ne dis pas au revoir à ton *amie* ? lancé-je d'un ton un peu acide.

Conor ne me relâche que lorsque nous atteignons le perron.

— Je peux savoir ce qu'il te prend, Julia ? tonne-t-il.

Je rentre un peu la tête dans mes épaules. C'est vrai que je suis d'une humeur de chien ce soir. Sans doute la faute à la frustration qui s'accumule… Mais Conor n'y est pour rien si mon corps persiste à le désirer au point d'en avoir mal au ventre !

Je détourne la tête, incapable de soutenir son regard.

— J'ai du mal à te suivre, dit-il.

— C'est toi qui dis ça ?

Je relève le menton, les poings serrés :

— Arrête de jouer avec moi, Conor. Et tout ira beaucoup mieux.

Il a placé ses mains dans ses poches et il m'observe sans rien dire. De mon côté, j'ai du mal à rassembler mes pensées, et je préfère me murer dans le silence.

— Je n'ai jamais voulu jouer avec toi, répond-il après un instant. Désolé de t'avoir donné l'impression du contraire.

J'ai envie de lui parler des deux nuits que nous avons passées ensemble, si ça n'était pas du jeu, alors qu'est-ce que c'était ? Mais je garde le silence parce que je ne suis pas prête à entendre sa réponse. J'ai un pincement dans la poitrine.

— Linda est une amie de longue date, ajoute-t-il.

— Ça ne me regarde pas.

Je suis de mauvaise foi parce que je mourrais d'envie de savoir ce qu'il y avait entre eux.

— Et, pour info, je n'ai jamais trompé Swann. Jamais.

— Coucher n'est pas tromper ? relevé-je avec ironie.

Conor fronce les sourcils tout en me dévisageant.

— Ma femme est morte, Julia, donc non, coucher avec toi n'était pas la tromper. Si c'est ce que tu veux dire.

Je me sens mal de l'avoir accusé de tromper ma sœur, mais je ne peux pas changer ce que je ressens... Une part de moi a toujours pensé que nous faisions quelque chose de mal.

— Mais c'était…

Je n'arrive pas à prononcer les mots à voix haute, la culpabilité m'étreint.

— Bon ? Inattendu ? C'était quoi, Julia ? Dis-moi.

J'évite de le regarder dans les yeux, parce que ma raison me dit qu'on a franchi une ligne fine qui s'appelle la morale, et qu'il n'y a plus de retour en arrière possible.

Il fait un pas vers moi, et c'en est trop. Je place une main sur son torse pour l'empêcher d'avancer plus.

— C'était immoral.

Le silence s'étire entre nous, et je finis par relever les yeux vers Conor. Son regard est intense. Pour changer…

— Je me fiche de ce que les gens disent ou pensent, répond-il finalement.

— Ce n'est pas le jugement des autres qui me pose problème… Je veux être capable de me regarder dans un miroir, Conor. Je ne veux pas vivre dans la culpabilité. Je ne peux pas coucher avec toi comme si ça ne signifiait rien à mes yeux.

Une lueur passe sur son visage, et pour la millième fois en quelques semaines, je voudrais être dans sa tête pour comprendre ses pensées…

— On pourrait juste explorer cette connexion qu'il y a entre nous, Julia.

— Ce n'est pas aussi simple…

— Ça peut être aussi simple que ça, si tu le choisis.

Je secoue la tête. Au fond de moi, je suis très claire avec mes raisons : si je refuse d'avoir une simple liaison avec Conor, c'est parce que je suis tombée amoureuse de lui et que je ne veux pas compliquer les choses. Je sais que je ne serai pas capable de dissocier sexe et sentiments, pas besoin d'essayer et de me bruler les ailes.

Il pose les mains sur mes épaules, et je m'en veux d'aimer ce simple contact.

J'ai besoin de faire appel à toute ma force pour résister à sa nouvelle proposition. Décidément, il a l'art de les formuler !

— Tu es, et resteras, le mari de Swann, assené-je. C'est suffisant pour interdire quoi que ce soit entre nous.

J'ai l'impression de mettre un point final à cette discussion, mais de toute évidence, Conor n'est pas de cet avis car il continue :

— Swann n'est plus là.

— Physiquement, peut-être, mais elle est ma sœur, et tu ne peux pas dire que tu ne l'aimes plus, donc d'une certaine manière, elle est toujours là.

Je le dévisage, le cœur battant, une minuscule part en moi espère entendre des mots qui pourraient permettre cette relation insensée, mais Conor ne les dit pas.

— Ce que nous avons fait ne doit plus se reproduire, conclus-je.

Je fais un pas en arrière pour me soustraire à ses mains que je meurs d'envie de sentir partout sur moi.

— Il est un peu tard pour avoir un cas de conscience, tu ne crois pas ?

Il fait un pas vers moi, réduisant à néant mon effort pour mettre de la distance entre nous. Il se penche vers moi et repousse une mèche de mes cheveux derrière mon oreille.

— Je t'ai goutée, Julia, je sais ce que ça fait de te posséder...

Je ferme les yeux, la gorge nouée et le ventre en feu.

— Nous avons déjà franchi les limites. Pourquoi se priver de bons moments sous prétexte que ça ne plairait pas aux bien-pensants ? Je refuse de laisser d'autres personnes décider pour nous.

Nous...

Quatre lettres pour un petit mot si lourd de sens...

Je secoue la tête.

— Il n'y a pas de nous, Conor.

Mais il ne tient pas compte de ma réponse et continue :

— C'est quoi le délai moral raisonnable pour faire son deuil ? Hein, Julia ? Toi qui sembles avoir toutes les réponses, tu en dis quoi ? Quel est le temps d'attente pour ressentir un minimum de joie et pour grappiller quelques instants d'oubli ?

Je mords ma lèvre, les larmes aux yeux. Je n'ai pas les réponses qu'il attend.

— Je n'ai pas de leçon à te donner, Conor. Tout ce que je peux faire, c'est agir selon mes valeurs...

— Et que te disaient tes valeurs quand nous faisions l'amour ?

Ma respiration se bloque dans ma gorge, mais j'arrive quand même à répondre :

— Elles s'étaient faites la malle ! Et c'est bien le problème ! Quand je suis avec toi, j'oublie tout !

Je parle fort, n'importe quelle personne passant à proximité pourrait m'entendre, mais je n'en ai plus rien à faire. Au point où j'en suis, je peux livrer le fond de ma pensée à Conor.

— Tu me fais perdre le nord, et tout va bien tant que nous sommes ensemble, mais dès que je suis seule, je commence à douter…

Ma voix se bloque dans ma gorge.

Conor regarde autour de nous avant de passer une main dans ses cheveux.

— Tu me rends fou, Julia.

Je ne sais pas si c'est quelque chose de positif quand il le dit de cette manière…

Je résiste à l'envie de me blottir contre lui, car la tentation est grande de lui demander de me faire tout oublier.

Quand il reporte son attention sur moi, Conor a retrouvé son self control. J'aimerais pouvoir en faire autant, mais ma respiration est saccadée, mon cœur bat la chamade et j'ai l'impression qu'il fait super chaud ce soir.

— Si je résume : tu acceptes de porter mon enfant, mais nous ne devons plus coucher ensemble ?

Je hoche la tête pour répondre par l'affirmative. Conor me dévisage, l'air grave :

— Et si je refuse ?

Chapitre Trente

La question de Conor tourne en boucle dans ma tête pendant tout le trajet du retour. Nous n'échangeons plus un seul mot, mais même sa présence à côté de moi sur la banquette arrière est un supplice.

Lorsque nous regagnons Loch Gorm, je m'enfuis dans ma chambre. J'ai besoin de retrouver un semblant de normalité, et Conor ne m'y aide pas du tout.

Pourquoi me fait-il toujours autant d'effets ? Ce n'est pas seulement physique, tout me plait chez lui, même son côté ténébreux et difficile à suivre.

Je suis tombée amoureuse du seul homme qu'il ne fallait pas !

Je pousse un soupir en m'asseyant près de la fenêtre. Je n'ai pas allumé la lumière dans ma chambre, et je regarde le paysage illuminé par la pâle clarté des rayons de lune.

La forêt me semble si paisible... J'ouvre la fenêtre pour

laisser l'air frais entrer dans la pièce. Je respire à pleins poumons les effluves que dégagent les conifères. La vallée des Géants de la Forêt est toute proche, on y trouve les plus grands spécimens d'arbres au monde.

Si seulement je pouvais me changer en créature surnaturelle, tous mes problèmes seraient réglés... Je soupire. Décidément, je crois que mon imaginaire m'emporte toujours trop loin. Sans doute s'agit-il d'un effet secondaire de mes études en archéologie...

Je repense à ce semestre que je vais manquer à la fac. Je suis déterminée à suivre un maximum de classes à distance, même si ce ne sera pas suffisant pour valider mes crédits universitaires.

Pour donner cet enfant à Conor, je repousse mes propres projets personnels. Certes, il y a un gros enjeu financier pour moi, il n'en reste pas moins que je vais devoir passer l'année qui vient à Loch Gorm et je me demande comment je vais faire pour ne pas devenir folle.

La présence de Conor a tendance à me taper sur le système, voire à me rendre complètement dingue. Je soupire avant de refermer la fenêtre et aller me coucher.

Chaque chose en son temps. Je trouverai forcément une manière de gérer ma frustration.

~

— Salut la compagnie !

La voix de Marcus me fait sursauter. Il vient de surgir dans la bibliothèque comme s'il était chez lui.

D'ailleurs, j'en viens à penser qu'il passe plus de temps ici qu'à leur bureau en ville. Marcus m'avait expliqué que Conor préfère travailler ici, à Loch Gorm, plutôt que d'aller à Seattle.

— Bonjour, Marcus.

Le jeune homme entre et prend un siège en face de moi à la grande table où je suis installée. Plusieurs ouvrages de référence sont ouverts. J'ai rapporté de mon voyage en France tout ce dont j'avais besoin.

L'associé de Conor jette un coup d'œil à l'ouvrage qui se trouve le plus près de lui avant de lancer :

— Tu sais qu'il y a une théorie qui suggère que les pyramides ont été construites bien avant notre ère par une civilisation plus avancée technologiquement parlant ?

Je hausse les épaules :

— Oui, elle s'oppose à une autre théorie qui dit que les pyramides dateraient d'après les pharaons et seraient donc plus récentes que ce que l'on croit…

Marcus m'adresse un large sourire.

— Il y a au moins un point commun entre les deux.

Je fronce les sourcils et il précise :

— Le constat que l'outillage utilisé ne peut pas être celui qui est représenté dans les livres d'histoire.

Il tapote une illustration sur la page du livre qui représente un ouvrier vêtu d'un simple pagne et muni d'un marteau et d'un burin.

Je ne le lui dis pas, mais j'ai moi-même quelques réserves sur la version officielle transmise sur les bancs de l'université…

— En tout cas, ce doit être passionnant de travailler sur

des sites de fouilles. As-tu envisagé de le faire ? me demande-t-il.

— Je mentirais si je disais que non, le problème c'est que je n'ai jamais eu les moyens de le faire.

— Tu pourrais demander de l'aide à Conor, suggère Marcus.

Je secoue la tête, gênée. De toute évidence, Marcus ne sait rien de l'accord qui nous lie, Conor et moi, et je n'ai pas l'intention de lui en parler.

— Je suis sûr qu'il le ferait avec plaisir, insiste-t-il.

Mon cerveau tourne à toute allure pour trouver une répartie, mais Marcus continue sur sa lancée :

— Tu sais, si l'argent est un problème, je pourrais t'aider moi aussi. Après tout, je donne chaque année des sommes conséquentes à des œuvres de charité… Je préfèrerais autant en faire profiter une amie.

Je fronce les sourcils, pas vraiment enchantée d'être considérée comme un cas de charité, mais je préfère considérer sa proposition comme une maladresse qui part d'un bon sentiment.

— C'est gentil de le proposer, Marcus.

Ma voix manque de chaleur, je ne sais pas s'il s'en rend compte.

— Je sais qu'il y a des fouilles en Amérique Latine, je peux me renseigner sur les programmes si ça te tente ? propose-t-il.

Je ne sais pas quoi lui répondre. Dans quelques semaines, si tout se passe bien, je serai enceinte, et je doute que Conor soit enchanté de me laisser partir à l'autre bout du continent. D'ailleurs, mon contrat avec lui me l'interdit pendant toute la durée de la grossesse...

— Je m'en occuperai, ne t'inquiète pas pour moi.

— Oh, je ne m'inquiète pas pour toi, Julia. Je suis certain que tu sais très bien ce que tu fais.

Il a une drôle d'expression sur le visage, et je me demande ce qui lui arrive. Il se ressaisit très vite et ajoute :

— Tu es une jeune femme remarquable, intelligente et brillante. Je ne m'en fais pas pour toi.

J'imagine que je devrais me sentir flattée, mais il y a quelque chose dans sa phrase qui me met mal à l'aise. Je n'arrive pas à mettre le doigt dessus...

En réponse, je me contente d'un hochement de tête.

Marcus se relève et m'adresse un de ses fameux sourires :

— Bien, j'arrête de te distraire, je suis sûr que tu as beaucoup de travail.

Il quitte la bibliothèque et je reste pensive un instant. Que ferais-je en ce moment si je n'avais pas accepté d'être mère porteuse pour Conor ?

La réponse est évidente : je serais sans doute en train de planifier un semestre d'études en Angleterre ! La fac nous permet de faire ce genre d'échange universitaire. Cela a toujours été hors de portée pour moi, mais l'argent que j'ai déjà gagné serait suffisant à couvrir de telles dépenses.

Allez, Julia, tu remplis ta mission avec Conor et tu retrouveras ta vie après !

Une vie plus excitante et moins stressante grâce à la somme que j'empocherai... Je devrais me réjouir de cette perspective parce que je pourrai suivre mes rêves, pourtant je ne ressens pas la joie qui devrait m'habiter à cet instant.

L'argent n'est pas une fin en soi, ce n'est même pas ce qui me motive à porter ce bébé. Tant mieux, ça prouve que je ne suis pas vénale, mais ce qui m'inquiète, c'est plutôt mon incapacité à me projeter après l'accouchement…

Le retour à ma vie « normale » me semble très flou. Comment se sent-on après avoir donné la vie ? Il me parait plutôt difficile de faire comme si de rien n'était…

Mon regard se pose sur les livres ouverts devant moi. Mon rêve le plus secret est de faire une découverte archéologique majeure et de publier des articles à ce sujet, pourquoi pas faire des conférences à travers le monde dans différentes universités ?

C'est à cet instant qu'une phrase de ma sœur me revient en tête : rêver fort pour ne jamais rien regretter. Est-ce qu'elle l'a fait ? A-t-elle rêvé aussi fort ? Est-ce qu'elle était heureuse ici ? La peinture était-elle une voie d'épanouissement ?

Mue par la curiosité, je décide d'aller poser des questions à Conor. Il me semble être le mieux placé pour répondre à mes interrogations.

Je le trouve installé à sa table à dessin dans son bureau. Il ne m'a pas entendue frapper à la porte, et je ne signale pas tout de suite ma présence. J'observe son profil concentré : il tient un crayon gris entre les dents et ses mains parcourent la large feuille sur laquelle il dessine. Ses gestes sont assurés et je suis comme hypnotisée par ses doigts agiles qui tracent des volumes sur la page.

Soudain, il tourne la tête vers moi. Il ne dit rien et se contente de m'observer. Je bafouille :

— Désolée, je ne voulais pas te déranger. C'est juste que...

Conor repose ses crayons et se lève d'un mouvement souple. Il ne me quitte pas des yeux, j'ai l'impression de voir un fauve qui contemple sa proie avant de lui sauter dessus.

Quand il est assez proche de moi, il saisit ma main et me guide jusqu'au fauteuil le plus proche. Je comprends sans qu'il le dise que je dois m'assoir.

Il y a comme une urgence dans ses gestes quand il retourne à son bureau pour prendre un grand carnet et un crayon. Puis il tire sa chaise et s'installe face à moi. Ses doigts s'agitent au-dessus du papier à dessin, ses yeux font des allers-retours entre le croquis et moi.

Je sens que je rougis, mais Conor est complètement perdu dans son élan créatif, alors je garde ma position. Je me concentre sur ses mains et ses doigts qui parfois caressent la surface blanche pour étirer la matière sur la feuille.

Conor me prend pour modèle, sans même me demander mon avis, mais de toute façon, aurais-je eu le courage, ou l'envie, de le lui refuser ? Tandis qu'il crayonne, je ne peux pas faire autrement que laisser mon imagination partir à la dérive...

Dans ma tête, ce n'est pas le papier à dessin que Conor touche, mais ma peau qu'il caresse. Des vagues de frissons parcourent mon corps, c'est probablement ridicule, et mièvre, et tout un tas d'autres choses aussi. Mais tout ça se passe dans ma tête, et jusqu'à preuve du contraire, j'ai encore le droit d'imaginer ce que je veux.

Et à cet instant, ce que je veux, c'est croire que Conor me fait l'amour par dessin interposé, parce qu'il nous est interdit de nous toucher ou de nous embrasser, tout comme il est exclu qu'il reprenne possession de moi comme il l'a fait par le passé... Alors je m'autorise à fantasmer.

Quand ses doigts frôlent le papier, je peux presque les sentir glisser sur mon cou, poursuivre leur chemin vers mon décolleté puis l'arrondi de mes seins. Ma respiration s'accélère. Dans mon esprit, les mains de Conor saisissent mes hanches, les flattent avant de glisser entre mes cuisses. Puis ses doigts mènent la danse m'offrant un vertige extatique qui m'entraine loin de ce fauteuil...

Je serre les cuisses pour assouvir cette pulsion sensuelle, mais il m'en faudrait tellement plus pour y parvenir. Je me rends compte que, perdue dans mon fantasme, j'ai fermé les yeux et quand je les rouvre, je découvre que Conor a arrêté de dessiner. Toute son attention est focalisée sur moi.

— Continue, Julia.

Sa voix est rauque, chaude et sexy, elle roule sur ma peau pour y créer une volée de frissons. Je secoue la tête et me relève d'un mouvement rapide, interrompant le moment.

Si je continue comme ça, je sais que je ne pourrai pas garder le contrôle, alors je marche en direction de la fenêtre la plus proche. Je résiste tout juste à l'envie de l'ouvrir pour laisser l'air frais tempérer mes ardeurs. Je me contente d'observer l'arrière de la propriété.

Et soudain, je me rappelle pourquoi j'étais venue voir Conor : j'avais des questions au sujet de ma sœur.

Je me retourne et découvre que mon beau-frère est retourné à son bureau. Le carnet sur lequel il dessinait a disparu. Aurais-je rêvé ? Non, quand même, je n'en suis pas là !

J'approche de sa table de travail, en veillant à rester de l'autre côté, assez loin pour ne pas être tentée de faire quelque chose de stupide, comme le toucher par exemple.

— Est-ce que tu as fait le portrait de Swann aussi ? demandé-je.

Conor relève la tête vers moi, il a un air pensif.

— Swann était une artiste, commence-t-il. Ce genre de personnes qui a des envies, des lubies et des idées bien arrêtées sur à peu près tous les sujets.

Je bois ses mots, avide d'en apprendre plus sur ma sœur. Je ne sais pas pourquoi j'ai attendu si longtemps pour lui demander comment était Swann... Sans doute parce que j'ai été trop distraite par Conor et ses propositions indécentes.

Il continue :

— Elle a toujours refusé que je la dessine, elle disait qu'elle ne voulait pas qu'on fige une image d'elle. D'ailleurs, elle détestait les photos... Pour notre mariage...

Un éclair de douleur traverse son visage et je m'en veux d'avoir abordé le sujet. Conor est toujours très amoureux de ma sœur, quoi qu'il puisse me proposer sur le plan sexuel, son cœur appartient à Swann.

Il déglutit avant de continuer :

— Pour notre mariage, elle a refusé qu'on nous prenne en photo.

Je ressens de la compassion pour lui. Il a perdu Swann et il n'a même pas de souvenir de ce jour si spécial dans sa vie de couple...

— Je suis désolée, Conor. Je n'aurais pas dû te poser la question.

Il secoue la tête.

— Tu n'as pas de raison d'être désolée. Tu peux me demander ce que tu veux, Julia.

Chapitre Trente-Et-Un

Encore une fois, mon cerveau se fait des idées et échafaude un tas d'idées de ce que « je voudrais »...

Il faut vraiment que tu arrêtes de faire une fixation sur lui, ma vieille !

Puisque Conor m'en offre l'opportunité, je décide d'en apprendre plus sur Swann :

— Était-elle heureuse ?

— J'aime à croire que oui, mais la vérité, c'est qu'elle avait un côté sombre, un peu torturé...

J'essaie de me faire un portrait de cette sœur trop tôt disparue, et ce n'est pas facile, mais Conor apporte des pièces au puzzle.

Il s'appuie au dossier de son fauteuil, tout en réfléchissant.

— Swann était une de ces femmes qui provoquent l'admiration, et une certaine forme de fascination aussi. Elle était mystérieuse et séductrice.

Même si les mots de Conor me font mal parce qu'ils soulignent sans le vouloir le contraste entre ma sœur et moi, j'ai besoin de les entendre.

— Depuis quand essayiez-vous d'avoir un enfant ?

Je sais que la question est très personnelle, mais j'estime qu'elle est justifiée étant donné que je m'apprête à porter leur bébé.

— Quelques années. Elle ne voulait pas au départ, c'est moi qui l'ai convaincue… Mais ça ne marchait pas.

Je mesure à quel point le désir d'enfant est puissant chez Conor.

— Alors au bout de quelque temps, nous avons consulté.

Il pousse un soupir.

— Il n'y avait aucun problème physiologique ni chez elle ni chez moi. C'est juste que… ça ne marchait pas.

Son silence est chargé de tous les souvenirs qui repassent dans sa tête. Pour une fois, j'arrive à me mettre à sa place.

— J'ai appris que la fécondation in vitro avait fonctionné le jour de son enterrement.

Sa voix se brise, et je ne peux pas faire autrement que contourner la table de travail pour m'approcher de lui. Conor fait pivoter sa chaise et il passe les bras autour de ma taille, son visage enfoui contre mon ventre.

Je le garde comme ça le plus longtemps possible. Si je pouvais prendre une partie de sa douleur pour le soulager, je le ferais, mais tout ce que je peux faire pour lui, c'est être là. Je pose les mains sur sa nuque, sans aucune intention autre que celle de le réconforter.

Conor lève la tête et me dévisage. Je lis une telle vulnérabilité dans son regard que les larmes me montent aux yeux.

— N'aie pas pitié de moi, s'il te plait, dit-il.

Je secoue la tête, sans répondre. Je n'ai pas pitié de lui, loin de là. Je partage juste sa douleur.

— Je ne supporterais pas que tu me voies comme ça, Julia.

— Que je te voie comment ? Comme un homme amoureux qui vient de perdre sa femme ? C'est la pure vérité, Conor. Il n'y a rien de honteux à ça.

Il se détache de moi, et je me recule à regret. Conor reprend sa contenance, je peux presque le voir remettre son masque d'homme ténébreux et secret. Mais maintenant, je sais ce qui se cache dessous : un homme en deuil.

Et je n'ai pas le droit de m'immiscer dans ce processus. J'ai l'impression que ma présence est déplacée, d'être en trop. Je fais quelques pas en arrière avant de tourner les talons et de le laisser seul.

Assis dans la salle d'attente du docteur Hikson, Conor et moi attendons.

— Est-ce que ça va aller ? me demande-t-il.

Je tourne la tête vers lui. Il a une expression pleine de sollicitude qui me touche.

— Oui, je me sens prête, fais-je en hochant la tête.

Conor me sourit, et l'espace d'une seconde, j'en oublie où nous nous trouvons et ce que je m'apprête à faire. Plus rien n'a d'importance que ce sourire qui me va droit au cœur.

— Je serai là si tu as besoin de moi, répète-t-il pour la troisième fois depuis que nous avons pris la voiture ce matin.

Le moment est tellement solennel que c'est Benson qui nous a conduits en ville. J'ai été plutôt étonnée de revoir le bras droit de Conor car, à ma connaissance, il ne se déplace presque jamais à Loch Gorm.

L'assistante de l'obstétricienne vient nous chercher pour nous introduire dans la salle d'intervention du médecin. Je découvre une pièce pleine de lumière naturelle qui entre par les larges baies vitrées. Heureusement le cabinet est situé en haut d'un building qui donne sur l'océan. Il y a quelque chose d'apaisant à regarder l'étendue bleutée.

— Vous pouvez vous déshabiller et poser vos affaires ici, m'indique la jeune assistante d'une voix douce.

On peut dire qu'elle est faite pour ce genre de métier : rassurer les patients semble être une seconde nature chez elle.

— Ensuite, vous enfilerez cette blouse avant de vous installer sur la table d'examen.

Elle fait un signe de la main vers la partie de la pièce concernée.

— Le docteur vous rejoindra très vite.

Elle m'adresse un dernier sourire bienveillant avant de nous laisser seuls.

Je regarde Conor qui ne me quitte pas des yeux depuis

que nous sommes entrés. Je dois me changer, mais je ne tiens pas à le faire devant lui. Il ne semble pas s'en rendre compte, alors je le lui demande :

— Tu peux te tourner, s'il te plait ?

Il semble retrouver ses esprits, mais il n'obtempère pas.

— Tu sais que je t'ai déjà vue, et j'ai une assez bonne mémoire...

Je ne peux pas m'empêcher de rougir et ses lèvres s'étirent en un petit sourire en coin. Même dans ce moment si particulier, il faut qu'il trouve le moyen de me titiller...

— Tant mieux pour toi, ça te tiendra chaud pendant tes nuits solitaires. Maintenant, retourne-toi.

Je me rends compte que j'ai été un peu loin, mais Conor ne semble pas mal le prendre. Il a toujours son petit sourire quand il se retourne.

Je me change rapidement et tiens les bords de la chemise pour ne pas offrir à Conor une vue imprenable sur mes fesses en passant à côté de lui. Je m'installe sur la table et Conor se place à côté de moi.

Lors de la négociation du contrat, il a insisté pour être présent lors de l'insémination, et si à l'époque l'idée m'avait semblé un peu étrange, aujourd'hui, je suis rassurée qu'il soit à mes côtés.

Allongée sur la table d'examen, je relève les yeux vers lui :

— Tu n'as pas le droit de regarder ce que fera le docteur.

— Je n'oserais pas !

— C'est ça, j'y crois...

Conor redevient sérieux quand il me dit :

— Je te jure de ne pas regarder. Merci de me laisser assister à ce moment. Ça compte énormément pour moi.

Je me contente de répondre par un hochement de tête.

Il se penche vers moi, et je crois un instant qu'il va m'embrasser sur la bouche, mais il dépose un baiser sur mon front.

— On avait dit pas de contact, je sais, dit-il à voix basse, mais c'est une situation exceptionnelle...

Nos regards sont soudés l'un à l'autre, je crois que le moment est tellement solennel, que plus aucune des décisions qui ont été prises avant n'ont d'importance. Je m'apprête à recevoir les embryons de Conor et Swann...

Soudain, l'idée me vient que je vais avoir le fruit de leur amour en moi, et j'en ai la nausée. Certes, ces embryons ont été conçus par des médecins à l'aide d'un microscope, mais le résultat est le même : ils représentent l'amour de Conor pour Swann.

Je dois prendre plusieurs inspirations pour me calmer et me rappeler les raisons qui font que j'ai pris cette décision... Je ne veux que le bonheur de Conor, parce que je l'aime.

C'est à mon amour pour lui que je me raccroche tandis que le docteur Hikson nous rejoint enfin.

— Bonjour Julia. Conor.

Elle nous adresse un sourire à tous les deux, et je me demande si le sourire que je lui retourne ne tiendrait pas plus de la grimace qu'autre chose...

— Je vais procéder à l'intervention, commence-t-elle.

Nous en avons déjà parlé, Julia, mais je vais vous expliquer ce que je fais à chaque étape.

Elle enfile une paire de gants en latex et installe les étriers. Conor se place de manière à regarder mon visage, il saisit ma main qu'il serre doucement.

Le contact de sa peau me rassérène un peu.

— Bien. Vous n'allez rien sentir du tout, continue le médecin. Il s'agit d'un geste simple et indolore.

Je ne vois pas ce que fait la praticienne, et de toute façon, je préfère me concentrer sur le visage de Conor. Quelques minutes plus tard, le docteur Hikson se redresse et retire ses gants.

— C'est terminé. Il faut que vous attendiez quelques minutes avant de vous lever. En dehors de ça, vous pouvez reprendre une vie normale.

Elle abaisse les étriers, remet ma chemise en place et je reste allongée. Conor écoute attentivement chaque mot qu'elle prononce.

Le regard du docteur Hikson passe brièvement sur lui, avant de se focaliser sur moi :

— Je vous conseille d'attendre demain pour reprendre toute activité sexuelle. Et si vous aviez mal au ventre, appelez-moi tout de suite.

Je réponds d'un hochement de tête. Je suis à peu près sûre d'avoir viré au rouge tomate quand elle a parlé des rapports sexuels.

Elle nous laisse seuls et Conor fait quelques pas en direction de la fenêtre. Il me tourne le dos pour regarder à l'extérieur, je perçois la tension qui rigidifie son corps.

— Je suis en train de te voler une année de ta vie, dit-il enfin.

Mon cœur manque un battement. J'aimerais me lever et voir son visage pour essayer de comprendre ce qui lui arrive, mais je ne dois pas bouger pour l'instant. Alors je lui réponds :

— J'étais consciente de ce que je faisais en signant le contrat.

Il se tourne vers moi et je lis sa contrariété.

— Tu ne vas pas rester sexuellement inactive pendant tout ce temps !

Je fronce les sourcils, et tout à coup, un fou rire incontrôlable me saisit. C'est plus fort que moi, je ne peux pas faire autrement que me marrer. J'ai bien conscience qu'il s'agit sans doute d'un mécanisme de défoulement pour faire retomber la pression.

Conor s'approche de moi, les sourcils froncés. Et moi, je ris à gorge déployée. Lorsque je reprends enfin mon sérieux, je lui dis :

— Je ne compte pas rester inactive.

— Tu comptes avoir des rapports sexuels avec d'autres hommes pendant que tu porteras mon enfant ? s'étrangle-t-il.

Je hausse les épaules.

— Je n'en sais rien, mais ce n'est pas exclu...

— C'est hors de question !

— Je te demande pardon ?

Conor se tient près de moi, j'ai l'impression qu'il n'est pas loin d'exploser.

— Je t'interdis d'avoir des rapports avec un autre homme. Tu m'entends, Julia ?

Je n'ai pas du tout l'intention de coucher avec qui que ce soit, mais la simple idée qu'il puisse croire qu'il a la mainmise sur ma sexualité me met en rogne.

— Tu n'as rien à m'interdire. Et puis, c'est un peu tard pour en parler, tu ne crois pas ? De toute façon, tu comptes faire quoi ? Me séquestrer à Loch Gorm pour m'empêcher de rencontrer d'autres personnes ?

Conor me lance un regard intense dont il a le secret :

— Julia, si tu as des... besoins, ou des envies, je veux que tu viennes vers moi. Tu n'as pas besoin de rencontrer d'autres hommes : je suis là.

Je le dévisage un instant.

— Attends, je veux être sûre de bien comprendre : en gros, tu me proposes d'être mon sextoy ?

— Je ferai ce que tu me demanderas, mais s'il te plait, ne va pas voir ailleurs.

Chapitre Trente-Deux

Pendant les semaines qui suivent, Conor me traite comme si j'étais une pauvre chose fragile incapable de faire quoi que ce soit. Si je l'écoutais, je passerais mon temps dans mon lit !

— As-tu bien pris tes vitamines prénatales ? me demande-t-il ce matin lors du petit-déjeuner.

Je réponds avec un petit garde à vous :

— Oui, chef !

Conor me lance un regard de travers.

— Il faut que tu arrêtes de t'inquiéter pour un rien. Je vais parfaitement bien, assuré-je.

Il a déjà appelé le docteur Hikson plusieurs fois pour lui poser des questions. Sa sollicitude est touchante, mais un peu étouffante par moments...

Ce que je ne lui dis pas, c'est que ce matin, je dois faire un test de grossesse parce que j'ai du retard. Je suis réglée comme du papier à musique, donc j'ai de bonnes raisons de penser que je suis enceinte.

Je n'arrive toujours pas à me faire à l'idée, je crois que tout deviendra plus concret quand mon ventre s'arrondira...

Je termine mon petit déjeuner et regagne ma chambre où le fameux test m'attend. Je lis la notice explicative au moins trois fois d'affilée pour être sûre de ne rien manquer, mais bon c'est très basique finalement : faire pipi sur le bâtonnet, attendre deux minutes et lire le résultat.

Mais au moment d'ouvrir le petit sachet, je suis soudain prise d'un doute. Je me mets à faire les cent pas dans la salle de bains. C'est le moment de vérité : vais-je avoir le bébé de Conor ?

C'est avec une certaine fébrilité que je suis à la lettre les instructions et réalise le test. Les deux minutes d'attente me paraissent les plus longues de ma vie, mais enfin, le message s'affiche dans la petite fenêtre...

Je mords ma lèvre inférieure en fixant le petit test. Je ne sais pas comment réagir, suis-je heureuse ou pas ? Soulagée ? Déçue ? J'ai du mal à être au clair avec moi-même.

J'ai pris la décision de faire ça pour Conor, et pour Swann aussi, je voulais me rapprocher de ma sœur, lui donner une descendance et ainsi garder un lien avec elle, offrir une chance à Conor d'être père... Mais maintenant, qu'est-ce que je dois faire ?

Les larmes me montent aux yeux et je prends une inspiration pour essayer de les chasser. Je me remets à faire les cent pas, sans trouver le courage d'aller voir Conor parce que je redoute la suite.

L'énormité de ce qui m'attend me prend à la gorge, j'ai l'impression que je ne pourrai jamais être à la hauteur !

Après quelques minutes, je prends mon courage à deux mains et descends au rez-de-chaussée.

— Tout va bien, mademoiselle Julia ? demande madame Lansbury quand je la croise dans un couloir.

Je me contente d'un petit sourire en guise de réponse. Je n'ai aucune envie de me confier à la gouvernante, aussi gentille soit-elle.

— Monsieur Conor est dans son bureau, dit-elle.

— Merci.

Je m'éloigne rapidement dans cette direction et ne prends même pas la peine de frapper à la porte avant d'entrer.

Je me fige en découvrant que Conor n'est pas seul : Marcus est avec lui. Les deux hommes ne me remarquent pas tout de suite.

— L'hôtel est en bord de mer et je veux que chacun des clients ait une vue sur l'océan, Marcus, dit Conor d'un air assuré.

— Mais ce n'est pas ce qu'on nous a demandé. La chaine veut proposer des chambres à prix réduits pour les logements sans vue...

— Tu veux plutôt dire qu'ils ont besoin d'un argument pour faire payer plus cher à ceux qui auront une belle vue.

— Ça ne nous regarde pas, contre Marcus.

Je fais un pas, et cette fois, ils me remarquent. Conor se redresse tout de suite.

—Julia ? Tout va bien ?

Je me contente de hocher la tête, la gorge nouée. Nous

ne sommes pas seuls, et le sujet est trop intime et important pour en parler devant Marcus. Cela ne retient pas Conor qui me rejoint en quelques pas.

Il pose les mains sur mes épaules pour me dévisager.

— Qu'est-ce qui se passe ? Est-ce que tu...

Il n'arrive pas à se résoudre à dire les mots, mais je sais à quoi il pense : est-ce que j'ai eu mes règles ?

— Parle-moi, s'il te plait. Est-ce qu'il faut contacter le docteur Hikson ?

— Julia, tu as besoin d'aide ? s'inquiète Marcus.

Je retrouve enfin l'usage de la parole :

— Non, Marcus. Je vais bien.

Je reporte mon attention sur le visage de Conor.

— Je vais très bien, Conor, précisé-je avant de lui offrir un timide sourire.

Une petite étincelle passe dans ses yeux quand il comprend ce que je suis en train de lui dire à demi-mot.

— Tu vas bien ? répète-t-il.

Je hoche la tête.

— Elle va bien ! dit-il plus haut.

Le visage de Marcus trahit sa perplexité.

— J'appelle tout de suite le docteur, il faut qu'on soit surs, reprend Conor.

Mais il ne bouge pas, il me dévisage comme si j'étais la plus belle chose qu'il ait jamais vue. Je sens mon cœur battre plus fort.

— Je crois que je vais vous laisser seuls, intervient Marcus. De toute évidence, il y a quelque chose qui m'échappe...

— Oh non, tu restes avec nous, Marcus ! le coupe

Conor. On a quelque chose à fêter. Je vais demander à madame Lansbury de nous sortir la meilleure bouteille de champagne que nous avons en réserve.

— C'est peut-être un peu prématuré, non ? l'interrogé-je. Il y a toujours une chance que le résultat soit faussé...

— Je suis certain que non, contre Conor, et puis, tu as vu tes seins ?

Je me mords la lèvre tandis que Marcus se racle la gorge. Conor a raison : mes seins sont plus lourds et tendus. Mais ce n'est pas vraiment un signe à mes yeux car ça se produit à chacun de mes cycles.

Sauf que cette fois, tu es enceinte.

— Il va vraiment falloir penser à me mettre au courant, intervient Marcus. Qu'est-ce qu'on fête au juste ?

Conor passe un bras autour de mes épaules et se tourne vers son ami :

— Julia est enceinte, lance-t-il fièrement.

Marcus fronce les sourcils, son regard passe de Conor à moi, puis il se ressaisit et s'approche vers moi :

— Félicitations, Julia. C'est une heureuse nouvelle, j'imagine...

— Bien sûr que c'en est une ! s'exclame Conor.

— À t'entendre, on dirait que c'est de ton enfant dont il s'agit, commente Marcus.

Un silence passe dans le bureau pendant lequel le regard de l'associé de Conor passe de l'un à l'autre, il semble réfléchir et enfin il demande :

— Vous deux... Vous êtes ensemble ?

Son expression me ferait presque rire s'il ne venait pas de soulever la triste réalité de la situation : non, Conor et moi ne sommes pas ensemble, et oui, je porte bien son enfant. Je sens ma poitrine se comprimer.

— Pas du tout, répond Conor.

Et la compression dans ma poitrine se charge en pique glacée que l'on enfonce lentement dans mon cœur.

— Julia est notre mère porteuse, explique-t-il.

Mais l'expression incrédule sur le visage de Marcus indique clairement qu'il n'a pas encore rassemblé les pièces du puzzle, alors je complète :

— Conor m'a demandé de porter leur enfant, à ma sœur et lui.

Marcus cille plusieurs fois, il fait un pas en arrière. Son regard se pose sur mon ventre.

— Tu veux dire que tu portes le bébé de Swann ? demande-t-il d'une voix blanche.

— Oui ! Et c'est un miracle, répond Conor.

Il me serre un peu plus contre lui, il ne m'a pas lâchée depuis qu'il a passé son bras autour de mes épaules. J'ai bien conscience d'être en train de profiter d'une étreinte qui n'a pas la même signification pour lui que pour moi, mais tant pis. J'en suis réduite à accepter les miettes que Conor me lance, je l'ai compris et accepté, ça n'en reste pas moins douloureux.

Et pathétique, n'oublie pas pathétique, Julia.

Je secoue la tête pour faire taire la voix de ma conscience qui a décidé de ne pas être tendre avec moi.

— Je vais prévenir madame Lansbury pour qu'elle nous prépare un repas de fête !

Conor dépose un baiser sur mon front avant de quitter le bureau.

Je le regarde s'en aller, avant de m'effondrer sur le canapé. La réalité de la situation me tombe dessus : je vais avoir un bébé. Celui de Conor et Swann. Mais il est trop tard pour avoir un cas de conscience, j'ai choisi de le faire, maintenant je dois aller jusqu'au bout. Jusqu'au moment où Conor aura son bébé... et moi mon argent, et qu'on se quittera.

J'ai l'impression qu'on enfonce un peu plus la pique dans mon cœur. La sensation est horrible, et je suis à peu près sûre que les hormones qui ont inondé mon système accentuent encore mes perceptions.

— Conor ne m'a jamais parlé de ce projet.

Je tourne la tête vers Marcus. J'étais tellement perdue dans mes pensées que j'en avais occulté sa présence. Bizarrement, il semble autant sous le choc que moi. Enfin, dans son cas, c'est quand même logique... Et encore, il ne sait pas que Conor et moi avons couché ensemble. Que penserait-il de ça ?

— Swann et Conor voulaient avoir un enfant depuis longtemps, expliqué-je. Elle avait réalisé une ponction d'ovocytes peu de temps avant l'accident.

Marcus hoche la tête.

— Je savais qu'ils essayaient, mais je ne savais pas qu'ils en étaient là...

Je le considère un instant. À quel point est-il ami avec Conor ? Ce n'est pas le genre de procédure qui se fait à la légère, n'auraient-ils pas dû en parler au moins une fois ?

Marcus me dévisage, son légendaire sourire a disparu, à croire que la situation a plus d'impact sur lui qu'on pourrait le penser :

— C'est pour ça que Conor t'a ramenée avec lui ?

— Il m'a proposé d'être mère porteuse pour lui, mais je n'ai pas accepté tout de suite, j'avais besoin de temps pour prendre ma décision.

— Pourquoi as-tu accepté ?

À la manière dont il pose la question, j'en viens à me demander s'il désapprouve mon choix, mais Conor revient dans la pièce et je n'ai pas le temps de répondre à Marcus.

— C'est arrangé, madame Lansbury nous prépare de quoi passer une super soirée !

Le bonheur de Conor est tellement évident que j'en éprouve de la joie moi aussi. C'est grâce à moi qu'il est si content...

Plutôt grâce à ton utérus...

Ce n'est qu'après le départ de Marcus en fin de soirée, que Conor et moi avons du temps en tête à tête.

Emmitouflée dans un plaid que madame Lansbury m'a procuré, je suis assise sur la terrasse. La nuit est assez claire, sans doute à cause de la pleine lune qui brille dans le ciel. La cime des arbres se découpe sur le fond étoilé.

— As-tu besoin de quelque chose ? s'enquiert Conor.

Il est assis à côté de moi, en fait, il ne me quitte plus depuis qu'il sait que je suis enceinte. J'aimerais croire que c'est parce qu'il tient à moi, mais je suis assez réaliste pour savoir que c'est à cause de son fœtus qui se développe dans mon ventre.

— Non, merci. Je suis bien.

Un silence passe, et je reporte mon attention sur le ciel. Nous sommes tellement éloignés de la ville qu'il est possible d'apercevoir les différentes constellations avec clarté.

— J'ai imaginé ce moment tellement de fois, dit Conor.

Mon cœur bat plus vite, et je m'en veux d'interpréter chacun de ses mots, mais c'est plus fort que moi : c'est comme s'il y avait un décodeur dans ma tête qui déformait tout ce que Conor dit pour alimenter mon délire. Oui, parce que je ne peux pas faire autrement qu'espérer en secret que Conor éprouvera un jour des sentiments similaires aux miens...

L'espoir fait vivre...

Je pousse un petit soupir qui ne passe pas inaperçu auprès de Conor. Il se rapproche de moi, et passe un bras autour de mes épaules. Je laisse aller ma tête contre lui.

— Merci, Julia, souffle-t-il.

Chapitre Trente-Trois

Le docteur Hikson fixe attentivement l'écran tout en promenant une sonde sur mon ventre, à intervalles réguliers elle s'arrête pour taper des lettres sur son clavier.

Trois semaines se sont écoulées depuis la confirmation de la grossesse. Vingt-et-un jours passés auprès de Conor, à apprendre à se connaitre encore plus. Et plus j'en sais sur lui, plus mes sentiments s'en trouvent renforcés.

Et plus tu souffriras quand tu rentreras en France.

Je chasse cette pensée parasite avant qu'elle ne m'empêche de profiter du moment. L'obstétricienne continue son examen, et je tourne les yeux vers Conor.

C'est fou ce que son expression peut être parlante : il est émerveillé par l'image en noir et blanc qui s'affiche sur l'écran. Il ne s'agit pourtant que de la vidéo un peu parasitée d'une sorte de cacahuète.

— Très bien. Le fœtus est bien placé dans la cave utérine, nous indique le médecin.

— Il n'y en a qu'un ? l'interroge Conor.

Le médecin prend quelques secondes avant de répondre :

— Oui, je ne vois qu'un seul cœur. Mais c'est déjà une chance incroyable qu'il se soit implanté.

Cela signifie qu'un des fœtus est parti. Un œuf de ma sœur qui est perdu...

— Vous voulez l'entendre ? demande-t-elle.

Conor et moi échangeons un regard avant de répondre par l'affirmative. La seconde qui suit, une palpitation se fait entendre, le son profond d'un cœur qui bat.

Je ne peux pas m'empêcher de dévisager Conor et son émotion est le reflet de la mienne, peut-être plus forte encore car c'est bel et bien une partie de Swann qui vit et grandit en moi.

Il presse ma main qu'il tient depuis le début de l'examen. Je peux dire que je me sens soutenue dans cette aventure, Conor est très présent, très attentionné aussi, même si parfois il me couve trop. Ceci dit, je peux comprendre qu'il soit stressé à l'idée de perdre ce bébé...

Je le suis aussi. Car le docteur Hickson a été très claire : les risques de fausse couche sont très élevés, plus que pour une grossesse normale.

— Tout va très bien, conclut le médecin en éteignant le moniteur.

Je me rhabille et nous passons encore un moment avec elle pour programmer les prochaines étapes. Elle nous apprend également la date présumée d'accouchement...

Lorsque nous quittons le cabinet, je suis un peu sonnée. Si jusqu'à maintenant je pouvais encore prétendre que tout était normal, après avoir entendu battre ce minuscule cœur, cette grossesse devient maintenant très concrète.

Conor saisit ma main, c'est presque une habitude entre nous maintenant.

— Tu veux marcher un peu ou tu préfères rentrer tout de suite ? demande-t-il.

Je hausse les épaules, indécise.

— À moins que tu ne préfères une séance de shopping ? Tu auras bientôt besoin d'une nouvelle garde-robe...

Je repense à notre séance au centre commercial quand je suis arrivée à Seattle, ça me semble presque une autre vie.

— Pas de shopping, merci. Je pense que je préfère rentrer.

Conor me lance un regard en coin, mais il ne dit rien. Nous nous dirigeons vers la berline qui est avancée devant le building.

Au moment de monter dedans, Conor me retient par la main :

— Tu me le dirais s'il y avait le moindre problème ?

Je sens les larmes monter sans bien savoir pourquoi. Conor pose sa main en coupe contre ma joue.

— Viens là.

Il m'attire contre lui et m'enferme dans ses bras.

— Je suis désolée, je ne sais pas ce qu'il me prend...

— Tu n'as pas à t'excuser, Julia.

Nous finissons par nous détacher l'un de l'autre et montons dans la voiture qui démarre.

Conor garde ma main dans la sienne, et j'observe le paysage défiler par la fenêtre. Je ne pourrais pas affronter le regard de Conor même si je le voulais.

Il y a quelque chose en moi qui pleure sans que je ne comprenne pourquoi... Une forme de tristesse qui m'a envahie et qui me fait broyer du noir.

— Je voudrais que tu m'aides à embaucher une personne qui s'occupera du bébé, après...

Conor s'interrompt. Je tourne la tête vers lui.

— Quand je serai partie, complété-je.

— Tu sais que tu peux rester autant de temps que tu le souhaites. Ce sera sans doute une bonne chose que le bébé ait une présence familière durant ses premiers mois...

Je sais bien que la proposition de Conor n'a rien de méchant, bien au contraire. Mais c'en est trop. C'est la goutte qui fait déborder le vase :

— À quoi tu joues, Conor ?

Il fronce les sourcils, étonné.

— Je vais porter cet enfant dans mon ventre pendant neuf mois et lui donner la vie pour ensuite l'abandonner. C'est déjà assez pénible sans devoir en plus ajouter un tas de moments partagés avec lui...

Ma gorge se serre et je suis incapable de continuer.

— Tu as raison, je suis désolé, Julia, je n'avais pas pensé à ça.

— C'est bien le problème ! Tu ne penses qu'à ce que toi tu veux ! Et je suis entrée dans ton jeu, je vais te donner ce que tu désires le plus au monde, mais s'il te plait, ne m'en demande pas plus. C'est au-dessus de mes forces.

Mes larmes se mettent à couler et je m'en veux de

craquer de cette manière, mais j'ai besoin que ça sorte. J'ai l'impression que tout ira mieux ensuite.

Je reprends :

— Je peux t'aider à engager une personne sérieuse qui te secondera, mais c'est tout. Ne me demande pas de choisir un prénom ou des vêtements ou une école ou que sais-je encore ! Ça c'est hors limite, je ne peux pas.

Ma voix se brise, et je passe une main rageuse sur mes joues pour effacer les larmes rebelles qui y ont coulé.

Je détourne les yeux de Conor, je ne supporte pas de le regarder parce que mon cœur flanche chaque fois que son beau regard trouve le mien... Je n'aurais jamais imaginé que cela soit aussi difficile à vivre...

— Je suis désolé, Julia, répète-t-il. Je vais me montrer plus attentif à tes besoins.

Et voilà ! Sans même le vouloir, en partant d'une bonne intention, il en rajoute. Parce que Conor est le futur père idéal, il coche toutes les cases, il a toujours les bonnes paroles et les bons réflexes. Il fera un père formidable, j'en suis convaincue, mais je ne peux pas m'empêcher de penser à cet enfant qui sera déjà orphelin avant de naitre... Il grandira sans sa mère.

Mon cœur se serre et je mords dans ma lèvre inférieure pour ne pas pleurer à nouveau.

Tu aurais dû penser à tout ça avant d'accepter, Julia.

Oui, je ne peux m'en prendre qu'à moi, je le reconnais. Je me suis laissé convaincre par Conor, et Dieu sait qu'il peut être persuasif quand il le veut...

Mais j'ai beau retourner la situation dans tous les sens, il n'y a qu'une seule fautive dans toute cette histoire : moi. Je pouvais refuser. Je n'avais pas le couteau sous la gorge. Même si la situation de ma mère était compliquée, j'avais encore la possibilité de dire non.

Alors, certes, si j'ai accepté, c'est par amour pour Conor. Parce que je l'aime tellement que je ne pouvais pas lui refuser ce bonheur d'être père.

Mais en vérité, tu sais que ce n'est pas une raison : il aurait pu faire appel à une autre mère porteuse.

Je crois qu'à cet instant une partie de mon cœur se brise. Dans cette histoire, je me suis moi-même aveuglée. Au fond, j'ai agi comme je le voulais, de manière égoïste.

Lorsque nous arrivons à Loch Gorm, je m'isole dans ma suite pour tenter de faire le tri dans mes pensées et mes sentiments. Il faut que je me ressaisisse pour le bien de ce bébé à naitre, et pour moi aussi. Je dois être en paix avec mon choix, sinon cette grossesse sera vraiment un mauvais moment à passer.

Contre toute attente, je me sens bien mieux le lendemain. Je crois que les hormones qui ont envahi mon corps jouent sur mes humeurs. Il faut que je prenne ça en compte à l'avenir.

Je n'arrive pas à avaler quoi que ce soit le matin depuis une dizaine de jours, donc je me réfugie dans la bibliothèque où madame Lansbury m'apporte une infusion.

— Bonjour, mademoiselle, vous avez bonne mine ce matin.

— Merci, madame Lansbury.

Je suis à peu près certaine d'avoir une tête de zombie, mais ça me fait quand même plaisir de recevoir un compliment.

— Monsieur Conor m'a chargé de vous dire qu'il aimerait que vous le rejoigniez dans son bureau en fin de matinée.

Sur ces mots, elle se retire et j'essaie de me concentrer sur mes cours. Valentin continue à me les transmettre. Il est vraiment adorable de s'en charger. Malgré tout, j'ai bien conscience qu'il ne pourra pas faire ça pendant une année entière... Disons que je fais de mon mieux pour rester à jour, et je le ferai aussi longtemps que je le pourrai.

J'arrive à me plonger dans les cours d'histoire au point de ne pas voir le temps passer. Je sursaute quand la silhouette de Conor se matérialise dans mon champ de vision.

Il est appuyé contre un rayonnage, son regard me parcourt et je ressens cette énergie si particulière circuler entre nous. Mon ventre réagit au quart de tour, comme si mon corps comprenait le message que Conor m'envoie avant que mon cerveau ne l'ait décrypté.

— Je t'ai attendue.

La voix de Conor est rauque.

Je fronce les sourcils tout en cherchant l'heure sur mon ordinateur, et je me rends compte que le temps a filé super vite.

— Désolée, je n'avais pas vu...

Mais les mots meurent dans ma gorge quand Conor se détache de la bibliothèque pour se diriger vers moi. Son regard ne quitte pas le mien, et je sais à quoi il pense... Je secoue la tête :

— On ne doit pas faire ça...

J'aimerais que mon ton soit plus ferme, au lieu de quoi, il trahit le désir qui est en train d'embraser mes sens.

Conor est à côté de moi, mais je garde les yeux rivés à l'écran de mon ordinateur.

Tu ne dois pas faire ça... Retiens-toi. Bon sang, tu n'es pas un animal, Julia !

À cet instant, je me surprends à souhaiter en être un, d'animal, ce serait tellement plus facile : aucune excuse, aucune raison, rien que de l'instinct brut qui s'exprime. Mais je n'en suis pas un, et je dois garder les idées claires, ce qui est loin d'être simple quand la présence de Conor persiste à court-circuiter mes pensées.

Il pose une main sur mon épaule, puis une autre, et il commence à me masser. Si mes muscles se détendent sous son toucher, mon ventre, lui, menace d'entrer en fusion.

Je me concentre sur ma respiration : inspiration, expiration, inspiration... Mais mon souffle reste bloqué dans ma poitrine quand les mains de Conor s'aventurent sur mon décolleté.

Il se penche et souffle à mon oreille :

— Tu as besoin qu'on prenne soin de toi, Julia. Sur tous les plans.

Et ses doigts glissent à l'intérieur de mon soutien-gorge. Mes tétons rendus très sensibles par la grossesse sont déjà tendus.

— Tu es sublime, ajoute-t-il.

Je penche un peu la tête pour lui offrir l'accès à mon

cou où il dépose un premier baiser. Il est léger comme une plume, mais je suis à fleur de peau, et c'est suffisant pour provoquer une envolée de frissons sur tout mon corps.

— Tu en as envie, je le sais.

Je ne réponds pas, de toute façon, j'en suis incapable. Les sensations que Conor me procure sont enivrantes, j'ai l'impression que mes sens sont décuplés et que je perçois tout bien plus fort.

Je serre les cuisses quand Conor joue avec mes tétons qu'il a libérés de mon top. Qu'aurait-il fait si j'avais eu un pull à col roulé ? Je chasse cette pensée, tout ce qui compte, c'est ce qu'il me fait maintenant.

Sa langue trace un chemin depuis mon épaule jusqu'à mon oreille dont il mordille le lobe. Un gémissement m'échappe.

— Dis-moi ce que tu veux, Julia.

Je me contente de secouer la tête, je suis trop perdue dans ce raz de marée de sensations pour faire appel à ma raison ou à la logique pour lui expliquer quoi que ce soit.

— Dis-le-moi, insiste-t-il tout en pressant mes seins.

Ils sont plus lourds, plus tendus et sensibles et Conor m'arrache un autre gémissement.

— Tu veux que je m'arrête ?

— Non !

Okay, au moins c'est très clair pour tout le monde...

Tout au fond de ma conscience, une petite alarme s'est mise en marche pour me prévenir que je m'avance en terrain découvert et que je devrais être plus prudente, mais il est trop tard. Je suis en train de capituler face à Conor, face à sa langue et à ses doigts experts.

— Je te l'ai déjà dit, Julia, je suis prêt à faire ce qu'il faut pour toi… Dans tous les domaines.

Il plaque sa bouche contre mon cou et suçote ma peau. J'ai du mal à réguler ma respiration, mon cœur bat très vite, mon sexe appelle à la délivrance.

— Tu n'as qu'à me dire ce que tu veux, répète Conor.

Je déglutis en essayant de rassembler tout mon courage pour dire à voix haute ce que mon corps exprime déjà.

— Fais-moi jouir.

Conor pousse un petit grognement qui se répercute jusque dans mon ventre. Il fait pivoter mon fauteuil, et la seconde suivante, il se met à genoux pour être à ma hauteur, ou plutôt, à la hauteur de ma poitrine offerte. Il écarte mes jambes pour se placer au milieu.

Il garde les yeux rivés aux miens quand il pose sa langue sur mon téton. Je gémis et me cambre, et c'en est fini de moi car Conor est partout à la fois. Il cajole un sein tout en titillant l'autre, sa langue parcourt ma peau sans aucune retenue.

Je rejette ma tête en arrière pour laisser sortir les gémissements qui deviennent de plus en plus profonds à mesure que je m'envole. Et quand je n'y tiens plus, je jouis.

Chapitre Trente-Quatre

Les petites attentions de Conor ont laissé des traces : j'ai deux suçons dans le cou. Aucun garçon ne m'en a jamais fait, pas même quand j'étais au collège ! J'ai l'air d'une gamine et je serre les poings.

J'ai succombé, et je sais que je le referai si l'occasion se présente. Je décide d'aller marcher pour me changer les idées, un peu d'air frais ne me fera pas de mal. Sans compter que le médecin a dit que je devais faire de l'exercice, et je ne crois pas qu'elle faisait référence à des séances orgasmiques dans la bibliothèque, aussi intenses soient-elles...

J'enfile des vêtements de sport et observe mon profil dans le miroir. Mon ventre ne s'arrondit pas encore, il parait que ça peut prendre plus de temps pour une première grossesse, en revanche, j'ai des obus à la place de ma poitrine habituelle.

Pas étonnant que Conor ait voulu jouer avec… même moi je les trouve canon comme ça !

Je passe une veste chaude, et quitte la chambre.

Je croise la gouvernante :

— Je sors me dégourdir les jambes.

— Bien, mademoiselle, à tout à l'heure.

La fraicheur de l'air me surprend quand je quitte Loch Gorm. Le changement de saison approche et dans cette région, on sent vraiment la différence.

Je fais le tour du château avant de traverser la longue pelouse. Je prends mon temps, rien ne presse. Et j'ai aussi besoin de reprendre mes esprits.

Les orgasmes offerts par Conor m'ont laissée dans un drôle d'état : en partie rassasiée, et en partie affamée. Comment est-ce possible ? Cet homme a trop d'emprise sur moi. Le pire étant qu'il ne le cherche même pas, c'est mon corps qui réagit bizarrement en sa présence…

J'atteins l'orée des bois et m'engage sur le chemin que nous avions emprunté, Conor et moi, il y a des semaines de cela quand nous avons fait de la randonnée.

Le calme qui règne dans le sous-bois est vraiment apaisant, ici j'ai l'impression d'oublier mes soucis, comme si j'entrais dans un univers parallèle où plus rien ne pouvait m'atteindre.

Je marche à un rythme plutôt lent, mais ce n'est pas important, ce qui compte c'est de me dégourdir les jambes, et surtout, de profiter du calme.

Une branche craque derrière moi, et je me retourne, mais il n'y a pas âme qui vive. Sans doute un écureuil ou un autre animal qui se sera déplacé à toute vitesse, affolé par mon passage. Ici, c'est moi l'intruse.

Je reprends mon chemin, admirant les arbres. Je comprends pourquoi on appelle cet endroit « la vallée des Géants de la Forêt » : j'ai beau regarder vers le ciel, j'aperçois difficilement la cime des arbres. J'ai lu qu'il y avait ici des spécimens parmi les plus grands au monde. C'est très impressionnant. Je pose la main sur le tronc d'un conifère. L'écorce est rugueuse sous mes doigts. La mousse épaisse amortit mes pas quand je reprends mon chemin.

Il y a quelque chose de profondément apaisant dans cette forêt. Je m'arrête quand je trouve un tronc couché sur lequel m'assoir. J'ai l'impression qu'ici je pourrai enfin remettre de l'ordre dans mes pensées et y voir plus clair. Du moins, c'est ce que je crois.

Je sursaute en entendant à nouveau une branche craquer. Je jette un coup d'œil par-dessus mon épaule, mais il n'y a rien d'autre que moi et les milliers de végétaux qui m'entourent.

Je reporte mon attention devant moi. Mes pensées s'orientent vers Conor, je ne pense plus qu'à lui, il est devenu une obsession pour moi. C'est malsain, en un sens, de n'avoir en tête qu'une seule personne. Mais je n'arrive pas à passer au-delà. C'est plus fort que moi, ce n'est même plus une question de logique ou de raison, c'est instinctif...

Conor est tellement heureux de venir père qu'il s'occupe de moi comme si je comptais pour lui, et je sais qu'il tient à moi, mais pas de la manière dont moi je tiens à lui... Ma gorge se serre. J'ai conscience que cette grossesse est un moyen pour moi de retarder le moment de la séparation. Quand le bébé sera là, c'est lui qui sera le plus important aux yeux de Conor, à juste titre d'ailleurs. J'espère qu'à ce moment-là je serai passée à autre chose et que j'irai de l'avant.

Je me fais des idées en croyant que mes sentiments pour Conor disparaitront à la naissance de son enfant, mais ai-je un autre choix que d'y croire ? L'abîme de souffrance qui s'ouvrira sous mes pieds quand je devrai quitter Loch Gorm est tout près : le soir quand je suis allongée dans mon lit, alors que le sommeil me fuit, je peux déjà sentir l'attraction de ce gouffre. Mon cœur se brisera, j'en ai la certitude, à moi de trouver une manière de m'y préparer.

Je me lève et me remets à marcher, dans l'espoir de calmer les pensées moroses qui tournent en boucle dans ma tête. J'arrive en général à les fuir en me plongeant dans mes cours, mais l'exercice est aussi un bon palliatif.

Le chemin qui serpente dans la forêt semble n'avoir aucune fin. L'idée me vient de marcher droit devant sans jamais me retourner... Mais fuir les problèmes n'est pas une manière de les régler, alors je fais demi-tour pour repartir en direction de Loch Gorm.

Je n'ai pas fait deux pas que je capte un mouvement en périphérie de mon champ de vision. Je me fige et tourne la tête pour découvrir un wapiti.

On m'a déjà parlé de ces grands cervidés qui habitent dans la forêt, j'en ai même déjà aperçu deux qui traversaient la pelouse derrière le château, mais c'est la première fois que j'en vois un d'aussi près.

Le grand mammifère est impressionnant, sa toison

marron a des nuances différentes selon l'endroit de son corps, foncé près de l'encolure et plus claire au niveau du ventre, les longs bois qui le couronnent comptent plusieurs pointes, ses pattes pourtant fines sont agiles. L'animal frotte ses bois contre un tronc ce qui produit des craquements quand ils arrachent des morceaux d'écorce. Quand il en a suffisamment, il penche la tête et en mange quelques-uns.

J'aimerais m'approcher et le toucher, mais la prudence prend le dessus. J'assiste au spectacle de ce cervidé adulte en train de se nourrir. Au moment où je crois qu'il en a terminé, une version miniature de l'animal le rejoint : son petit. J'observe les deux animaux qui prennent leur temps pour se nourrir.

Soudain, ils relèvent la tête, comme s'ils avaient capté des sons que je ne suis pas en mesure d'entendre. L'adulte secoue la tête et en quelques bonds, ils détalent. Je les regarde disparaitre dans le sous-bois, le son de leurs sabots couvert par la mousse épaisse qui tapisse le sol.

Une fois que je ne les vois plus, je reprends mon chemin. Je me suis vraiment enfoncée loin dans la forêt parce que je marche un long moment sans atteindre la lisière.

J'arrive en vue d'un petit pont que j'ai traversé à l'aller, l'édifice en bois permet de relier les deux rives du lit d'une rivière. Le cours d'eau est alimenté par l'eau de la montagne. Le niveau n'est pas élevé, mais pendant la fonte des neiges, il ne doit pas être possible de le traverser à pied, d'où l'existence du pont.

Un craquement retentit derrière moi. Mon cœur fait

une embardée et je me rassure en me disant que ce doit être un autre wapiti. Mais quand je tourne la tête pour vérifier, j'aperçois une silhouette vêtue de noir. Mon cœur accélère sa course et la peur me saisit.

Je reporte mon attention devant moi et me mets à marcher plus vite. Mais j'entends les pas qui se rapprochent dans mon dos. L'inconnu porte une capuche qui ne permet pas de voir son visage, ce qui accentue encore ma peur.

Lorsque je jette un nouveau coup d'œil en arrière, je m'aperçois que l'homme est toujours là. Il a accéléré en même temps que moi. Je suis seule dans la forêt, cet homme pourrait m'agresser ! Ma peur se change en terreur.

Je traverse le pont et me mets à courir. L'inconnu qui me poursuit court lui aussi. Que me veut-il ? Que fait-il ici ?

Ma foulée n'est pas très assurée, mais l'adrénaline qui coule dans mes veines me permet d'accélérer un peu. Je jette un coup d'œil par-dessus mon épaule pour voir si j'ai distancé mon poursuivant, mais mon pied bute sur une aspérité du terrain et je perds l'équilibre. Je tombe au sol et ma chute m'entraine en direction du terrain accidenté qui mène au lit de la rivière. Je m'accroche aux arbres et à tout ce qui passe sous ma main, mais rien n'y fait, je roule encore. Jusqu'à un tronc qui me barre la route et je le percute de plein fouet. Ma tête heurte quelque chose, et la douleur provoque un flash sous mes paupières.

Lorsque j'ouvre les yeux, un mal de crâne lancinant me vrille les tempes. Je ne reconnais pas l'endroit où je me trouve. Je tourne la tête pour essayer de comprendre où je suis, mais la douleur m'arrache un gémissement.

— Julia ! Ne bouge pas.

Le visage de Conor se matérialise au-dessus du mien. Je plisse les yeux dans un effort pour comprendre.

Je réussis à peine à articuler :

— Où ?

— Tu es à l'hôpital. On t'a retrouvée dans les bois, tu avais fait une chute.

Les souvenirs me reviennent : la marche, les animaux... et l'inconnu.

— Quelqu'un me suivait.

Ma voix est un coassement désagréable à entendre, mais au moins j'ai dit ce qu'il m'était arrivé.

Conor fronce les sourcils.

— Je te jure que c'est la vérité, ajouté-je.

Il me caresse doucement la joue.

— Je te crois. Mais on en reparlera plus tard, tu dois te reposer. Tu as vécu un traumatisme...

Sa voix se perd dans les limbes tandis que je sombre dans un sommeil peuplé de cauchemars : je suis de nouveau dans les bois et plusieurs inconnus me poursuivent. Peu importe le chemin que j'emprunte, il y a toujours un homme avec un sweat à capuche pour me barrer la route. Je me réveille en sursaut.

La chambre est plongée dans la pénombre. La douleur qui me vrillait les tempes s'est atténuée. Je tâte le bord de mon front et découvre que j'ai un pansement.

— Tu as heurté un tronc d'arbre.

Je tourne la tête vers Conor. Malgré la pénombre, je distingue ses traits tirés par l'inquiétude et la fatigue.

— Le médecin t'a fait deux points, mais tu n'as pas de commotion cérébrale.

Il se tait tandis que mes pensées se tournent vers le bébé. Instinctivement, je pose les mains sur mon ventre.

— Il...

Je n'arrive pas à poser la question, et l'éclair de douleur qui traverse le visage de Conor m'apprend tout ce que j'ai à savoir. Je mords ma lèvre pour ne pas pleurer, mais les larmes envahissent quand même mes yeux.

Conor se lève et me rejoint. Il s'assied à côté de moi avant de passer un bras autour de mes épaules.

— De toute façon, le docteur Hikson nous avait prévenus des risques de fausse couche, dit-il tout bas.

Un sanglot s'échappe de ma gorge et je me mets à pleurer. J'ai perdu le fœtus de Conor et Swann.

Conor presse mon épaule.

— L'important est que tu ailles bien, Julia.

— Je suis désolée... C'est de ma faute, si je n'étais pas sortie rien de tout ça ne serait arrivé...

La culpabilité comprime ma poitrine. Je m'en veux d'avoir été aussi négligente. J'aurais dû être plus prudente.

— Quand tu t'es réveillée plus tôt dans la journée, tu as parlé d'un homme, reprend Conor.

Les souvenirs de la balade me reviennent, et surtout la poursuite. Je raconte tout à Conor sans rien omettre. Il reste près de moi, m'écoutant en silence.

— Je suis tellement désolée, Conor, terminé-je.

Il me serre contre lui pour me rassurer :

— Ça va aller.

La peine m'étreint, et je pleure sans discontinuer pendant longtemps. Arriverai-je un jour à me pardonner ce qu'il s'est passé ?

Chapitre Trente-Cinq

La semaine qui suit, on m'autorise à rentrer à Loch Gorm. Conor est resté à mes côtés tout le temps qu'a duré l'hospitalisation. Le docteur Hikson est passé nous voir pour m'examiner et confirmer la fausse couche.

Il était encore tôt dans la grossesse et j'ai juste eu l'impression de traverser une période de menstruation, sauf que je savais bien ce qu'il se passait, et ce que mon sang contenait... Une vie. Une petite existence si tôt écourtée.

— Je dois travailler un peu, me dit Conor quand nous entrons dans le château. Mais je monterai te voir dès que j'aurai terminé.

Je hoche la tête sans le regarder. J'ai du mal à soutenir son regard depuis l'accident parce que je sais que je suis responsable de ce qui est arrivé. C'est de ma faute si Conor a perdu deux fœtus, le premier ne s'était pas accroché, mais le deuxième était bel et bien en vie.

Je monte dans ma chambre, mais je n'ai pas envie de m'allonger. Je n'ai fait que ça à l'hôpital. Je commence à faire les cent pas dans la pièce.

L'idée m'effleure de téléphoner à ma mère, mais je sais pertinemment que ce n'est pas elle qui me réconfortera. Elle serait même capable de me faire culpabiliser. Non, il faut que je gère ça toute seule.

Mon regard se pose sur mes manuels et je considère un instant l'idée de me remettre à étudier. Sauf que je suis bien trop agitée pour le faire... Alors que je me détourne, mon regard se pose sur un livre que j'ai trouvé dans la bibliothèque de Loch Gorm, mais que je n'ai pas eu le cœur d'ouvrir jusqu'à présent : le livre de contes de ma sœur.

Il s'agit du seul ouvrage lui appartenant que j'ai trouvé dans le château, ceci dit, je n'ai pas non plus passé la bâtisse au peigne fin...

Du bout des doigts, je parcours les volutes de l'illustration en couverture. Ce livre me renvoie bien des années en arrière, quand ma sœur prenait le temps de me lire des histoires le soir avant que je m'endorme.

J'avais dans l'idée de laisser ce livre pour l'enfant de Conor... Mon cœur est lourd. Sans même y penser, je l'ouvre pour relire les contes qui ont bercé mon enfance.

À l'intérieur de la couverture, je redécouvre des dessins que j'ai faits quand j'étais petite. J'avais même tracé mon prénom en lettres maladroites. Malgré la représentation peu fidèle à la réalité, je reconnais les personnes que j'avais dessinées : mon père, ma mère, ma sœur et moi. Si mes parents sont placés sur le côté, ma sœur et moi occupons le centre. On voit des cœurs qui nous entourent.

Des images surgissent dans mon esprit : les souvenirs de tout ce que j'ai partagé avec Swann. Les larmes roulent sur mes joues et je les essuie pour ne pas tremper le papier vieilli. J'observe encore un peu le dessin avant de tourner une page.

Et je me fige…

L'intérieur du livre a été découpé pour accueillir des lettres. Stupéfaite, je déloge plusieurs enveloppes de leur cachette. Je suis certaine que cela a été fait après que Swann a quitté la maison. Il n'y a pas d'adresse sur les enveloppes, je les retourne et découvre qu'elles ne sont pas cachetées.

J'hésite un instant : faut-il les confier à Conor ou ai-je le droit de les ouvrir ? J'hésite mais je me dis que je suis la seule qui pouvait les découvrir car ce livre n'avait de signification que pour Swann et moi… Alors je décide de les parcourir.

Si j'ai cru, l'espace d'un court instant, que ces lettres pourraient m'être adressées, je découvre qu'il n'en est rien. Il s'agit de lettres d'amour !

Mon souffle s'accélère, s'agit-il de lettres adressées par Conor à ma sœur ? Mes doigts fourmillent, et ma gorge s'assèche. Je sais très bien qu'il est toujours amoureux de ma sœur, ai-je besoin en prime de lire à quel point il était fou d'elle quand elle était encore en vie ?

Une partie de moi me somme de ranger ces lettres à l'endroit où je les ai trouvées et de les oublier, mais la partie la plus curieuse, et peut-être un brin maso, a envie d'en savoir plus.

Et si ça me permettait de « guérir » de Conor ? Et si je

pouvais faire mon deuil de cette relation qui n'existera jamais ? Peut-être que mon amour ne résistera pas à la lecture de ces lettres ?

Tu cherches à souffrir, Julia.

Peut-être, mais ce que je voudrais surtout, c'est aller de l'avant une bonne fois pour toutes.

Mes mains tremblent un peu quand je lis la suite de la lettre. C'est étrange, mais à mesure que je tourne les pages (car il y en a trois), je me dis que ça ne colle pas avec la personnalité de Conor. Je ne l'imagine pas employer les mots qui y sont utilisés... Je tourne les feuillets pour arriver à la dernière, la signature est un C. Un C pour Conor ?

Je fixe le papier sans arriver à me faire une idée... Et soudain, je me lève et récupère mon exemplaire du contrat dans mes affaires. Je vais directement à la dernière page avant de mettre la lettre à côté.

Mes yeux font des allers-retours entre les deux documents. Certes, je ne suis pas graphologue, mais quand même. La différence entre les deux écritures est manifeste. Ce n'est pas Conor qui a écrit les lettres !

Je m'assieds sur le fauteuil tout proche en réfléchissant à l'identité de l'auteur des lettres. Je lis celles que j'ai extraites du livre, mais n'en apprends pas plus sur l'identité de l'auteur. En revanche, je commence à comprendre que Swann entretenait une relation extraconjugale qui durait depuis un certain temps.

Je suis sous le choc. Ma sœur n'était pas celle que je croyais... Mais en fin de compte, je ne connaissais pas la Swann adulte, la femme mariée qui avait des problèmes pour concevoir un enfant. Cette Swann-là était une inconnue pour moi.

Le livre contient encore d'autres courriers et, même si je n'en ai pas envie, je les lis aussi pour essayer de percer à jour le mystère de l'identité de l'amant de ma sœur.

Je n'ai plus aucun doute quand l'homme fait référence à Conor à demi-mot. Pour autant que je sache, Conor était peut-être au courant. Après tout, il m'a dit à quel point ma sœur était d'un naturel fantasque. Peut-être qu'ils avaient un mariage ouvert et que c'est pour ça qu'il n'a pas eu de problèmes avec l'idée de coucher avec moi ?

J'ai l'impression d'être le loup à qui on a mis des gros cailloux dans le ventre dans le conte du Petit Chaperon Rouge... La pilule a du mal à passer. Ma sœur voyait un autre homme, alors qu'elle cherchait à avoir un enfant avec Conor, et peut-être qu'ils étaient un couple libre.

C'est en voulant replacer les lettres dans le compartiment aménagé dans le livre, que je m'aperçois que le recueil de contes a encore un secret à me révéler : en tournant les pages découpées et celles intactes qui constituent le fond, il y a une autre cachette aménagée à l'intérieur... Une petite niche, assez fine pour contenir une clé USB.

Je retire l'objet et l'observe avec attention, comme s'il allait me livrer son contenu rien qu'en le regardant.

Mue par la curiosité, j'allume mon ordinateur et insère la clé dans un port USB. Une fenêtre s'ouvre et je découvre plusieurs fichiers. Les intitulés sont des acronymes auxquels je ne comprends rien. Je me demande l'espace d'un instant si ma sœur n'a pas rassemblé des documents professionnels. Mais elle n'avait pas d'emploi officiel, elle passait son temps à peindre, alors où aurait-elle pu trouver ce genre de dossiers ?

Je clique sur le premier qui s'intitule « J », et j'ouvre le fichier texte qui se trouve à l'intérieur puis je lis. Les pages défilent devant mes yeux et plus je lis, plus j'ai l'impression que mon cœur est en train de se briser en mille morceaux...

Les mots s'étalent sous mes yeux, et je commence à comprendre pourquoi Swann s'est éloignée de moi. Ma gorge est serrée, les sanglots compriment ma poitrine. Et je mesure l'ampleur de ce que je ne savais pas sur ma sœur : si elle est partie de la maison, ce n'est pas à cause de moi. Elle est partie parce que mon père abusait d'elle.

Le journal de Swann fait une centaine de pages, et plus je lis, plus je regrette d'avoir trouvé tout ça, tant c'est répugnant.

Soudain, je me lève et cours jusqu'à la salle de bains où je vomis. Je régurgite toutes les horreurs que ma sœur a traversées. Et puis je m'effondre sur le sol, vidée, le cœur en miettes et le visage inondé de larmes.

Je ne suis pas vraiment dans mon assiette lorsque je descends pour le diner. Je m'installe à ma place, en évitant de regarder Conor. Maintenant que j'ai découvert les secrets de Swann, il est encore plus difficile pour moi de le regarder en face.

Je ne sais pas pourquoi, mais je suis convaincue que Conor ne sait rien de ce que Swann a traversé pendant toute son enfance. Et je n'ai pas le courage de le lui avouer.

Le repas se déroule dans un silence tendu, dont je suis responsable. Et même si je m'en veux, je n'arrive pas à faire comme si de rien n'était. Je ne peux pas faire semblant et Conor ne mérite pas de subir ma présence plus longtemps.

— Je pense que je vais rentrer en France, lâché-je.

Aucune réaction de la part de Conor, alors je me risque à glisser un regard dans sa direction. Il me fixe, le visage de marbre.

— Si c'est ce que tu veux, répond-il après un instant.

J'ai l'impression qu'on a remplacé tous mes organes par un énorme pain de glace. Ma respiration se bloque sous l'effet de la douleur qui m'étreint. Combien de facettes la douleur peut-elle bien avoir ? Je crois que je suis en train de toutes les expérimenter et je redoute de ne pas en ressortir indemne.

Je hoche la tête comme pour répondre à une question que j'aurais été la seule à entendre.

C'est le moment où tout s'arrête, où nous remettons enfin les barrières qui n'auraient jamais dû tomber au départ. J'avais beau être préparée, ça fait quand même mal.

Je ne termine même pas mon repas tant j'ai l'estomac retourné.

— Tu n'auras qu'à me donner la date à laquelle tu veux partir, je chargerai Benson de s'occuper des détails, conclut Conor.

Ça, c'est le coup de grâce. Je hoche la tête en signe d'assentiment avant de me relever et de quitter la salle à manger.

Je me tourne et retourne dans mon lit, incapable de trouver le sommeil. J'ai beaucoup pleuré, mais je ne me suis pas endormie pour autant.

Je suis sur le point d'allumer la lampe de chevet lorsque la poignée de ma porte tourne. L'instant suivant, je distingue la silhouette familière de Conor se glisser dans la pièce.

La lumière qui entre par la fenêtre me permet de le distinguer clairement : il n'a qu'un tee-shirt et un pantalon de survêtement foncé. Il regarde dans ma direction.

Nous ne parlons pas et il me rejoint dans mon lit. Je sais qu'il n'a rien à faire ici, que sa présence ne fait que compliquer les choses. Mais après tout, puisque je vais bientôt partir, nous pouvons bien passer une dernière nuit ensemble…

Lorsqu'il saisit ma nuque pour m'attirer à lui et m'embrasser, je laisse de côté toutes les raisons qui font que c'est une mauvaise idée. Je me contente de savourer ce baiser qui devient de plus en plus profond à mesure que notre désir mutuel prend le dessus.

Je me retiens aux bras de Conor pour ne pas basculer, ses mains saisissent le bas de mon débardeur pour le faire passer par-dessus ma tête.

Je me retrouve nue en un rien de temps, mais Conor porte encore ses affaires alors j'entreprends de les lui retirer.

Une certaine forme de frénésie s'est emparée de moi, et même si Conor se maitrise, je sens la même urgence chez lui. Il s'allonge sur moi, et il rive son regard au mien tandis que je noue mes jambes autour de ses hanches. Nos sexes sont proches de ne faire qu'un, pourtant Conor n'esquisse pas le moindre mouvement pour me prendre.

J'ai chaud et je tremble tout à la fois. Ma poitrine qui se soulève à un rythme rapide s'écrase contre son torse puissant à chacune de mes inspirations.

— Tu n'as aucune idée de ce que tu me fais, Julia.

Je ne sais pas quoi répondre à ça, alors je m'appuie sur ses épaules pour me soulever et déposer un baiser sur sa bouche. Conor reste immobile, comme s'il n'avait finalement aucune intention d'aller plus loin. Je renouvèle mon baiser, une fois, puis une autre après ça.

Je suis sur le point de recommencer, mais cette fois Conor me surprend en s'emparant de mes lèvres comme s'il avait faim de moi. Je sens que mon sexe pulse d'avoir trop envie de lui.

Mes hanches tanguent et se meuvent sous lui, sans qu'il ne fasse le mouvement que j'attends. Pourtant je sens son sexe tendu appuyer sur mon ventre.

La frustration grandit de seconde en seconde, jusqu'à ce que je rende les armes et souffle :

— Prends-moi, Conor.

Chapitre Trente-Six

Conor se fige une seconde, nos regards sont rivés l'un à l'autre, puis il glisse une main entre nous et place son sexe à l'entrée du mien. Je gémis quand il me pénètre.

Il commence à bouger lentement, comme s'il voulait faire durer ce moment. Je m'agrippe à ses épaules, plante mes ongles dans sa peau. J'aimerais qu'il aille plus vite, plus fort, mais Conor maintient son rythme. Il me conduit lentement mais surement vers l'orgasme.

Conor s'approprie mes lèvres et m'embrasse avec une douceur et une tendresse qui me font croire à autre chose, à des sentiments plus profonds. Mais je ne dois pas me laisser aller à imaginer cela, c'est bien trop cruel parce que je sais très bien qu'il n'y a rien d'autre entre nous.

Je profite de chaque seconde passée avec lui, je m'enivre de son odeur, j'assouvis ma faim de lui en mordillant sa peau et ses lèvres, mes mains sont partout sur lui et je garde les yeux ouverts pour graver la moindre image dans ma tête.

Ce n'est pas une étreinte anodine, ce sont nos adieux. Une larme roule sur ma joue et Conor s'en aperçoit, il la récupère du bout de la langue.

— Je suis désolé, Julia.

Mais je n'ai pas envie de parler, et encore moins d'écouter ses excuses que je ne mérite pas. S'il y a quelqu'un qui doit s'excuser ici, c'est moi.

Alors je me redresse assez pour emprisonner ses lèvres entre les miennes. Les mouvements lents de Conor gagnent en intensité et je plaque mes mains sur ses fesses pour les accompagner.

Le plaisir est en train de me faire décoller, c'est puissant et primitif, comme chacun de nos moments auparavant. Entre Conor et moi, il n'y a qu'une puissante connexion charnelle, c'est ce que mon cœur a oublié en s'offrant à lui... Et je vais en payer le prix. Mais pas cette nuit.

Lâchement, je laisse à la Julia de demain le soin de gérer cette douleur. Pour le moment, je me repais des caresses et des baisers de Conor. Je m'ouvre tout entière pour prendre tout ce que je peux.

~

La nuit a été courte, je n'ai presque pas dormi. Même quand j'étais enveloppée par le corps rassurant de Conor, mes pensées retournaient sans cesse vers Swann. Conor, lui, a pu se reposer, et j'ai écouté son souffle pendant des heures.

Quand il est reparti ce matin, j'ai fait semblant de dormir pour ne pas voir son visage. Je ne sais pas si je serai capable de le regarder dans les yeux, même après ce que nous venons de faire.

Je ne descends pas pour le petit déjeuner, j'ai l'estomac en vrac et une vague nausée.

Je tourne en rond dans ma chambre, en essayant de savoir quoi faire. À défaut de passer la journée enfermée ici, je décide d'aller à la bibliothèque. Je sais très bien que je n'aurai pas vraiment la tête à ça, mais je dois me remettre dans le bain car je compte reprendre les cours à mon retour en France.

Je m'installe à la grande table avec l'idée de réviser, mais j'ai beau faire, mon esprit s'envole toujours en direction de Swann et de ses secrets, ou de Conor et de tous les moments que nous avons partagés... Une idée incongrue me vient : qu'a-t-il fait du portrait qu'il a dessiné ? J'imagine que je n'aurai pas l'occasion de le voir. Ceci dit, ce serait sans doute pire qu'il me l'offre en souvenir...

Je pousse un gros soupir et m'adosse à la chaise. Inutile de me leurrer, il n'y a aucune chance que j'arrive à apprendre quoi que ce soit ce matin.

Mon corps porte encore les marques de la nuit que je viens de passer avec Conor, et je n'arrive pas à penser à autre chose qu'à lui...

La porte s'ouvre et Marcus apparait sur le seuil. Il me repère tout de suite. Il m'adresse un de ses sourires signature avant de prendre une chaise à la table. Il semble si décontracté et bien dans sa peau... Je l'envie un peu.

— Bonjour, Julia. Comment vas-tu ?

— Aussi bien que possible étant donné les circonstances...

— Je suis désolé de ne pas être passé quand tu étais à l'hôpital.

Il m'a fait envoyer un énorme bouquet de fleurs à l'hôpital, mais il n'est pas venu.

— J'ai eu beaucoup à faire pendant l'absence de Conor, enchaine-t-il.

C'est vrai que Conor ne m'a pas quittée une seconde, il a même proposé à plusieurs reprises de m'aider à me doucher !

Je secoue la tête :

— Il n'y a pas de problème, Marcus. Je suis rétablie maintenant.

Je ne garde qu'une légère bosse à la tête qui est en train de se résorber, en dehors de ça, les séquelles de toute cette histoire sont psychologiques...

— Je suis content que tu ailles mieux. Je me suis inquiété pour toi... Et Conor m'a appris pour le bébé. Je suis désolé.

Je hausse les épaules :

— Il n'y avait rien à faire...

Marcus hoche la tête d'un air entendu.

— Mais j'imagine que vous allez faire un autre essai ?

Mon cœur manque un battement, il n'en a jamais été question, mais je crois que ni Conor ni moi ne le souhaitons. Pour autant, je n'ai pas envie de parler de ça avec Marcus, c'est bien trop personnel.

Ce dernier n'attend d'ailleurs pas ma réponse pour continuer :

— Je ne pense pas que cet enfant pourra remplacer Swann dans le cœur de Conor. Il est persuadé qu'il fera son deuil de cette manière, mais si tu veux mon avis, ça ne marchera pas.

C'est bien la première fois que Marcus se laisse aller à me faire des confidences sur sa relation avec Conor, et je l'écoute attentivement :

— Conor était fou de Swann. Tu aurais dû le voir à l'époque...

Les mots de Marcus me font mal, chaque phrase qu'il prononce écorche mon cœur déjà malmené, pourtant je ne l'arrête pas. Je l'écoute presque avec une curiosité morbide :

— Quand ils sont venus habiter ici, juste après leur mariage, ils n'arrivaient pas à se détacher l'un de l'autre. Ils étaient comme des bêtes et...

Il marque un arrêt, comme s'il s'en voulait d'en avoir trop dit. Alors je l'encourage :

— Et quoi ?

Marcus se penche vers moi par-dessus la table avant de révéler à voix basse :

— Ils étaient comme des lapins, ils faisaient ça absolument partout !

Je déglutis. Donc la connexion qu'il y a entre Conor et moi existait aussi entre ma sœur et lui... En définitive, il n'y a rien d'exceptionnel entre lui et moi. Je me suis fait des idées...

— Je ne serais même pas étonné qu'ils l'aient fait ici, sur cette table.

Instinctivement, je relève les mains de la table. C'est stupide, je le sais.

— Conor était accro, il avait toujours de petites attentions pour Swann. C'était parfois mignon à voir, ou un peu gênant, mais ils étaient très amoureux.

Ce qui n'a pas empêché Swann d'avoir un amant !

Mais ça je ne le dis pas à Marcus, ce n'est pas à moi de lui révéler ce genre de secret, ni à lui ni à Conor d'ailleurs. Je ne pourrai pas ternir l'image que Conor se fait de sa femme disparue. Ce serait trop cruel.

— Je suis certain que tu penses bien faire en aidant Conor à avoir un enfant de Swann, ce bébé qu'il désire tant depuis qu'il a rencontré ta sœur…

Je sens le « mais » arriver, et en effet :

— Mais ce n'est pas l'aider que de le maintenir dans l'illusion que Swann est encore là. Elle est morte, il doit passer à autre chose. Tu ne crois pas ?

— Je n'ai pas la prétention de connaitre Conor aussi bien que toi, Marcus, tout ce que je sais, c'est que s'il veut avoir un enfant, c'est son droit le plus strict. Je ne le jugerai pas pour ça.

— Mais Swann est morte !

La bonne humeur apparente de Marcus s'effrite et je lis une sorte de colère dans son regard.

— Ils avaient fait toute la procédure pour avoir une mère porteuse, Marcus.

— Mais elle n'est plus là pour donner son accord ou pour élever cet enfant. Tu crois que c'est une bonne chose de mettre au monde un orphelin ?

— On croirait entendre ma mère, marmonné-je.

La petite lueur qui étincèle dans le regard de Marcus se change en flamme :

— Si même la grand-mère est contre, tu ne penses pas que ça compte pour quelque chose ?

— Ma mère et Swann n'étaient plus très proches, je ne sais pas dans quelle mesure elle peut savoir ce que ma sœur aurait voulu ou pas. Il me semble que Conor est encore le mieux placé pour décider.

— Et toi ?

Je fronce les sourcils.

— Moi, quoi ?

— Tu n'as pas ton mot à dire dans tout ça ?

— J'ai accepté en connaissance de cause.

La colère de Marcus ne retombe pas, il a un drôle de rictus :

— Tu ne penses pas que Conor t'a manipulée pour que tu acceptes de porter son bébé ?

— Pas du tout. J'ai pris ma décision toute seule.

Marcus me dévisage un instant en silence.

— Avez-vous couché ensemble ?

J'en reste bouche bée.

— Je crois que tu dépasses les bornes, Marcus.

— Vraiment ? Alors tu vas me dire que Conor n'a pas usé de toutes les armes qu'il avait pour te faire flancher ? Il n'a pas été jusqu'à te mettre dans son lit pour mieux te manipuler ?

Les souvenirs remontent par flash dans ma tête. La manière dont Conor m'a séduite, l'attirance entre nous… Et si tout ça n'avait été qu'une manipulation pour me décider à lui donner ce qu'il voulait ?

— Mais ça n'a pas de sens, il aurait pu engager une autre mère porteuse, contré-je.

— Oui, mais s'il voulait maximiser les chances de réussite, c'est quand même mieux que la mère porteuse fasse partie de la famille, tu ne crois pas ?

Je suis incapable de répondre, réduite au silence par les souvenirs qui continuent de m'assaillir.

Marcus pose une main sur la mienne dans un geste qui se veut rassurant.

— Tu as fait tout ce que tu as pu, Julia. Tu ne dois pas culpabiliser, tu n'avais pas les ressources pour te défendre face à lui. Conor est un homme riche et puissant qui n'hésite pas à faire le nécessaire pour parvenir à ses fins. Il avait décidé que tu porterais son enfant, et il a presque réussi. Mais tu as une chance de tout arrêter. Tu peux rentrer chez toi, et ne plus entendre parler de lui.

Les larmes ont envahi mes yeux. La honte et la colère se disputent en moi. Comment ai-je pu être si naïve ? Une partie de moi savait bien que Conor avait un objectif et qu'il voulait son enfant, mais l'autre partie, plus forte ou plus faible selon le point de vue, s'est laissé tenter. J'ai succombé à Conor et je l'ai fait en toute connaissance de cause. Je ne peux m'en prendre qu'à moi-même.

Je n'ai pas envisagé de faire un autre essai d'insémination, parce que je ne supporterais pas de perdre à nouveau un bébé. Le fait que ce ne soit pas mon propre enfant n'y change rien, c'est trop difficile psychologiquement.

Si Conor veut vraiment avoir un bébé, il devra faire appel à une autre mère porteuse, moi je ne peux pas en faire plus. C'est au-dessus de mes forces.

Les larmes roulent sur mes joues.

— Je suis désolé d'être celui qui te dit tout ça, Julia.

Marcus tapote ma main.

— Mais si je ne l'avais pas fait, alors qui s'en serait chargé ?

Il a un petit air désolé.

— Tu as bien fait, Marcus. Je savais que ce moment arriverait... Je n'arrivais pas à me ressaisir, mais tu m'as remis les idées en place. J'en avais besoin.

Marcus hoche la tête.

— Je suis ton ami, Julia. J'aurais dû te dire plus tôt que tu pouvais compter sur moi, mais ça me paraissait tellement évident que je n'ai pas jugé utile de le faire. Peut-être que si je t'avais mise en garde dès ton arrivée, tu n'en serais pas là.

Il a vraiment l'air de culpabiliser.

— Tu as fait ce que tu pouvais, Marcus. Ne te prends pas la tête.

Un silence passe pendant lequel j'arrive enfin à trouver le courage qui me manquait jusque-là. Je relève les yeux vers Marcus :

— Tu me rendrais un service ?

Chapitre Trente-Sept

Le retour en France est à la fois étrange et un soulagement. Je réintègre le petit appartement que je partage avec Valentin un vendredi en fin de matinée. Il n'y a personne, j'imagine que mon colocataire est en classe.

Là où je devrais être moi aussi...

Toute cette histoire avec Conor m'a peut-être fait gagner de l'argent (le solde de mon compte bancaire en témoigne), mais j'y ai laissé une partie de moi. Et je ne sais pas si le jeu en valait vraiment la chandelle.

Je me laisse tomber sur le lit, mes valises occupent le peu d'espace disponible dans ma chambre. C'est certain que ça me change de la suite que j'occupais à Loch Gorm...

Penser au château, ou à son propriétaire, me laisse un arrière-gout amer. Je préfère écarter mes souvenirs pour me concentrer sur le présent. J'ai plein de choses à faire, à commencer par défaire toutes mes valises.

Une heure plus tard, j'ai casé la plupart de mes vêtements dans mes placards, mais la garde-robe que j'ai acquise à Seattle dépasse les capacités de mon dressing, et je dois en laisser une partie dans une valise.

Je récupère ma vieille besace et me prépare pour retourner sur le campus. Je n'ai pas envie de rester ici à ressasser les évènements, ce que je dois faire, c'est aller de l'avant et reprendre le cours de ma vie.

Mon vélo est toujours rangé sur notre petit balcon, et je le prends pour aller à la fac. Lorsque j'arrive sur le campus, je me dirige tout de suite vers l'amphithéâtre, avec l'espoir de retrouver Valentin.

La chance est avec moi car justement je l'aperçois qui sort du bâtiment. Un jeune homme, qui doit être le fameux Vincent, le rejoint et ils s'embrassent.

Mon cœur se serre. Je suis très contente pour mon ami, mais son bonheur me renvoie à Conor et à ce que nous aurions pu partager tous les deux si la situation avait été différente...

— Salut, belle étrangère !

La voix de Valentin me sort de mes pensées. Mon ami m'a vue et il se dirige vers moi. Son petit ami le suit.

— Bonjour, Val' !

Je suis tellement contente de le retrouver, il est la seule personne qui m'ait manquée pendant que j'étais aux États-Unis. Valentin jette un coup d'œil à mon ventre avant de me regarder dans les yeux.

— Dis donc, tu le caches bien...

Je réponds avec une petite grimace :

— Je ne suis pas enceinte. Ou plutôt, je ne le suis plus...

Un petit éclair de compassion passe sur le visage de mon ami, et il ne m'en faut pas plus pour sentir les larmes monter. Je prends une grande inspiration et m'adresse à son petit copain qui est resté un peu en retrait :

— Tu dois être Vincent ? J'ai entendu parler de toi.

Le regard du jeune homme pétille, il y a quelque chose d'innocent chez lui qui me plait tout de suite. Il m'adresse un timide signe de la tête. Ils forment un beau couple avec Valentin.

— On allait prendre un café, tu viens ? Tu as plein de choses à nous raconter, reprend mon ami.

Nous traversons le campus pour rejoindre le café aux abords de l'entrée de la fac. Il s'agit du même endroit où Conor et moi avions pris un café et où il m'avait fait sa drôle de proposition...

Mon estomac se retourne à la vue de la table où nous nous étions installés. En fait, où que j'aille ici, le souvenir de Conor me hantera toujours. Il faut que je guérisse de lui, que je reprenne le dessus et que je l'oublie. Pour ma santé, tant physique que psychique, Conor doit sortir de ma tête.

— Tu sais qu'en fait tu peux reprendre ton semestre si tu veux ? lance Valentin.

Je fronce les sourcils, sans bien comprendre où il veut en venir.

— Ben oui, tu n'as pas manqué tant de choses que ça et je suis certain que tu pourras passer les exams comme prévu.

J'ai quand même gardé le cap à Seattle en étudiant les cours que Valentin m'envoyait, mais je ne veux pas me faire de faux espoirs, alors je réponds prudemment :

— On verra.

À côté de lui, Vincent assiste à la conversation sans rien dire. Je m'adresse à lui :

— Et toi, Vincent, qu'est-ce que tu étudies ?

Pendant la demi-heure qui suit, nous échangeons à bâtons rompus et j'apprends que le nouveau petit ami de Valentin suit un cursus d'ingénieur, et qu'il veut se spécialiser dans l'informatique.

Mais soudain, Valentin nous interrompt en s'adressant à moi :

— Tu sais ce que tu devrais faire pour rattraper les crédits qu'il te manquera pour valider l'année ?

Je fronce les sourcils en secouant la tête.

— Howard nous a dit qu'il comptait conduire des fouilles en Amérique Latine. Je n'ai pas trop écouté parce que je ne parle pas un mot d'espagnol et que je ne peux pas me libérer l'été prochain, mais je suis certain que toi ça t'intéressera !

Je repense à notre professeur, sans doute le moins commode d'entre tous.

— Je ne suis plus venue en cours depuis des semaines, il n'y a aucune chance qu'il accepte que je participe à son expédition...

Valentin hausse les épaules.

— Qui ne tente rien n'a rien ! Et puis, pense à toutes les découvertes que tu pourrais faire dans le désert chilien !

Je ris tout bas :

— Oh, oui, je suis sans aucun doute le prochain Carter[1] !

Valentin s'esclaffe.

— Sans aller jusque-là, tu pourrais déjà rattraper ton retard, ce serait un bon début.

Je prends une profonde inspiration avant de frapper à la porte de l'appartement de ma mère. Elle est sortie de la clinique depuis un certain temps, mais je n'ai plus vraiment de nouvelles depuis la dernière fois où elle m'a dit de ne pas poursuivre le projet de grossesse pour Conor.

Le battant s'ouvre et le regard de ma mère se pose sur moi.

— Bonjour, maman.

Elle me dévisage un instant avant de s'écarter pour me laisser entrer. Elle ne me propose pas de m'assoir ni de me faire un café. Je comprends que je ne suis pas la bienvenue ici.

Et quelque part, c'est tant mieux, ça facilitera ce que j'ai à lui dire.

— Tu n'es pas enceinte, fait-elle remarquer d'un ton sec.

Je secoue la tête, sans lui expliquer ce qu'il s'est passé. Je

1. Howard Carter est l'égyptologue anglais qui a découvert le tombeau du pharaon Toutânkhamon le 4 novembre 1922 sur la rive ouest du Nil face à Louxor.

n'ai pas envie de perdre mon temps, et plus vite j'en aurai terminé avec elle, mieux ce sera.

Si ma mère et moi n'avons jamais été très proches, c'est sur le point d'empirer. J'ai décidé de la confronter, et je n'y vais pas par quatre chemins :

— Tu savais ce que papa faisait subir à Swann ?

Ma mère cligne plusieurs fois des yeux, elle ne s'attendait pas à ce que je lui demande ça, mais maintenant que j'ai ouvert la boite de Pandore, je ne peux plus reculer.

Elle ne répond pas et son silence me donne envie de casser des choses, ou de hurler.

— Papa a abusé de ma sœur pendant des années. Ça s'est passé sous ton toit, ne me dis pas que tu ne le savais pas ! assené-je.

Ma mère semble retrouver ses esprits, elle se dirige vers la cuisine, et je la suis.

— Tu dis n'importe quoi, Julia. Ton père n'a jamais rien fait...

— Arrête de me raconter des conneries ! J'ai des preuves de ce qu'il a fait. D'accord ?

De fait, j'ai toujours la clé USB qui contient le journal de Swann. En revanche, je n'ai pas encore décidé de ce que j'allais en faire.

Ma mère commence à laver sa vaisselle, mais je ne suis pas dupe : elle veut seulement éviter de m'affronter. Elle se mure dans un silence qui ne fait qu'attiser la colère en moi.

— Swann est partie parce que tu ne l'as pas protégée !

Ma voix de brise à cause des larmes de peine et de rage qui se mettent à couler sur mes joues.

Je me souviens que mon père et ma mère se sont

séparés pas longtemps après le départ de ma sœur, ce qui me laisse croire que ma mère savait ce qu'il se passait.

— Et dire que c'était ta fille préférée, lancé-je, amère.

J'ai encore envie de vomir tellement cette histoire me dégoute. Si ma sœur est partie, ce n'était pas à cause de moi. Elle a fui pour se protéger, et elle a bien fait ! De toute évidence, ce n'est pas notre mère qui pouvait l'aider…

Alors que j'ai déjà l'impression qu'il est en miettes, mon cœur se brise à nouveau. Pas étonnant qu'une part de Swann n'ait pas voulu avoir d'enfant… Après tout ce qu'elle avait subi, elle avait perdu foi en l'humanité.

L'eau coule dans l'évier et ma mère continue à nettoyer sa vaisselle comme si je n'étais pas là. Je comprends que je ne tirerai rien d'elle.

— Tu sais quoi, maman ? En ce qui me concerne, tu n'existes plus. De toute façon, tu n'as jamais rien fait pour qu'on soit proches toutes les deux. J'imagine que je ne te manquerai pas.

Je pivote sur mes talons pour regagner la porte et quitter cet endroit maudit.

— Je n'ai jamais préféré ta sœur.

Je me fige en entendant ma mère.

L'eau arrête de couler dans l'évier.

— Je vous aimais toutes les deux. Je vous aime, se reprend-elle.

Je me tourne pour lui faire face :

— Tu as une drôle de manière de le montrer.

Les larmes baignent le visage de ma mère, et je sens mon cœur se serrer. Même si je suis en colère contre elle, cette femme reste ma mère. Je n'en ai qu'une.

— Je suis désolée, Julia. Tellement désolée.

Elle s'effondre sur une chaise et j'approche d'elle.

— Quand j'ai compris ce qu'il se passait, il était trop tard pour Swann. Elle était partie. Mais j'ai fait en sorte que ton père ne soit plus avec nous et qu'il ne te fasse pas de mal.

Elle marque une pause, le regard perdu dans le vide, les larmes continuent à couler sur ses joues.

— Pourquoi n'as-tu pas porté plainte ?

Ma mère reporte son attention sur moi.

— Tu crois qu'il se contentait d'abuser de ta sœur ? demande-t-elle d'un ton las.

Je fronce les sourcils, essayant de me remémorer des souvenirs de cette période, mais j'étais petite et tout est un peu flou.

— Il me frappait, Julia. Et quand il a compris que Swann ne reviendrait pas, il a bien failli me tuer.

La voix de ma mère se coupe sous l'effet de l'émotion. Je commence à deviner une réalité bien éloignée de celle que j'avais gardée en tête.

Je pose une main sur celle de ma mère.

— Mais c'est la dernière fois où il a levé la main sur moi. J'ai été aidée par une association...

— Je ne me souviens pas de tout ça, dis-je tout bas.

— Tu n'étais qu'une petite fille, c'était à moi de te protéger de lui. Je n'ai pas réussi à le faire pour ta sœur, mais, toi, je t'ai tenue à distance de tout ça, Julia.

Moi qui étais venue ici avec une énergie vengeresse, je me rends compte que ma vision de mon propre passé était faussée. Ma mère a tout fait pour me protéger, et ça remet tout en perspective.

— J'ai retrouvé un journal de Swann, maman. J'ai des preuves de ce que papa lui a fait subir.

Ma mère secoue la tête.

— Je pense qu'il vaut mieux ne pas remuer le passé, Julia, Dieu seul sait ce qui pourrait en ressortir...

— Il devrait aller en prison pour tout ce qu'il a fait !

— Oui, mais quel juge le condamnera alors que sa victime est morte et que les faits datent d'il y a si longtemps ?

Je déteste l'admettre, mais ma mère a raison. Et je comprends aussi que notre relation doit repartir sur des bases saines, ce qui ne sera jamais le cas si nous entamons un procès perdu d'avance. Je vais garder la clé USB de Swann, mais je n'en parlerai plus.

— Tu es rentrée pour de bon ? demande ma mère.

Je hoche la tête. Elle m'observe un instant.

— Tu ne vas pas porter leur enfant ?

— Non. J'avais accepté, mais j'ai fait une fausse couche...

Ma mère pose sa deuxième main sur la mienne.

— Je suis désolée pour ce que je t'ai dit à la clinique. J'étais encore sous le choc de la mort de Swann... Je ne le pensais pas. Si Conor veut ce bébé, je ne peux pas m'y opposer... Mais je préfèrerais que tu ne sois pas mêlée à tout ça, Julia.

Je lis dans son regard tout l'amour que ma mère me porte et mon cœur se gonfle. Je me sens soutenue et aimée, ça fait un bien fou.

— Je suis tombée amoureuse de lui, maman.

J'ai honte de moi. Je ne devrais pas ressentir ça pour Conor, mais le confesser à ma mère me soulage un peu.

Ma mère tapote ma main.

— On ne choisit pas ce genre de chose, Julia. Tout ce qui compte, c'est qu'il te traite bien.

Je fronce les sourcils.

— Mais... Swann...

— Ta sœur n'est plus là.

Je lis la souffrance sur son visage quand elle prononce ces mots.

— C'est tragique et la douleur ne s'effacera pas de sitôt, continue-t-elle. Mais nous sommes encore en vie, nous devons aller de l'avant. Et je suis certaine que ta sœur aurait voulu que Conor et toi soyez heureux.

Nous discutons encore un peu et ma mère me prend dans ses bras avant que je parte. Je ne me souviens même plus de la dernière fois où elle m'a tenue ainsi... Ça me fait tellement de bien.

En quittant son appartement, je me sens apaisée. Maintenant, je peux me pardonner d'avoir succombé à Conor et aller de l'avant.

Chapitre Trente-Huit

L'idée de Valentin a fait son chemin dans ma tête ce weekend, et, ce matin, j'ai pris ma décision : je vais tout faire pour convaincre mon professeur de m'accorder une chance de participer aux fouilles en Amérique Latine. Parce que, j'en suis certaine, m'engager dans ce genre de projet est exactement ce qu'il me faut pour sortir Conor McLane de ma tête.

Hélas, le destin semble jouer en ma défaveur car au moment où je quitte mon immeuble en début de matinée, mon regard croise celui, intense, d'un certain écossais qui m'attend de l'autre côté de la rue...

J'ai l'impression que mon cœur fait un salto dans ma poitrine, juste avant qu'une vague de chaleur se propage dans tout mon corps.

J'ai du mal à avaler ma salive et je ne peux pas quitter Conor des yeux. C'est comme si sa présence m'hypnotisait. Mais quand il s'engage sur la chaussée pour me rejoindre, je retrouve mes esprits et pars d'un pas décidé dans le sens opposé au sien.

Je ne peux pas l'affronter, pas encore. Mon cœur est en miettes, et je dois redonner un sens à ma vie. Il faut que j'aille de l'avant et Conor ne peut pas être dans les parages pendant ce processus.

— Julia, attends, s'il te plait.

Il m'a déjà rattrapée et il saisit mon poignet pour me retenir. Je me fige, sans pour autant me retourner. Je ne me sens pas la force de le regarder en face. Déjà, la chaleur de sa main sur ma peau se diffuse le long de mon bras...

Mon corps n'est pas aligné sur ma raison car il réagit toujours aussi fort à la présence de Conor. Je pousse un profond soupir.

— Il faut qu'on parle, dit-il.

Rien que le son de sa voix provoque une envolée de frissons sur ma peau !

— Je ne peux pas...

— Julia.

Ce mot à lui seul est une supplique, et je ne peux pas faire autrement que me retourner face à Conor.

— J'ai des choses à te dire.

— Pas moi. Je suis désolée, Conor, mais je ne veux pas continuer ce petit jeu malsain que tu as initié entre nous. J'aurais vraiment aimé que cette grossesse aille à son terme et que tu aies l'enfant que tu désires, mais je ne peux pas revivre cette expérience. C'était trop...

Le regard de Conor est intense, plus qu'il ne l'a jamais été. Je déglutis :

— C'était plus que je ne peux en supporter. Alors, s'il te plait, si tu tiens un peu à moi, laisse-moi tranquille.

Conor a relâché sa prise et il a placé ses mains dans ses poches, il me dévisage, l'air grave.

— Je ne pourrais pas faire ce que tu me demandes, même si je le voulais, Julia.

Je crois que ma mâchoire se décroche sous l'effet de l'étonnement, et il continue :

— Nous devons parler, toi et moi. Ça ne peut pas s'arrêter de cette manière. Ce n'est pas correct.

Je le connais assez maintenant pour savoir que quand il a une idée en tête il n'en démord pas avant d'avoir atteint son objectif. Lui résister serait une perte de temps alors j'opte pour la négociation :

— Si je t'accorde quelques minutes maintenant, tu promets de me laisser tranquille ensuite ?

Il réfléchit un instant :

— Si après avoir parlé avec moi tu ne veux plus me revoir, alors oui, je m'en irai et tu n'entendras plus jamais parler de moi.

Je hoche la tête pour signifier que je l'écoute. Il regarde autour de nous avant de demander :

— On peut aller ailleurs ?

J'hésite un instant avant de lui proposer de monter chez moi. Ce n'est sans doute pas la meilleure manière pour moi de l'oublier car son souvenir imprègnera les lieux après son départ, mais ça ne fera que renforcer ma décision d'intégrer l'expédition de mon professeur.

Nous nous installons dans le salon, et Conor regarde autour de lui avec curiosité.

— Maintenant quand je penserai à toi, je t'imaginerai ici.

Je cligne plusieurs fois des yeux. Conor pense à moi ? Cette idée provoque une réaction dans mon ventre, mais je l'ignore pour me concentrer sur lui :

— Qu'est-ce que tu voulais me dire ?

Il fait quelques pas dans le salon avant de se placer devant la fenêtre. J'observe sa silhouette qui se découpe à contrejour : ses larges épaules, son dos musclé... Je m'en veux de le trouver aussi beau et attirant, après tout ce qui est arrivé, je ne devrais plus ressentir tout ça.

— Swann était mon premier amour, commence-t-il.

Et ce ne sont pas du tout les mots auxquels je m'attendais, s'il est venu ici pour enfoncer d'autres piques dans mon cœur, je préfère autant qu'il s'en aille ! Mais je n'ai pas le temps de répondre, car il continue :

— Je l'aimais comme un fou. Mon monde tournait autour d'elle, au point d'en oublier tout ce qui faisait ma propre personnalité ou mes besoins. Il n'y avait qu'elle.

Conor a une voix détachée, comme s'il se replongeait dans des souvenirs lointains.

— Et nous étions fusionnels... du moins, au début.

Il se tourne vers moi, son regard se perd dans le vide tandis qu'il me raconte la suite :

— J'acceptais ses manies parce que je les mettais sur le compte de l'âme d'artiste qu'elle avait. Pas de photo, pas de réseaux sociaux, pas de public ni d'amis autour de nous. Nous étions tout l'un pour l'autre. Du moins, c'est ce que je croyais. Et puis, après notre mariage, j'ai commencé à lui expliquer que je voulais un enfant. Pour moi, c'était la suite logique à notre amour.

Il marque une pause, et je me rends compte que quelque chose a changé chez lui, il ne parle pas comme un homme amoureux, mais plutôt comme un homme qui a vécu une expérience dont il a tiré les leçons.

— Swann me suffisait, et je croyais que la réciproque était vraie. Elle était d'un naturel secret, elle ne voulait pas partager ma chambre ni me dire ce qu'elle faisait quand elle s'absentait. Et moi, j'étais totalement mordu. Je ne pouvais pas me passer d'elle...

Mon cœur se serre, en partie parce que l'image de ce Conor du passé me fait de la peine, en partie parce que je découvre à quel point il aimait Swann.

— Quand elle est morte, j'ai cru que mon monde s'arrêtait de tourner.

Une lueur de tristesse passe sur son visage.

— Et puis je t'ai rencontrée... Tu lui ressembles tellement...

— Je ne suis pas Swann.

Ma voix est un peu sèche, mais je ne supporterai pas de l'entendre dire tout haut la vérité : à savoir que je n'étais qu'une pâle copie de ma sœur avec laquelle il s'est consolé.

Conor me dévisage un instant, comme s'il cherchait ses mots. Je pourrais le soulager d'un poids et couper court à la conversation, mais je n'arrive pas à me détacher de lui, à imaginer ce que mon quotidien sera une fois qu'il aura franchi le seuil de ma porte...

Il reprend :

— Tu n'es pas Swann, Julia. Je le sais, et je n'ai jamais vu en toi sa remplaçante.

— C'est censé me soulager ou me faire plaisir ?

— Ni l'un ni l'autre, je voulais juste que tu saches la vérité.

Je hoche la tête.

Il faut que Conor s'en aille.

Le constat est implacable : rien qu'à le voir là, tout près de moi j'ai envie de le prendre dans mes bras et de l'embrasser.

Je prends une inspiration avant de lâcher :

— Bien, je crois que j'ai compris. Merci d'avoir fait le déplacement jusqu'ici pour me parler.

Ma voix est bien trop vacillante, j'aimerais être plus assurée, mais je ne peux pas faire comme si de rien n'était. C'est au-dessus de mes forces.

Le regard de Conor se pose sur moi. Il me scrute comme s'il cherchait des réponses, mais je ne sais pas à quoi il pense, et finalement, je ne préfère pas le savoir.

— Mes parents t'apprécient beaucoup, dit-il enfin.

Et je mesure à nouveau à quel point je ne le comprends pas. Il est toujours là où je ne l'attends pas...

— Ils voudraient que tu viennes leur rendre visite, continue Conor.

Je fronce les sourcils, ne sachant pas comment interpréter cette information.

Conor pousse un profond soupir avant de s'approcher de moi. Mon corps est partagé entre le besoin de sentir Conor encore plus près et celui de maintenir une distance de sécurité entre nous.

Je suis figée, paralysée par mon incapacité à décider. En désespoir de cause, je relève les yeux vers Conor. Il place sa main en coupe contre ma joue :

— Tu me fais perdre mes moyens, Julia, souffle-t-il.

Je me ressaisis enfin :

— Pourtant ce n'est pas compliqué : tu es venu me faire tes adieux.

Mon cœur se comprime, et je dois faire un effort pour ne pas pleurer.

— C'est ce que tu veux ? demande-t-il.

Je ne sais pas quoi répondre à ça, alors je garde un silence prudent, les yeux rivés à ceux de Conor.

— Julia, je suis venu te demander de m'accompagner en Écosse.

Cette idée est tellement incongrue que j'ai envie de rire. Je mords ma lèvre pour ne pas m'esclaffer.

— S'il te plait, continue Conor. Mes parents m'ont chargé de t'inviter...

Je fais un pas en arrière pour rompre le contact avec Conor et garder ma présence d'esprit, quand il me regarde comme ça, je serais capable de dire oui à tout et n'importe quoi.

— Eh bien, tu remercieras tes parents. Mais je ne peux pas m'absenter maintenant. J'ai des cours à rattraper...

— Ils ont prévu une petite cérémonie en hommage à Swann. Ta présence est souhaitée.

Et voilà ! Le fantôme de ma sœur ressurgit entre nous ! Je crois qu'elle n'a jamais été aussi présente à mes côtés que depuis qu'elle n'est plus de ce monde... J'ai conscience d'être un peu acide, mais je prends sur moi depuis des semaines, et je crois que je suis proche du point de rupture.

— Je suis touchée par l'attention de tes parents, Conor, vraiment, mais je ne peux pas...

Une nouvelle fois, Conor réduit la distance entre nous et il me prend dans ses bras. Je suis tentée de me libérer de sa prise, mais son odeur m'enveloppe, et c'en est trop : je me laisse aller contre son torse. L'oreille posée contre lui, j'écoute son cœur qui bat fort.

Alors, je comprends quelque chose : je suis incapable de résister à Conor McLane. Même si ma raison s'insurge contre cet état de fait, je ne peux pas refuser.

Les lèvres de Conor se posent contre ma tempe et je ferme les yeux, le corps et l'esprit sens dessus-dessous.

— Accompagne-moi en Écosse, Julia, chuchote-t-il avant d'embrasser à nouveau ma tempe.

Il n'est pas fairplay car j'ai déjà toutes les peines du monde à lui résister. Je pose les mains sur ses pectoraux, pour le repousser un peu.

Son regard vert capture le mien pour ne plus le quitter. Il attend ma réponse.

Je réfléchis encore un instant même si je sais déjà que j'ai pris ma décision.

Conor tient toujours ma nuque, son pouce caresse doucement ma peau et je frissonne.

— D'accord. Je viens avec toi en Écosse.

Chapitre Trente-Neuf

Rien ne m'a préparée à l'arrivée dans la demeure familiale de la tribu McLane... Lorsque notre voiture franchit les immenses grilles du portail, ma vue est tout de suite attirée par le petit château qui se dresse au bout de l'allée.

S'il est de taille plus modeste que Loch Gorm, il n'en reste pas moins impressionnant par ses tours crantées qui se découpent sur le ciel voilé de fin d'après-midi.

— Merci d'être venue, Julia.

Je tourne la tête pour observer le profil de Conor. C'est lui qui conduit, et je reconnais que ses longues mains posées sur le volant ont plus d'une fois attiré mon attention...

Il me jette un coup d'œil avant de se concentrer sur la conduite.

— Tu es très silencieuse depuis notre départ de Paris.

Je hausse les épaules :

— Quand je ne sais pas quoi dire, je préfère me taire.

Le véhicule se range à côté d'autres qui sont déjà garés. Conor coupe le contact avant de se tourner vers moi. Son regard dérive vers mes lèvres, et je sens mon ventre se contracter en réponse.

— Arrête, soufflé-je.

Ma voix manque d'assurance, mais je ne peux pas faire mieux.

— Je n'ai rien fait ! s'offusque-t-il.

Je mords ma lèvre tout en réfléchissant, et je décide d'opter pour la franchise :

— Nous allons voir tes parents, et je ne veux pas leur faire mauvaise impression...

— Ils t'ont déjà rencontrée, et ils te trouvent adorable.

— Mais ça pourrait changer s'ils savaient ce qu'on...

Malgré toute ma bonne volonté, il m'est impossible de dire à voix haute ce que Conor et moi avons déjà fait. Je sens mes joues chauffer.

— S'ils savaient qu'on a fait l'amour ? complète Conor.

Un choix d'images bien senties afflue dans ma tête, et je dois faire un gros effort pour ne pas me laisser submerger.

— Qu'est-ce que tu proposes, Julia ? Qu'on oublie tout ce que nous avons vécu, comme ça, par magie ?

J'ai du mal à soutenir le regard de Conor qui est en train de tourner à l'orage sous l'effet du désir. Je le connais assez maintenant pour reconnaitre les signes...

— On ne peut pas remonter le temps et changer le passé, dit-il.

Le passé... Sa voix se brise et je suis certaine que nous pensons à la même personne : Swann.

Je reprends :

— Tout ce que je te demande, c'est de ne pas me mettre dans une situation embarrassante.

Il s'apprête à ouvrir la bouche, quand on frappe à la vitre de mon côté. Je sursaute.

Je me tourne et découvre un jeune homme au visage avenant et au sourire facile. Il a les mêmes yeux que Conor, je suis certaine qu'il s'agit de l'un de ses frères.

Conor lâche :

— Bienvenue à Oberness.

Je suis Conor en direction de l'entrée du château. Il porte nos deux valises comme si elles ne pesaient rien.

— Tu es la sœur de Swann, tu lui ressembles beaucoup, me lance le frère de Conor qui marche à mes côtés. Je suis Noah.

— Salut, Noah.

Conor nous lance un regard par-dessus son épaule, et il fronce les sourcils. Qu'est-ce qu'il a encore ? Il est tellement changeant que je me demande parfois comment je pourrais arriver à le comprendre...

— Tout le monde est très content que tu viennes, Julia. La cérémonie en l'honneur de Swann sera plus complète.

Je ne sais pas comment prendre cette information et m'interroge sur l'identité de ce « tout le monde ». Mais je n'ai pas longtemps à attendre, car un comité d'accueil nous attend à l'intérieur du château.

Je suis à nouveau surprise que la famille de Conor vive

dans ce genre d'endroit. J'ai plus l'impression qu'il s'agit d'un monument national que d'une demeure appartenant à des particuliers...

Lorsque j'entre dans Oberness, je découvre un vaste hall au sol en pierre et aux murs recouverts de bois.

— On vous attend dans le petit salon, nous informe Noah.

Il m'adresse un clin d'œil avant de nous quitter. Conor se contente de grommeler quelque chose que je ne comprends pas, d'ailleurs, je n'ai même pas l'impression qu'il ait parlé en anglais.

— Qu'est-ce que tu as dit ? l'interrogé-je.

Conor se dirige vers l'imposant escalier en pierre qui conduit à l'étage et il me répond :

— Viens avec moi.

— Okay, je vois qu'on est retournés à l'âge des cavernes...

Il ne dit rien, et je lui emboite le pas sans chercher à en savoir plus. De toute évidence, l'humeur de Conor a viré à l'orage, mais comme d'habitude, je ne sais pas pourquoi.

Je décide d'en faire abstraction. Après tout, je ne suis ici que pour assister à la cérémonie d'hommage à ma sœur. Ensuite, je rentrerai en France où j'essaierai d'oublier Conor.

Et c'est loin d'être gagné !

Nous empruntons un long couloir qui dessert de nombreuses portes fermées. Je me demande combien il y a de chambres ici... Finalement, Conor pousse un battant et je découvre une grande chambre, pas aussi vaste que celles de Loch Gorm, mais bien plus grande que la mienne dans mon appartement français.

Conor dépose les valises près du lit avant de se tourner vers moi. Je l'ignore pour observer le décor : comme dans le hall et le couloir, ici aussi le bois est omniprésent. Il y a une grande cheminée qui fait face au lit très imposant. Je ne m'attarde pas sur ce dernier car Conor se tient juste à côté, et que dans ma tête, une équation qui comprend un lit plus Conor est égale à un tas de problèmes.

— C'est dans cette chambre que je vais dormir ? demandé-je tout en approchant de la fenêtre.

D'ici la vue sur le parc est juste magnifique, de la pelouse bien verte et parfaitement entretenue s'étend de toutes parts.

— C'est ici que *nous* allons dormir.

Je sursaute en entendant la voix de Conor si proche de moi. Mon cœur se met à battre très vite quand il pose les mains sur mes épaules. Je fais un effort pour trouver la force de me défaire de son toucher et me retourne pour lui faire face.

— Tu n'as quand même pas l'intention de dormir avec moi ?

Je m'étrangle presque.

— Je ne compte pas te lâcher d'une semelle, Julia.

— Tu as peur que je me perde ? lancé-je, ironique.

Le regard de Conor vire encore une fois à l'orage quand il me dévisage. L'air entre nous est sur le point de crépiter tant il se charge en électricité.

Comme il ne répond pas, je demande :

— Que diront tes parents ?

Et je devrais vraiment m'en soucier, alors qu'en vérité, je m'en fiche.

Non, mais reprends-toi, Julia !

— En ce qui me concerne, ma famille et le monde entier peuvent bien penser ce qu'ils veulent, réplique Conor.

Je déglutis.

— Tu crois vraiment qu'on va *dormir* ensemble ?

La simple idée de passer une nuit près de lui relève de la torture : je ne pourrai pas faire autrement que le toucher, et ça ne finira pas bien...

Un petit sourire étire le coin de ses lèvres :

— Puisque tu ne veux plus me voir après, je compte profiter de chaque instant que j'ai à passer avec toi.

Le sous-entendu est très clair. Tous mes compteurs internes passent en zone d'alerte ! Qu'est-ce que je suis censée répondre à ça ?

— Je... Je ne crois pas que ça soit du meilleur gout, tenté-je d'une voix faible.

Conor se penche vers moi et souffle :

— À toi de te montrer silencieuse, si tu penses que ça changera quelque chose. En ce qui me concerne, j'ai envie que tu cries mon nom toute la nuit.

Une vague brulante parcourt mon corps tout entier, pulse jusque dans mon sexe, fait pointer mes tétons, même mes doigts fourmillent.

Et soudain, je me rappelle la raison de ma présence ici et c'est comme si je recevais un seau d'eau glacée sur la tête.

— Nous sommes là pour honorer la mémoire de ma sœur, Conor.

Il cligne plusieurs fois des yeux, sans pour autant s'écarter de moi, alors c'est moi qui le fais. J'approche de la cheminée et observe les photos qui sont sur le manteau, mais mon esprit est ailleurs et je n'enregistre rien de ce que je vois.

— Il serait plus approprié que j'aie ma propre chambre, insisté-je tant que j'en ai encore la présence d'esprit.

— Nous verrons ça plus tard. On nous attend en bas.

Et sur ces mots, il se dirige vers la porte de la chambre.

Il ouvre le battant et se tourne vers moi, attendant que je réagisse. Ce que je fais avec quelques secondes de décalage tant je suis sous le choc de ce que Conor me propose.

Une nouvelle proposition indécente de son cru : partager le même lit sous le toit de ses parents sans même essayer de s'en cacher…

Lorsque nous arrivons dans le petit salon, je comprends que la pièce n'a de petit que le nom parce qu'il s'agit d'un espace assez grand pour contenir mon appartement français tout entier.

Le silence se fait quand Conor et moi entrons dans la pièce. La famille entière semble être réunie et je sens mes joues rougir sous leur observation.

— Bonjour, Julia !

Je me tourne vers Rachel qui s'avance pour me serrer dans ses bras. Je suis à nouveau surprise par sa manière de m'accueillir aussi chaleureusement. On pourrait croire que je fais partie de la famille…

La mère de Conor s'écarte, et c'est Henri qui s'avance à son tour. Il y a une telle bienveillance dans son regard que je me prends à regretter de ne pas être une des leurs.

— Bonjour Julia, me salue-t-il. Bienvenue à Oberness. Aujourd'hui, tu as la chance de rencontrer le clan McLane au grand complet.

Et c'est comme s'il avait donné la permission à tout le monde de s'exprimer car les frères et sœurs de Conor se mettent à parler en même temps.

Noah s'approche, et je constate qu'il est accompagné par un autre de ses frères qui est sa copie conforme. La seule chose qui les distingue est leur coupe de cheveux : Noah les porte courts alors que son frère les a plus longs.

— Voilà Neal, lance Noah avec un grand sourire.

Si le premier est avenant, Neal semble bien plus réservé. Il m'adresse un petit sourire en coin, qui n'est pas sans me rappeler celui (trop rare) de Conor. Une jeune femme rousse qui ressemble à Rachel écarte les jumeaux sans ménagement pour se planter devant moi :

— Moi, c'est Ayla. Je suis trop contente de te connaitre, et je suis sûre qu'on va être de bonnes amies, toi et moi !

Elle me fait une accolade avant de s'écarter.

Je jette un coup d'œil au reste de la fratrie : il reste un frère et une sœur de Conor qui sont assis sur un canapé, tandis que Conor s'entretient avec un autre de ses frères.

Ayla se charge de faire les présentations :

— C'est deux-là, ce sont les moins drôles de la bande : voici Aïdan et Eléna.

L'ensemble de la famille McLane semble tout droit sortie d'un catalogue tant ils sont beaux. Ils sont un bel exemple de ce que la génétique est capable de faire...

Le bébé de Conor et Swann aurait été très beau lui aussi.

Cette pensée me coupe le souffle et j'en perds le fil de la

conversation, ou plutôt du monologue de la petite sœur de Conor.

Ce dernier a terminé de parler avec son frère et il s'approche de moi. Son regard est rivé au mien, comme si nous étions seuls dans la pièce. Je ressens une chaleur familière se répandre dans mon corps…

— Je te présente Lachlan, dit Conor quand il est près de moi.

Il se décale un peu et je me retrouve face à son frère. Il y a un air de famille entre eux : leur regard et leur carrure, la couleur de leurs cheveux aussi.

Le nouveau venu me dévisage un instant, sans sourire.

Tiens, encore un taciturne. Ils ne sont pas frères pour rien avec Conor.

— Tu ressembles beaucoup à Swann, fait-il remarquer.

Un mouvement sur le canapé attire mon attention : Eléna s'est levée, elle me jette un regard furibond avant de quitter le salon. Aïdan se contente de consulter l'écran de son téléphone sans m'accorder la moindre attention.

— Ne fais pas attention à ma sœur, glisse Conor, elle a un caractère bien trempé.

Il se tient à mes côtés, son bras contre le mien. Sa présence a quelque chose de rassurant et de triste à la fois : rassurant parce que je me sens étrangère au milieu de leur clan, et triste parce que je sais que bientôt je ne le verrai plus…

— Alors, c'est ici que tout le monde est regroupé !

Les têtes se tournent en direction du nouveau venu que je reconnais tout de suite : Marcus.

Chapitre Quarante

Tout le monde est rassemblé au bord du petit lac qui se trouve au fond de la propriété des McLane. Rachel a demandé à ce que nous portions tous une tenue blanche.

Des roses blanches nous ont été données et quand la matriarche s'avance pour se placer face à nous, je sens mon cœur se serrer.

Swann a fait partie de leur famille…

Cette pensée provoque en moi une vague de jalousie, mais je m'efforce de la refouler. C'est tellement inapproprié de ressentir ça ! Swann est morte, quelle sorte de monstre peut jalouser une défunte ?

— Ça va, Julia ? demande tout bas Conor.

Je me contente de hocher la tête en guise de réponse. Je reste concentrée sur Rachel McLane qui, une rose à la main, commence un discours :

— Swann était un membre de notre famille. Nous ne

l'avons pas beaucoup connue, mais elle rendait notre fils, Conor, heureux.

Une pointe se glisse entre mes côtes, juste au niveau du cœur et je ravale les larmes de honte qui commencent à me monter aux yeux.

Je crée une sorte de barrière entre le monde extérieur et moi pour ne pas entendre ce que la mère de Conor a à dire sur ma sœur, parce que c'est trop douloureux pour moi. Je la regarde sans l'écouter, refoulant tous les mots pour ne pas les laisser m'atteindre.

— C'était une artiste talentueuse qui nous a quittés bien trop tôt. Nous ne l'oublierons jamais, conclut-elle.

Rachel pivote sur ses talons pour jeter la fleur dans l'eau du lac, puis elle reprend sa place dans l'assemblée. Tout le monde reste silencieux, mais aux regards que l'on me glisse je comprends qu'on attend de moi que je dise quelque chose.

Je fais un pas en avant, mais Conor me retient par le poignet :

— Tu n'es pas obligée de le faire, si c'est trop dur pour toi.

Je secoue la tête :

— Je lui dois au moins ça.

Conor me dévisage un instant, puis il hoche la tête. J'avance et prends la place de Rachel avant moi. J'ai toute l'attention du clan McLane et de Marcus.

Je baisse les yeux vers mes doigts qui triturent la tige de la rose blanche, tout en cherchant mes mots. Que dire quand on a perdu sa sœur trop tôt et qu'on n'a pas eu la chance de la connaitre ?

Je me mords la lèvre inférieure puis je relève la tête.

— Swann était la meilleure de nous deux : celle qui savait où elle allait, qui fonçait et n'arrêtait pas avant d'avoir atteint ses objectifs. Elle était ma grande sœur, pourtant je ne la connaissais pas. Elle a quitté la maison bien trop tôt, alors que je n'étais qu'une petite fille...

Les mots de son journal, ceux que j'ai lus sur mon ordinateur, me hantent... Swann a traversé un calvaire et je n'en avais aucune idée. Mais je ne peux pas parler de ça à la famille de Conor.

Je continue :

— J'aimerais dire qu'à partir de maintenant je vais vivre pour deux, que j'achèverai tout ce qu'elle n'a pas pu accomplir.

Mon regard se soude à celui de Conor. Je parle à demi-mot de cet enfant qu'ils n'ont pas eu, et que je n'ai pas non plus réussi à lui donner.

— Mais la vérité, c'est que je ne suis pas aussi forte qu'elle. Je ne sais pas non plus ce qu'elle aurait voulu, ou ce qu'elle aurait fait si nos situations avaient été inversées.

Je hausse les épaules.

— Tout ce que je sais, c'est que Swann a fait au mieux et qu'elle s'est construit une famille avec Conor.

Ma gorge se serre. Oui, ma sœur et lui formaient une famille, et je n'y avais pas ma place quand ma sœur était vivante. L'émotion enfle dans ma poitrine, et j'ai l'impression d'être proche de la suffocation.

Je m'adresse à la famille entière :

— Merci à vous tous de l'avoir accueillie.

Ce que je ne dis pas, c'est que Swann était probablement mieux parmi eux que parmi les siens...

— J'espère qu'elle repose en paix. Elle sera toujours dans mon cœur.

Je me tourne pour lancer la rose dans l'eau. Je regarde un instant la fleur qui flotte doucement. Les mains de Conor qui se posent sur mes épaules me ramènent au présent.

— Merci d'avoir parlé.

Je hoche la tête et retourne à ma place tandis que Conor prend la parole. Je le dévisage avec effroi, je ne suis pas prête à entendre ce qu'il va dire sur ma sœur. C'est au-dessus de mes forces.

Je m'adresse à Lachlan qui est à côté de moi :

— Désolée, c'est trop pour moi.

Je quitte la cérémonie d'un pas précipité. Personne ne me suit, et c'est mieux ainsi. Les larmes roulent sur mes joues. Tout se mélange en moi, mais ce qui prédomine, c'est la honte. J'ai tellement honte d'être tombée amoureuse du mari de ma sœur !

Je regagne la chambre où je me laisse tomber sur le lit. Mes larmes inondent l'oreiller, mais je ne peux plus contenir toute ma peine. Le deuil de Swann est tellement difficile que je ne sais pas comment je m'en sortirai, sans parler de cette drôle de relation que j'entretiens avec Conor...

Comment pourrais-je aller de l'avant quand mon cœur est irrémédiablement lié à celui de Conor ? Je l'aime à en crever, et ça me ronge. Je ne pensais pas qu'aimer quelqu'un puisse être aussi violent et douloureux, pourtant c'est le cas.

Je m'allonge sur le lit, épuisée par toutes les émotions de la journée, et des derniers temps aussi. Tout revient en force et j'ai l'impression que l'on brise quelque chose en moi. Mes sanglots gagnent encore en intensité.

~

Le chagrin a eu raison de moi et j'ai sans doute dormi un long moment, car quand je me réveille, la chambre est plongée dans l'obscurité. Je sens une chaleur dans mon dos et un poids sur ma hanche, c'est alors que je comprends que Conor s'est endormi à côté de moi.

J'aurais envie de me blottir contre lui, mais je résiste. Je me détache doucement de Conor et quitte le lit. J'ai froid tout à coup alors j'enfile un pull avant de quitter la chambre.

Je erre sans but dans le couloir, jusqu'au grand escalier. Je descends sans même y penser et arrive dans le petit salon. Un feu est allumé dans l'âtre de la cheminée. J'approche, hypnotisée par les flammes. Je tends les mains vers elles pour me réchauffer.

— Tu ne devrais pas être ici.

La voix me fait sursauter et je tourne sur moi-même pour découvrir Marcus. Il est assis dans un fauteuil, un verre d'alcool à la main. Il bouge la main pour faire tourner le liquide ambré. Les flammes nous éclairent suffisamment pour que je puisse lire les expressions sur son visage.

— Tu étais rentrée en France, ajoute-t-il.

— Conor est venu me chercher...

— Et tu l'as suivi sans discuter.

Il dit ça comme s'il rejouait la scène dans sa tête, ou plus probablement, comme s'il l'imaginait.

— Il voulait que j'assiste à la cérémonie donnée en l'honneur de Swann, fais-je.

Je me demande pourquoi je prends la peine de me justifier auprès de Marcus...

— Et tu en as manqué la moitié, constate-t-il.

Son ton me semble amer, mais je me trompe peut-être. Après tout, il est tard, je suis fatiguée et déboussolée...

Marcus prend une gorgée de son verre avant de lever les yeux vers moi :

— Tu vas le faire à nouveau, pas vrai ?

— De quoi tu parles ?

Son regard passe de mon visage puis glisse le long de mon corps pour s'arrêter sur mon ventre.

— Tu vas porter un de ses enfants.

Je décide de ne pas répondre à ça, c'est trop personnel, et même si je n'ai pas l'intention de refaire une insémination pour Conor, Marcus n'a pas à le savoir.

— Marcus, je ne crois pas que le moment soit bien choisi pour avoir ce genre de discussion.

Il avale d'un trait le reste de son verre avant de se lever d'un mouvement rapide.

— Ah non ?

Il pose le verre sur la table basse. Quand il reporte son attention sur moi, j'ai comme l'impression qu'il est vraiment ivre. Il s'approche de moi, et je reste immobile.

Impossible de reculer puisque la cheminée se trouve dans mon dos.

Mais de toute façon, il s'agit de Marcus, je n'ai rien à craindre. Il est un peu éméché, voilà tout. Il avance encore, jusqu'à se trouver si près que je peux sentir son haleine chargée en alcool.

Je décide que cette petite scène a assez duré :

— Il est très tard, nous devrions aller nous coucher.

Je m'apprête à le contourner, mais Marcus saisit mon poignet et m'immobilise.

— Qu'est-ce que tu fais, Marcus ?

J'essaie de me libérer, mais il resserre sa prise sur mon poignet. Son attitude étrange commence à me faire flipper :

— Tu me fais mal ! Lâche-moi.

De sa main libre, Marcus saisit mon cou.

— Arrête !

— Tu lui ressembles tellement !

Une drôle de lueur passe dans son regard et je sens des frissons d'effroi remonter le long de ma colonne vertébrale.

— Est-ce que tu as le même gout qu'elle ? demande-t-il.

Il ne me laisse pas le temps de réfléchir à ses propos étranges qu'il pose ses lèvres sur les miennes. Je tente de détourner la tête, mais il me maintient trop fort et il arrive à glisser sa langue dans ma bouche.

Je sens la nausée me gagner.

Alors je fais la seule chose qui semble être en mon pouvoir : je mords Marcus. Il me relâche en criant et je passe la main sur ma bouche pour effacer les traces de ce baiser dégoutant et intrusif.

Il est essoufflé, et il me dévisage, mais il ne manifeste plus aucune intention de m'approcher.

— Elle ne reviendra plus jamais.

Et sur ces mots, il s'effondre sur le canapé, pris de sanglots incontrôlables. Je reste debout, les jambes tremblantes, sans trop savoir quoi faire.

— Swann était l'amour de ma vie.

Les mots de Marcus me percutent de plein fouet, et c'est comme si on levait un voile sur ce qui s'est passé à Loch Gorm... Je commence à entrevoir la vérité, mais j'ai besoin que Marcus remette en place les morceaux du puzzle.

— Tu avais une liaison avec ma sœur ?

Marcus garde les yeux rivés sur le feu dans la cheminée, je redoute un instant qu'il ne me réponde pas, mais il me surprend :

— C'était plus que ça... Nous étions faits l'un pour l'autre.

Et soudain, je repense aux lettres que j'ai trouvées dans notre livre d'enfance :

— Tu lui envoyais des lettres, pas vrai ?

Il relève les yeux vers moi :

— C'est toi qui les as, Julia ? Je les ai cherchées partout à Loch Gorm...

Je ne les ai pas, mais je ne le lui dis pas, un autre évènement me revient en tête.

— Tu as fouillé la chambre de Swann, Marcus ?

Il hoche la tête.

— Je voulais les récupérer, ce sont les seuls souvenirs de notre amour...

— Pourquoi les avoir signées de la lettre C ? demandé-je.

— C pour Cole, c'est mon deuxième prénom. Je me disais que si Conor mettait la main dessus, il ne saurait pas que c'était moi l'auteur.

Eh bien, Marcus s'est vraiment montré ignoble du début à la fin…

— Depuis quand ça durait entre vous ?

Je ne peux pas m'empêcher de poser des questions, maintenant que j'ai commencé à lever le voile sur la vérité, plus rien ne peut m'arrêter.

— Des années, souffle Marcus.

J'en reste coite, mesurant les implications des révélations de l'associé de Conor.

— Pourquoi ? murmuré-je.

— Pourquoi quoi ?

— Pourquoi trompait-elle Conor ? Pourquoi ne pas l'avoir quitté tout simplement ?

— Les choses n'étaient pas aussi simples… Elle nous aimait, tous les deux. Et je l'acceptais…

— Mais à un moment donné ça ne t'a plus suffi ?

Il secoue la tête :

— J'aurais fait n'importe quoi pour elle, y compris la partager. J'étais prêt à tout, Julia. Tout.

Je suis sonnée par ce que Marcus est en train de me révéler. Ma sœur, que je portais aux nues, trompait son mari depuis des années. Je suis choquée.

— Mais elle a voulu me quitter, et ça je ne pouvais pas le supporter, ajoute Marcus.

Je fronce les sourcils en réfléchissant aux implications de cette dernière information.

— Elle voulait un enfant avec Conor, elle ne pouvait pas continuer comme ça éternellement, Marcus.

Les larmes inondent son visage quand il tourne la tête vers moi.

— Je suis désolé... Julia. Tellement désolé.

— De quoi ? D'avoir trahi ton meilleur ami et associé ?

Marcus secoue la tête :

— Tu ne sais pas ce que ça fait de vivre dans l'ombre de quelqu'un...

Je ne réponds rien parce que je ne veux pas le conforter dans son délire, mais je sais très bien ce que ça fait : j'ai vécu toute ma vie dans l'ombre de Swann.

— Conor et moi avons fait nos études ensemble, mais c'est lui qui a percé dans l'architecture, et moi j'ai dû me contenter des miettes.

Je mesure toutes les implications de la jalousie qui ronge Marcus, et à quel point il est rongé par la vie qu'il mène. Je sais que je devrais m'enfuir et remonter dans la chambre pour alerter Conor, mais je ne peux pas me taire :

— Et donc quoi ? Qu'est-ce que tu voulais ? Lui voler sa femme ? Et ensuite ? Sa carrière ?

Marcus hausse les épaules.

— Je ne sais pas, Julia. Tout ce que je sais, c'est que Swann était la femme de ma vie. Elle ne devait pas me quitter, et ça n'aurait jamais dû se passer comme ça...

— De quoi tu parles ? demandé-je.

Une silhouette nous rejoint dans le petit salon.

— De l'accident de voiture, répond Conor. Pas vrai, Marcus ?

Ce dernier se prend la tête dans les mains. Il est en larmes et j'ai l'impression qu'il a perdu le contact avec la réalité.

J'interroge Conor :

— L'accident ?

— C'est Marcus le responsable.

— Je ne voulais pas, répond Marcus.

— Mais tu l'as fait, le coupe Conor.

Conor a tout de l'ange vengeur... Je redoute le pire.

— J'avais des doutes, mais après tout ce que tu viens de dire, je comprends tout, dit-il.

Mais moi je suis encore un peu perdue.

— C'est lui qui a tué Swann ? demandé-je, horrifiée.

— Non ! hurle Marcus. C'était un accident, ça n'aurait pas dû finir comme ça ! Je voulais juste la rattraper et lui faire entendre raison...

— Mais tu lui as fait tellement peur qu'elle a perdu le contrôle de la voiture, termine Conor.

Un gémissement lui répond. Marcus est en train de s'effondrer, et j'ai du mal à digérer les informations qui viennent s'ajouter les unes aux autres.

— Corrige-moi si je me trompe, continue Conor, c'est toi qui as suivi Julia dans la forêt, pas vrai ?

Je sens ma mâchoire se décrocher tant je suis horrifiée.

Soudain, Marcus bondit du canapé pour se jeter sur moi, mais c'est sans compter sur les réflexes de Conor qui s'interpose.

— Tu n'as pas le droit de porter son enfant, tu m'entends Julia ! éructe Marcus.

Je pense qu'il a beaucoup trop bu pour avoir les idées claires, mais ce qu'il est en train de nous révéler dépasse l'entendement...

Conor le maitrise et le traine en direction du seuil.

— Lachlan ! crie-t-il.

Marcus se débat :

— Lâche-moi ! Tu n'as pas le droit !

Le frère de Conor arrive et malgré la scène étrange à laquelle il assiste, il garde son sang-froid.

— Appelle la police, lui ordonne Conor.

Lachlan obtempère et Conor s'adresse à moi :

— Monte dans la chambre, s'il te plait.

Je mets un instant à réagir.

— Julia, gronde-t-il.

Je lève les yeux vers Conor. Il y a une telle intensité dans son regard... Je hoche la tête avant de grimper les marches de l'escalier.

Chapitre Quarante-Et-Un

Une caresse sur ma joue me réveille. J'ouvre les yeux, un peu perdue.

— Tout va bien, Julia, c'est moi.

La voix de Conor me rassure. Il a allumé la lampe de chevet, et une partie de son visage est éclairé.

— Marcus ? questionné-je.

— La police s'occupe de lui.

Je hoche la tête, rassurée.

Un silence passe, puis Conor s'installe à côté de moi, il a un air grave quand il commence à parler :

— Je savais que Swann avait une liaison.

— Tu as trouvé le livre dans ma chambre, soufflé-je.

Il hoche la tête et je ressens le besoin de me justifier :

— Je ne voulais pas être celle qui détruirait l'image que tu avais de Swann...

— Je comprends. Pour être franc, je n'ai pas été surpris. J'avais des doutes à une époque, et les lettres n'ont fait que confirmer ce que je savais déjà. En revanche, je ne savais pas qui était son amant jusqu'à ce soir.

Les souvenirs de la soirée repassent dans ma tête, et j'ai un peu la nausée quand je repense au baiser que Marcus m'a donné.

— Il m'a embrassée.

La mâchoire de Conor se contracte.

— J'aurais dû lui donner la correction qu'il mérite, grogne-t-il.

Son regard se reporte sur moi, et j'ai l'impression de lire quelque chose dans ses yeux, une lueur différente, qui n'était pas tout le temps là avant.

Je secoue la tête :

— Ce que Marcus a fait est horrible, j'espère qu'il purgera la peine de prison qu'il mérite.

— Il sera traduit en justice aux États-Unis, je vais m'en assurer personnellement, et avec ton témoignage, il sera incarcéré pour de longues années.

Conor s'apprête à continuer, mais je le coupe :

— Je suis désolée que tu aies perdu ta femme, Conor. Vraiment. Je suis désolée qu'elle ait fait tout ça, et que Marcus t'ait trahi lui aussi, mais je ne peux pas rentrer avec toi, ma vie est en France. J'espère que tu dépasseras cette épreuve. Je suis convaincue qu'un jour tu rencontreras une autre femme avec laquelle tu pourras te projeter et fonder une famille.

Ça me déchire le cœur de prononcer ces mots, mais au fond de moi, je lui souhaite d'être heureux.

— Tu n'es pas Swann, reprend-il en ignorant ce que je viens de lui dire. Et je l'ai très vite compris.

— Désolée de t'avoir déçu, Conor.

Il se penche vers moi et je relève la tête pour le regarder droit dans les yeux.

— Tu ne m'as jamais déçu, Julia.

Son regard dérive vers ma bouche, mais je refuse de me laisser entrainer sur ce terrain-là. C'est ma santé mentale qui est en jeu, et je compte bien rester saine d'esprit.

— Tu es entrée dans ma vie et tu m'as fait comprendre à quel point je me trompais sur toute la ligne.

Je le dévisage, avide d'en savoir plus, même si je sais que je ne dois pas espérer plus de sa part.

— Tu es forte, intelligente, incroyablement belle et passionnée.

Il pose sa main en coupe contre ma joue, mais je résiste à la tentation de m'appuyer contre lui. Je ne dois pas craquer.

— Tu as fait preuve d'une générosité dont Swann aurait été incapable. Et en cours de route, je suis tombé amoureux de toi, Julia.

Mon cœur fait une embardée et je retiens mon souffle.

Est-il vraiment en train de dire qu'il m'aime ? Je n'en crois pas mes oreilles.

— J'ai compris que ce que je prenais pour de l'amour avec Swann n'en était pas.

Je secoue la tête, incapable d'en entendre plus, je suis envahie par un trop plein d'émotions, en partie dû à la soirée que je viens de vivre, mais surtout à cause des mots de Conor.

— Tu... Non, tu aimes Swann, tu veux un enfant d'elle alors qu'elle est morte... C'est la femme de ta vie.

— Tu te trompes.

Le regard de Conor ne quitte pas le mien et pour une fois je peux lire en lui. Ou plutôt, je m'y autorise...

— Swann et moi partagions une passion physique, mais notre relation était toxique. Il n'y a jamais eu ce que toi et moi avons, Julia. Et je ne peux pas dire que je suis heureux que tu aies perdu notre enfant, il s'agissait tout de même d'une vie, disons que j'en suis soulagé.

Les papillons qui s'envolent dans mon ventre menacent de remonter dans ma gorge. Okay, l'image est loin d'être glamour, mais les mots de Conor me retournent et me transportent.

— Je veux fonder une famille, et tu as raison quand tu dis que je rencontrerai une femme avec laquelle le faire. Là où tu as tort, c'est de dire que ce sera dans le futur.

Il caresse ma joue du bout du pouce :

— Julia, cette femme je l'ai déjà rencontrée.

Il n'en dit pas plus, mais je comprends. J'accepte ce qu'il est en train de me dire, et mon cœur se remet à battre plus vite. J'aime Conor, et lui aussi m'aime.

— Je ne veux que toi, alors si tu le veux aussi, je te propose qu'on recommence du début.

Je le dévisage, sans arriver à donner du sens à ces mots que je n'avais même pas osé espérer entendre un jour.

— S'il te plait, Julia, donne-moi une chance. Je sais que nous sommes faits l'un pour l'autre.

Les larmes envahissent mes yeux.

— Je te promets de prendre soin de toi, continue Conor.

Je retrouve assez mes esprits pour lui demander :

— Qu'est-ce qui me dit que tu n'es pas encore en train de te tromper ?

Conor saisit mon visage et plante son regard dans mes yeux :

— Je t'aime, Julia Calley. Je n'ai jamais ressenti ce que je ressens pour toi. Jamais. Maintenant, je sais ce qu'est l'amour véritable.

Ses mots entrent dans mon cœur, le chamboulent et le renversent. J'ai l'impression d'être installée dans un wagon de manège et de faire des loopings.

C'est l'effet Conor. Depuis que je le connais, il a ce pouvoir sur moi.

— Je t'aime aussi, Conor.

Les sentiments que j'ai si souvent réprimés débordent de mon cœur pour envahir chaque cellule de mon corps, je suis submergée, mais je n'essaie même plus de me raccrocher à quoi que ce soit.

Tout ce qui compte, c'est lui, Conor McLane.

— Je veux que tu rentres avec moi à la maison, Julia. Ou si tu préfères, on peut s'installer en France. Tout ce que tu voudras, pourvu que l'on soit ensemble.

Je hoche la tête pour répondre oui. À quoi ? Je ne le sais pas vraiment, tout ce qui compte, comme l'a dit Conor, c'est que nous soyons ensemble. Le reste suivra.

Quand il se penche pour s'emparer de mes lèvres, je me laisse aller à cette passion qui nous propulse ailleurs, là où Conor et moi sommes réunis.

Épilogue

D*eux ans plus tard*

La foule devant moi est plongée dans la pénombre. Je viens de finir ma présentation et le silence règne dans la salle. Mon cœur bat fort, dans l'attente des réactions de mon auditoire.

Et puis tout à coup, les applaudissements déferlent des rangées de sièges.

Je ressens une vague de joie qui fait des va-et-vient dans tout mon corps. Je quitte la scène dans un état proche de l'ivresse.

— Bravo, mademoiselle Calley.

La voix de mon professeur me fait relever la tête. Le vieil homme se tient bien droit, le regard brillant de fierté.

Je n'aurais jamais cru que j'en arriverais là quand il a accepté que je participe à son expédition en Amérique Latine.

Deux années se sont écoulées depuis le jour où je l'ai pratiquement supplié de m'accepter dans son expédition. Et les découvertes que nous avons faites pendant ce voyage nous ont occupés depuis.

Nous sommes à Paris où je viens de présenter certaines des conclusions de nos recherches à une assemblée d'archéologues de tous horizons.

— Vous avez été brillante, rajoute le professeur.

Ma poitrine se gonfle de fierté tandis que nous nous dirigeons vers la salle de réception qui jouxte l'auditorium.

— J'ai bon espoir d'avoir des fonds pour financer une autre expédition, si vous êtes partante, bien entendu.

Le regard malicieux du professeur Howard se pose sur moi, et je suis sur le point de lui répondre quand mon attention est attirée par une haute silhouette au fond de la salle. Mais quand je tourne la tête dans cette direction, je ne vois personne que je connaisse.

Mon imagination me joue des tours… J'aimerais tellement que Conor soit présent, mais il a été retenu en Écosse car sa sœur cadette vient de donner naissance à une petite fille. Instinctivement, mes mains se posent sur mon ventre.

Je me ressaisis, je prendrai l'avion demain pour rejoindre Conor en Écosse. J'ai vraiment hâte de le retrouver. Nos carrières respectives nous conduisent à vivre séparés la plupart du temps, et j'ai de plus en plus de mal à le supporter.

Je rêve de me réveiller chaque matin à côté de lui, et de

m'endormir dans ses bras chaque soir. Conor me manque, c'en devient presque douloureux.

— Mademoiselle Calley ?

La voix un peu rauque fait battre mon cœur plus vite. Je pivote sur mes talons et un regard vert me happe.

— Conor !

Il m'adresse un sourire qui me fait fondre. Mon cœur bat la chamade, comme à chaque fois que nous nous retrouvons. Conor s'approche de moi et me prend dans ses bras.

Nos lèvres se trouvent, et j'en oublie l'endroit où nous nous trouvons. Je laisse ma passion s'exprimer, tout comme Conor, et quand nous nous détachons, nous sommes à bout de souffle.

Je sens que mes joues rougissent à l'idée que la plupart de mes collègues nous ont vus. Mais il n'y a rien de honteux à embrasser l'homme que j'aime.

— Tu étais magnifique sur scène, souffle Conor sans lâcher ma taille.

— Tu as assisté à la conférence ? m'étonné-je.

— Bien sûr !

Je fronce les sourcils en pensant à sa sœur qui vient d'accoucher.

— Comment va Ayla ?

Conor me lance un regard en coin.

— Elle est aux anges…

Il n'a pas le temps de m'en dire plus car on me sollicite. Et c'est comme ça tout au long de la soirée qui s'éternise un peu trop à mon gout.

Maintenant que Conor est là, je ne pense plus qu'à

rentrer à l'hôtel pour fêter nos retrouvailles comme il se doit. Si la distance est dure à supporter, les nuits torrides que nous partageons quand nous nous retrouvons suffisent à nous faire oublier les moments difficiles.

Quand nous entrons dans ma chambre, Conor ne perd pas de temps : il fond sur moi. Ses lèvres s'approprient les miennes, il me possède plus qu'il ne m'embrasse, mais j'adore ça.

Je griffe un peu sa nuque, ce qui l'excite davantage. Je me retourne pour qu'il défasse la fermeture de ma robe avant de m'en débarrasser. Conor dépose une ligne de baisers depuis la naissance de mon cou jusqu'à mon épaule, tandis que ses mains caressent mon ventre et mes seins.

Je me retourne pour l'embrasser. Puis Conor me soulève et je crochète mes jambes autour de ses hanches. Il ne me conduit pas au lit, notre passion est bien trop intense et appelle à un soulagement instantané, alors Conor me plaque contre le mur.

D'un mouvement assuré, il libère son érection et l'instant suivant, il se glisse en moi. Je gémis quand il se met à me pilonner à toute vitesse, et la jouissance finit par nous cueillir presque en même temps.

Plus tard, nous sommes allongés sur le lit, ma tête posée sur le torse de Conor, je dessine des volutes imaginaires sur la peau de son bras.

— Tu crois que tes parents seraient prêts à accueillir un autre membre dans la tribu McLane ? lancé-je d'un ton innocent.

Conor se décale pour me regarder dans les yeux :

— Saurais-tu quelque chose que j'ignore ?

J'ai un petit sourire mystérieux.

— Je sais un tas de choses que tu ignores, Conor McLane.

Il plisse les yeux tout en réfléchissant. Après quelques secondes, il se redresse sur un coude pour être un peu au-dessus de moi :

— Je suis certain d'avoir les moyens de te faire parler…

— Je n'en doute pas ! fais-je avec un petit rire.

— Donc c'est quoi cette histoire de tribu qui s'agrandit ? As-tu parlé à un autre membre de ma famille ? Y a-t-il une nouvelle grossesse en perspective dont je ne saurais rien ?

Je me mords la lèvre pour essayer de garder mon sérieux, alors que je n'ai qu'une envie : laisser éclater ma joie.

— C'est possible.

— Tes réponses mystérieuses pourraient bien te mettre dans une situation périlleuse, Julia, me menace-t-il.

— Dis comme ça, je demande à voir !

Le regard de Conor passe sur mon visage avant de descendre sur mon décolleté à peine caché par le drap. Sa main se pose sur mon ventre, traçant des cercles qui s'aventurent toujours plus près de mes seins.

Il finit par en empaumer un avant de se figer.

— Il est… Ils sont…

Conor soulève le drap pour regarder ma poitrine. Quand il reporte son attention sur mon visage, je sais qu'il sait.

— Pour de bon ? demande-t-il.

Je hoche la tête et les traits de Conor s'illuminent. L'instant suivant il m'embrasse avec toute la tendresse dont il est capable.

— Dans un peu moins de huit mois, le clan McLane va s'agrandir, dis-je tout bas en regardant Conor dans les yeux.

Il me dévisage comme s'il cherchait à déterminer si je suis sérieuse. Depuis la fausse couche, nous n'avons plus évoqué la possibilité d'avoir un enfant, sans doute trop occupés à explorer notre relation naissante.

Conor a un petit sourire tendre et il place sa main sur mon ventre :

— J'ai hâte de rencontrer notre petit bonhomme.

— Pourquoi es-tu si certain que ce sera un garçon ? me récrié-je.

Il hausse les épaules :

— Garçon ou fille, ça n'a aucune importance. Je t'aime, Julia, et j'aime déjà cet enfant.

Sa réponse me met les larmes aux yeux.

— Je t'aime, Conor.

Nous entérinons notre déclaration par un baiser.

Soudain, Conor se détache de moi et quitte le lit. Je ne peux pas m'empêcher de l'observer tandis qu'il se promène dans la chambre, totalement nu.

Il récupère quelque chose dans sa veste et revient rapidement dans le lit.

— Je voulais faire ça depuis longtemps, commence-t-il. Je t'aime, Julia. Je suis heureux de savoir que nous allons former une famille, toi, notre enfant et moi. Ce que je voudrais, c'est l'officialiser.

Il ouvre sa main et je découvre une bague. Mon cœur bat fort, ma gorge est serrée par la vague d'émotion qui me submerge. Les hormones qui m'imprègnent sont sans doute responsables de l'amplification de chacun de mes ressentis, mais mes yeux se remplissent de larmes.

— Julia, veux-tu devenir ma femme ?

Je n'ai pas besoin de réfléchir pour lui donner ma réponse, elle vient du fond de mon cœur :

— Oui.

Conor passe la bague à mon annulaire avant de m'embrasser. Lorsqu'il fait mine de s'écarter, je le retiens contre moi et l'attire dans une nouvelle étreinte qui scellera ce moment pour toujours.

FIN

Remerciements

L'écriture de ce roman me semble tellement irréelle… L'histoire de Julia et Conor m'est venue en tête en septembre 2020, alors que j'étais déjà plongée dans une multitude de tâches. J'ai noté les idées dans un carnet, avant de le mettre de côté « pour plus tard ».

Et « plus tard », c'était le 26/02/2021. *Nos sens interdits* s'est invité dans ma tête, et je n'ai pas eu d'autre choix que de l'écrire. Cette romance a tout balayé sur son passage, elle s'est transformée en une véritable obsession.

Je remercie mon mari qui a fait en sorte que je puisse me consacrer à l'écriture de ce roman sans avoir à penser aux tâches du quotidien. Merci à toi, mon amour, d'être autant à l'écoute et de m'encourager comme tu le fais.

Merci à mes filles qui ont tenu le compte des mots de mes cessions d'écriture, telles de véritables supportrices. Je vous aime, mes amours.

Merci à ma famille et à mes ami(e)s. À toutes les personnes de mon entourage qui m'encouragent et me soutiennent.

Aux filles du write-in : merci ! Vous avez été un soutien précieux pendant mes journées marathon. Merci pour la bonne humeur, les rires, les moments de partage qui font qu'on se sent moins isolée en tant qu'autrice.

À toutes mes lectrices, merci de me suivre chaque fois sur de nouveaux chemins. J'espère que cette promenade vous a plu.

Aux chroniqueuses/chroniqueur qui m'aident et permettent de diffuser mes ouvrages auprès d'un nouveau lectorat : mille mercis.

Si tu as aimé cette romance, laisse une petite évaluation en ligne, ça fait toujours plaisir

Tu peux me retrouver sur Instagram et Facebook : Estelle Every.

Et sur mon site Internet : estelle-every.com. N'hésite pas à t'abonner à la newsletter pour recevoir toutes mes infos !

Je te dis à très vite pour de nouvelles aventures !

Livres d'Estelle Every

ROMANCES CONTEMPORAINES

N'essaie pas de m'aimer

Ambition over Love

Nos sens interdits

Nos sens cachés

Tropical Love

My Christmas Bodyguard

Crash imminent

Le Viking que je n'attendais pas

SAGA OMU (ROMANCES DE CAMPUS)

Player

Player, seconde chance

Bad Bachelor

Bad Professor

Bad Boy

Bad Boss

Noël au campus

Angel - the next Player

Angel - play-off

Gabriel - love (her) game

CHEZ HUGO NEW ROMANCE

Endless Night tome 1

Endless Night tome 2

Is It Love ? Colin

EN COLLABORATION AVEC TAMARA BALLIANA

Million Dollar Love

Million Dollar Crush

Million Dollar Sunset

ROMANCES PARANORMALES

The Cupidon Brothers

Eros

Caleb

Elon

Andréas

Printed in France by Amazon
Brétigny-sur-Orge, FR

28516195R00231